KB192620

퍼스트 러브

퍼스트 러브

FIRSTLOVE SHIMAMOTO RIO

시마모토 리오 장편소설

김난주 옮김

스튜디오로 이어지는 길은 길고 지나치게 하얗다.

구두 굽 소리를 울리며 가다 보면, 일상이 먼지처럼 바닥으로 떨어지고 표정은 작위적으로 변해 간다.

C 스튜디오에 들어가 건네받은 마이크를 재킷에 꼽았다. 녹화 시작 5분 전인데 스태프들은 아직 느긋하다. 저예산 프로그램에 시청률도 저조하다는 뜻이다. 연예인도 아닌 신분으로는 이 정도가 마음 편하다.

사회를 맡고 있는 모리야시키 씨가 무슨 말을 하려 했을 때, 희끗희끗한 앞머리가 한 올 이마 위로 흘렀다.

헤어스타일리스트가 빗을 들고 얼른 다가가 살짝 다듬는 게 아니라 밀어붙이는 식으로 끌어올리자, 모리야시키 씨는 신사다운 미소를 머금고 "고마워"하며 한 손을 들었다. 헤어스타일리스트는 고개를 약간 숙이고 뒤로 물러났다.

"일 분 전입니다!"

나는 플라스틱 안경을 밀어 올리고 자세를 바로잡았다.

바로 앞에 있는 카메라를 응시하며 숨을 고르고, 모리야시키 씨에게 화답하듯이 싱긋 미소 짓는다.

"안녕하세요. 육아에 관한 시청자 여러분의 모든 의문과 고민을, 다둥이 아빠인 저 모리야시키와 이 자리에 함께하신 초대 손님이 시원하게 해결해 드리는 〈요미요미 상담실〉. 오늘의 초대 손님은 여러분도 잘 아시는 임상 심리사 마카베 유키 선생님입니다."

나는 가볍게 고개를 숙이면서 "여러분, 안녕하세요" 하고 애써 밝게 인사했다. 엷은 파스텔 톤으로 통일된 세트는 마치 어린이집 같고, 스튜디오의 조명은 눈이 시리도록 밝아 지금이 늦은 밤이라는 것을 잊을 것만 같다.

"마카베 선생님은 평소 상담을 통해서, 방 안에 틀어박혀 지내는 아이와 그 부모님을 접하시는 일이 많은데요. 요즘은 어떤 점에 주목하시는지요?"

나는 약간 긴장하면서, "네, 그래요" 하고 대답했다.

"여러분은, 사랑은 주는 거라고 생각하고 계시죠. 그런데 사실은 그게 원인인 경우도 있어요."

"네? 그렇다면, 사랑을 주는 게 잘못인가요?"

"물론 사랑을 주는 건 잘못이 아니죠. 하지만 사랑이란 지켜보는 것이랍니다."

"선생님, 보고 있기만 해서야 상황에 무슨 변화가 있을지 궁금하군요."

"자기 방에 틀어박혀 지내는 아이, 즉 은둔형 외톨이가 있는 부모님 대부분이, 모든 신경을 과도하게 아이에게 쏟고 있다는 뜻이에요. 언뜻 보기에는 아이를 무척 사랑하는 것처럼 생각됩니다. 하지만 사실은 부모가 늘 너무 앞서 가기 때문에, 정작 본인은 자기 의사를 표시할 기회가 없어요. 다시 말하면 부모가 아이에게서 자발적인 의사 표시의 기회를 빼앗는 경우도 있다는 거죠."

모리야시키 씨는 각진 얼굴을 몇 번이나 끄덕거렸다. 포용력이 묻어나는 표정에 이끌려, 나도 모르게 열변을 토했다.

두 시간 정도 지나 녹화가 끝났다.

수고하셨어요, 하며 머리를 숙이고 스튜디오에서 나온다. 플라스틱 안경을 벗어 대기실에 놓아두었던 가죽 토트백에 집어넣고, 트렌치코트를 걸쳤다.

방송국 앞 사거리에 택시가 한 대 서 있었다. 밤바람에 고개를 움츠리고 뛰어간다.

빈 차인 줄 알았는데, 문을 열고 보니 안에 모리야시키 씨가 먼저 타고 있었다.

"수고 많으셨습니다, 마카베 선생님. 오늘 얘기, 아주 흥미로웠어요. 추워서 기다리기 힘들 텐데, 같이 타고 가시죠."

그의 제안에 나는 고맙다고 말하고 택시에 탔다.

"저야말로 오늘도 여러 가지로 많이 도와주셔서. 모리야 시키 씨는 댁이 아자부 쪽이시죠?"

"네. 마카베 선생님 댁으로 먼저 가십시다."

감사합니다, 하면서 나는 몸 둘 바를 몰랐다.

"밤이 늦었는데, 여성분을 먼저 태워다 드려야죠."

모리야시키 씨는 당당하게 그렇게 말하고는 다리를 꼬았다. 차 안의 어둠 속에서도 그의 구두가 반짝반짝 빛난다는 것을 알 수 있다.

나는 웃으면서, 신사시네요, 하고 말했다.

그도, 제가 좀 옛날 사람이라서요, 하면서 웃었다.

"아, 그러고 보니까 녹화 전에 우리 그 사건 얘기를 하고 있었죠. 마카베 선생님이 책을 쓰게 될지도 모른다고 하셨는데."

그가 문득 생각났다는 듯이 말했다.

"아아, 히지리야마 칸나 씨 사건요. 네, 그래요. 어느 출판사에서 임상 심리사의 관점에서 그녀의 반생을 정리한다는 기획을 세웠는데, 필자로 의뢰를 받았어요."

"그렇군요. 그런 일도 하시나 봅니다."

그가 그렇게 물어, 나는 애매하게 고개를 저었다.

"아니에요. 사실 처음이라서 지금 좀 망설이고 있어요. 사회적으로는 의미 있는 일이라고 생각하지만, 재판에 영향을 주면 곤란하고, 또 유족들의 감정도 고려해야 하니까요. 기획안이 통과될지 말지도, 아직은."

"그렇군요. 야, 그래도 정말이지 놀랐습니다. 아나운서를 지망하는 여대생이 주요 방송국의 이차 면접을 본 직후에 아버지를 흉기로 찔러 죽이고, 피범벅이 된 채로 저녁때 다마 강변을 걸어갔다고 하니. 게다가, 그 말이 아주 화제가 되고 있더군요."

"그 말, 이요?"

"체포된 후에 그녀가 한 말 말입니다. '동기는 그쪽에서 찾으세요.' 일부 보도에는 부모가 취직을 극구 반대했다는 얘기도 있던데, 그런 이유만으로 아버지를 살해하고 경찰에 도발적인 언사를 한다는 건 좀……. 역시 본인에게 살인을 저지를 만한 요소가 있었던 걸까요. 어머니는 그 충격으로 지금도 입원 중이랍니다. 우리도 딸이 둘이나 있는 터라 남 일 같지 않습니다. 아나운서 지망이라 그런지 미모도 상당하던데, 그래도 주간지 기사의 '극강 미모의 살인자'라는 제목은 좀 심했죠."

"그러게요."

나는 맞장구를 쳤다. 불빛이 드문드문한 주택가를 지나, 하얀 집 앞에서 내렸다.

택시를 보낸 다음, 소리 나지 않게 현관문을 열었다.

거실 문틈으로 불빛과 함께 왁자지껄한 소리가 흘러나

왔다.

아직도 안 자는가 싶어 이상하게 여기면서 문을 연 순간, 시커멓고 거대한 벌레가 날아와 혼비백산했다. 이마로 돌진해 오는가 싶더니, 툭 부딪쳐 발아래로 떨어졌다.

이마에 손을 대고 어리벙벙하고 있자, 소파 뒤에서 남편과 아들 마사치카가 튀어나왔다. 고개를 숙이고 보니, 무선 조정기로 움직이는 비행기가 나동그라져 있었다.

"여보, 괜찮아? 소리가 안 나서, 온지 몰랐어."

무선 조종기를 손에 든 남편이 파카 차림으로 다가왔다.

"엄마, 진짜 둔하다."

똑같은 파카를 걸친 마사치카가 태연하게 말했다.

"뭐야! 왜 아직 안 자고 있어. 그리고 엄마 이마에다 비행기 날리면 어떡해."

"미안해, 여보. 날아가는 비행기 앞에 당신이 나타날 줄은 몰랐지. 오늘 우리 동네에 벼룩시장이 섰는데, 거기서 사 왔어. 아차, 당신 오차즈케라도 먹을래?"

남편은 보스턴 스타일의 검은 안경테를 밀어 올리면서 웃는 얼굴로 물었다.

"아빠, 나도 먹을래."

마사치카가 파카 주머니에 양손을 푹 쑤셔 넣은 채 식탁으로 걸어갔다.

어이가 없어 맥이 쭉 빠졌지만, 먹는다고 대답하고는 가방을 내려놓고 의자에 앉는다.

남편이 공기 두 개에 하얀 밥을 퍼 담고, 그 위에 명란을 얹고 김과 흰 깨를 뿌린 다음 미리 만들어 놓은 맑은 국물을 좍 붓자, 맛있는 냄새가 거실까지 풍겼다.

아들과 나란히 앉아 오차즈케를 먹으면서 무심결에 베란다를 내다보았다. 방송국 앞 사거리에서는 보이지 않던 붉은 달이 빨랫대에 걸린 것처럼 떠 있었다.

지은 지 10년 된 집의 하얀 거실에 있자니, 아직 스튜디오에 있는 듯한 착각이 든다.

"오늘 낮에 가쇼가 전화를 했어."

남편의 그 말에 나는 정신을 차렸다.

"무슨 일로?"

젓가락을 내려놓고 물었다.

그는 탄산수 한 병을 들고 아일랜드 키친에서 나와 뚜껑을 비틀어 열면서 대답했다.

"최근에 생긴 사건 때문에 당신 의견을 듣고 싶대. 청소년 사건 아닌가 모르겠어."

"알았어. 그럼 내가 내일 사무실에서 전화 걸면 되는 거야?"

나는 그렇게 되물었지만, 속으로는 당황하고 있었다.

가몬 씨 동생인 가쇼와는 대학 시절 동기다.

하기야 문학부 심리학과 전공이었던 나는, 법학부였던

11

그와는 같은 강의를 들은 적이 거의 없다.

가쇼가 업무상 의논할 일이 있다고 하기는 처음이었다.

"내가 중간에 끼는 게 좋겠어? 그럼 내가 연락할게."

가몬 씨는 내 속마음을 헤아린 듯 그렇게 말했다.

올 설에 모두 모였을 때 일이 되살아난다. 설음식을 차린 식탁에 둘러앉았을 때, 술에 취한 시아버지는 이런 말을 흘렸다.

"마사치카에게도 형제가 있으면 얼마나 좋겠냐. 가몬과 가쇼처럼."

나는 난감해서 웃고 있는데, 가쇼가 술잔을 한 손에 든 채로 농담을 했다.

"형이 아무리 훌륭한 아빠라도, 갓난아기 업고 마사치카와 축구를 하는 건 힘들겠죠."

그 순간, 대화가 딱 끊겼다.

시어머니가 어이없다는 듯이 가쇼의 등을 탁 쳤다.

"얘는, 말투가 그게 뭐니! 미안하다, 며늘애야. 아무튼 넌, 옛날부터."

나는 아니에요, 하면서 고개를 저었다.

젓가락으로 집은 검은콩은 토실토실하고 검게 빛나는 모습이 아름다웠지만, 어떤 맛이었는지는 기억나지 않는다.

"그 사람 전화는 무시해도 되잖아."

밥공기를 비운 마사치카가 불쑥 말했다.

"말버릇이 그게 뭐야. 자기 삼촌에게."

마사치카는 흰깨와 김 냄새가 섞인 숨을 내쉬면서 반발했다.

"치, 삼촌은 맞지만, 아빠랑 가쇼 삼촌은 친형제가 아니잖아. 그러니까 무슨 상관이야. 그리고 되게 젊은 것처럼 구는데, 그냥 아저씨잖아."

나는 피식 웃었다. 설에 만났을 때, "아빠는 키가 큰데, 넌 어떻게 된 거냐" 하고 키가 작은 걸 놀려서 아직도 앙심을 품고 있는 것이다.

"가쇼 삼촌은 엄마보다 나이가 적은데 아저씨라고 하면 안 되지."

가몬 씨가 그렇게 못을 박았다.

마사치카는 자신이 불리하다는 표정을 짓더니, 갑자기 화제를 돌리듯 엉뚱한 소리를 했다.

"전화까지 걸고, 혹시 엄마 좋아하는 거 아니야? 막 놀리기도 하고."

나는 빈 그릇을 들고 싱크대로 갔다.

물소리가 나는 동시에, "설마" 하면서 가몬 씨가 웃는 소리가 나서, 그 순간 소름이 돋았다.

거품이 잔뜩 묻은 손가락 사이로 차가운 수돗물이 흘러내렸다.

다음 날 아침, 가몬 씨와 마사치카를 배웅한 나는 거실에 청소기를 휙 돌리고는 1층 작업실에 틀어박혔다.

커튼을 열고 잔디가 누렇게 말라 가는 마당을 바라본다. 촬영 다음 날은 피곤하기 때문에, 근무처인 클리닉에 가지 않는다. 원장이 권해서 시작한 일이라 그 정도는 편의를 봐주는 것이다.

책상 앞에 앉아 컴퓨터를 켜고 메일을 체크하고 있는데, 사진 액자가 시야에 날아들었다. 결혼식 날 찍은 단체 사진이 담겨 있다.

10년 전, 나와 가몬 씨는 매화꽃이 피는 이른 봄날에 결혼식을 올렸다.

새하얀 예복 차림에 머리에는 백합꽃 장식을 꽂은 모습으로 양가 친척들에게 에워싸인 나는 볼록하게 부르기 시작한 배에 두 손을 가지런히 올려놓고 있다.

가몬 씨는 지금도 애용하는 검은 테 안경을 끼고, 웃는 얼굴로 이쪽을 향하고 있다.

가쇼 씨만 조금 떨어진 곳에서 다리를 약간 벌리고 선 채, 호전적인 눈길이다. 배 앞에서 깍지 낀 손가락이 유난히 예쁘다.

그날, 신사에서 결혼반지를 교환한 다음 중정을 지나 피로연이 있는 연회장으로 이동하는 도중에, 가쇼 씨는 무슨 속셈인지 불쑥 동백나무 가지를 꺾었다.

놀란 눈으로 노려보는 식장의 담당 여자를 무시하고, 그는 새빨간 꽃이 핀 나뭇가지를 내게 쑥 내밀면서 농담처럼 말했다.

"오늘부터 형수님이라고 부르겠습니다. 뭐, 아직 어색하지만."

친척들은 그 말을 어처구니없다는 듯이 흘려 넘겼고, 나는 표정을 잃은 채, 잘 부탁드려요, 하고 중얼거렸다.

오른손에 쥔 동백나무 가지의 감촉이 몹시 딱딱했던 걸 지금도 기억하고 있다.

나는 가쇼 씨에게 짧은 메일을 쓰고는, 다시 읽어 보지 않고 그대로 보냈다.

관엽식물에 빙 둘러싸인 소파에 앉은 아사다 나나미는 줄무늬 셔츠의 단추를 두 개 푼 모습으로, 나른한 표정을 짓고 있다. 화사한 색감의 매니큐어를 바른 손으로 허브티를 다 마시기를 기다렸다가, 나는 애써 여유로운 말투로 물었다.

"어때요, 요즘은?"

"전보다는 잘 자요. 회사가 이전해서 한동안 바빴지만."

"정말요? 전에는 아카사카였죠?"

"가야바초였죠. 방향이 반대라서, 아침에 힘들어요. 지금 파견 사원인데, 정식으로 채용한다는 얘기도 진전이 없고.

이번 봄에 계약을 갱신해야 하는데, 그만두고 이직할까 싶어요."

"그렇군요. 그래도 환경이 바뀌면, 자리를 잡을 때까지 어수선할 텐데."

나나미는 한참이나 말이 없더니, 결심했다는 듯이 입을 열었다.

"사실은 얼마 전부터 밤에 술집에서 아르바이트하고 있어요. 거기 잘 다니는 손님이, 낮에 하는 일이 마음에 안 들면 소개할 만한 회사가 있다고 해서."

나는 메모를 적던 펜을 내려놓았다.

아사다 나나미는 눈을 깜박거리면서, 내가 마음에 들었나 봐요, 하고는 난처한 듯이 미소를 머금었다. 예전보다 더 길어진 속눈썹이 오르내렸다.

"이렇게 머리도 잘 돌아가고 눈치도 빠른데, 파견 사원으로 일만 죽어라 하는 건 아깝다면서, 마치 부모처럼 마음을 써 줘서. 나는 늘 하던 대로 정곡을 콕콕 찔렀을 뿐인데, 그쪽은 나이도 어린 여자가 자기 마음을 딱딱 맞추는 게 처음이라 감동한 모양이에요."

"그 남자, 몇 살 정도 되었는데?"

나는 고개를 갸우뚱하고 물었다. 가습기에서 소리 없이 피어오른 수증기가 식물 이파리를 적시고 있다.

나나미는 반색하는 표정으로 몸을 약간 앞으로 내밀었다.

"마흔다섯 살이에요. 처자식이 있는 사람이라 이상한 짓도 안 하고, 가게 밖에서도 같이 즐겁게 밥 먹고 술만 마셨지, 신사예요. 처음에는 그런 술집에 드나드는 남자가 그렇고 그렇지 싶어서 멀리했는데, 진지하게 얘기해 주는 모습을 보고 인상이 달라졌다고 할까. 성실한 사람이구나, 하고."

"그렇다면 별문제는 없겠지만. 그래도 처자식이 있는 사람이라면 관계가 깊어지지 않더라도 오해를 부를 소지가 있으니까, 조심해요."

"그렇겠죠. 잘해 주니까, 나야 적당한 거리를 두고 받기만 하면 되지만."

나나미는 이성적으로 처신하는 듯 말했지만, 그 남자에게 마음을 빼앗겼다는 게 한눈에 보였다. 나는 속으로 한숨을 쉰다.

아사다 나나미는 1년 전에 동거하던 미용사에게 큰돈을 빌려주다 못해, 그의 여자 문제에까지 휘말려 마음을 다쳤다. 그런데 그것도 모자라 남자가 나나미 곁을 떠나고 말았다. 그래서 우울증에 걸려 밥도 제대로 먹지 못한 탓에 걱정한 언니가 이곳으로 데려와 처음 만나게 되었다.

처음 만났을 때, 자기는 강하니까 원래 이런 곳에 와야 할 사람이 아니다, 하고 주장했던 일이 떠오른다. 내게 두 번 다시 남자에게 집착하지 않겠다고 선언했던 나나미의 비쩍 마른 팔다리가 지금도 기억에 선하다.

그리고 서서히 회복되어 어느 기업에 파견 사원으로 취직한 것까지는 좋았는데, 사내의 여러 남자와 성관계를 갖게 되었다.

나는 그녀의 자존심이 다치지 않도록 넌지시, 놀이와 직장은 구분하는 게 좋다, 남자는 사회적인 동물이라서 위험 부담이 있다 싶으면 바로 꽁무니를 빼기 때문에 마음만 상하게 된다, 하고 조언했다.

그때 나나미는 애매하게 고개만 끄덕였는데, 나중에 어느 남자도 문자 한 번 주지 않아 상처 받았다고 말했다.

빈말이라도 성실하다 할 수 없는 남자에게 푹 빠진 사랑타령이 한차례 끝나자, 나는 그녀에게 말했다.

"있죠, 나나미 씨, 전에 본 영화에 이런 대사가 있었어요. '빼앗긴 것을 되찾으려다, 더 많은 것을 잃는다.' 무슨 뜻인지 알겠어요?"

나나미는 당황했는지 입을 꾹 다물었다.

"밤에 술집에서 일하는 게 잘못이라는 말이 아니라, 그렇게 해서는 상처를 치유할 수 없다는 뜻이라는 걸 알았으면 해요. 불특정 다수의 남자와 자는 것도 마찬가지예요. 정말 그런 불장난을 즐기는 거라면 몰라도, 나나미 씨가 원하는 것은."

"하지만 그 사람들과는 이제 개인적으로 만나지 않고,

지금 무슨 나쁜 일이 생긴 것도 아니니까.”

“그래서, 나나미 씨가 기대하는 걸 얻을 수 있을 것 같아요?”

나나미는 말이 없었다. 조금 전까지 기대감에 빛나던 눈동자는 흐려지고, 살아 있다는 게 조금도 달갑지 않다는 표정이었다.

나는 다시 부드럽게 말을 이었다.

“나나미 씨. 만난 지 얼마 안 된 남자를, 성실하다든지 아주 친절하다고 단언하는 경향이 있는데, 인간은 훨씬 더 다면적이고 유동적인 동물이라고 생각지 않나요? 일도 착실하게 하고 사람들과도 성실하게 어울리는 것처럼 보이지만, 실제로는 돈을 헤프게 쓴다든지, 상황이 불리해지면 도망치는 사람도 아주 많잖아요. 그렇다는 걸 잘 알면서, 이랬으면 좋겠다고 과도하게 기대하는 건, 왜라고 생각해요?”

“모르겠어요.”

나나미는 그렇게 중얼거렸다. 그 표정이 그 나이답지 않고, 훨씬 어린 소녀처럼 보였다.

상담실에 혼자 남자, 나는 한숨을 쉬고는 컵에 수돗물을 받았다.

잎이 무성하게 자란 관엽식물에 물을 주다가, 물방울이 컵에서 손가락으로 흘렀다. 고독과 성욕과 사랑을 구별하는 것은 어려운 일이다. 젊으면 더욱 그렇다. 다만 나나미가 또 큰 상처를 입기 전에, 스스로 그 상황을 인식할 수 있기를 바랐다.

점심시간에 근처에 있는 돈가스 집에서 등심 가스 정식을 주문하는데, 같은 클리닉에서 일하는 리사 씨가 감청색 포렴을 들치고 들어왔다.

카운터 자리까지 꽉 찬 것을 확인하고는, 갈색 머리칼을 귀 뒤로 넘기면서 내게 물었다.

"같이 앉아도 돼요?"

나는 고개를 끄덕였다.

그녀는 메뉴를 보면서 등심 가스 정식을 곱빼기로 주문했다.

"아 참, 방송 봤어요. 유키 씨, 그 프로그램에 오랜만에 나간 거죠? 텔레비전에서 어린이 문제를 좀 더 자주 다뤘으면 좋겠어요. 저도 이 일을 하고 있지만, 역시 상담은 아무나 하는 게 아니니까."

"그러게. 하지만 미묘한 문제라서, 텔레비전에는 나가고 싶지 않다는 사람도 많아. 주위에서 이름 팔러 나간다느니 하는 말도 많고."

식사가 나왔다. 기름으로 얼룩진 소스 병을 집어 들었다. 보기는 좋지 않지만, 상큼하고 달짝지근한 소스였다.

"그래도 유키 씨는 실력이 있으니까, 그런 음해와는 인연이 없지 않나요?"

"그렇지 않아. 못 들은 척할 뿐이지."

양배추 채는 부드럽게 느껴질 정도로 가늘고 아삭해 맛있었지만, 다 먹기도 전에 배가 꽉 차고 말았다.

리사 씨는 깨끗하게 그릇을 비우고 뜨거운 차를 마셨다. 가슴골이 깊게 파인 브이넥 빨간 니트와 인조 속눈썹 등, 클리닉에 근무하는 사람치고는 차림새가 좀 화려하다 싶지만, 의외로 열정적인 그녀에게 나는 호감을 품고 있었다.

계산대 앞에서 가방을 뒤지다, 지갑을 놓고 왔다는 것을 알았다. 리사 씨에게 미안하다고 말하고 밥값을 빌렸다.

클리닉으로 돌아와 책상에 앉아 내담자의 문진표를 정리하고 있을 때, 접수처에서 내 이름을 말하는 목소리가 들렸다.

잠시 후 문이 열렸다.

"실례합니다. 마카베 씨 남편인데요."

예복용 양복을 입고 캐리어를 든 가몬 씨가 들어왔다. 길게 기른 머리에 늘 안경을 끼고 있는 탓에, 머리 부분만 자유로운 분위기다.

"여보, 웬일이야?"

그렇게 말하면서 다가가자, 지갑을 쑥 내밀었다.

"식탁에 있더라고. 당신이 곤란하지 않을까 싶어서. 오늘은 나도 지금부터 촬영이라 집에 없거든."

"그랬어. 미안해. 고마워, 여보."

그는 웃는 얼굴로, 가는 길인데 뭐, 하고 말했다.

"그럼, 일 열심히 하고."

가몬 씨가 그렇게 말하고 돌아가자, 옆 책상에 있는 리사 씨가 이쪽을 보면서 감탄스럽다는 듯이 말했다.

"와, 남편 분이 친절하시네요. 분위기가 좀 묘하던데, 무슨 일 하세요?"

"결혼식장 카메라맨. 검은 양복 입고 있었잖아."

"아아, 사진작가시구나. 그래서 바람 같은 인상이 느껴졌는지도 모르겠네요."

그녀는 수긍이 간다는 듯이 고개를 끄덕였다.

"그래, 맞아. 어렸을 때부터 큰 스너프킨('무민'에 나오는 캐릭터로 고독한 방랑자)이라는 말을 자주 들었다나 봐."

"아, 이해가 가요. 자유업이니까, 시간을 마음대로 쓸 수 있어 좋겠어요."

"그렇긴 하지. 우리 아들은 나보다 남편이 만들어 준 밥 먹고 자란 거나 다름없으니까."

그런 대화를 나누는 중에 오후 상담 시간이 돌아와, 나는 자리에서 일어났다. 바람 같은 사람. 하긴 14년 전에 만났을 때, 가몬 씨는 지금보다 훨씬 자유로웠다.

회상을 차단하듯 문자가 들어왔다. 이름을 보고는 사고가 정지되었다. 피차 휴대전화로 문자를 보내지 않는다는 암묵의 약속을 했다고 여겼는데.

나는 내용을 확인하고는 바로 휴대전화를 주머니에 넣었다.

그다음 주 월요일 오전 11시 반에 나는 가쇼 씨가 일하는 법률 사무소를 찾았다.

엘리베이터를 타고 2층으로 올라가 인터폰에 대고 이름을 말하자, 자동문이 열렸다.

사무소 안에는 책상이 네 개 나란히 놓여 있었다. 다른 변호사들은 자리를 비운 듯했다.

안쪽에 문이 또 있는데, 그 너머가 의뢰인을 위한 공간인지 회색 터틀넥 스웨터를 입은 젊은 여사무원이 안내해 주었다.

소파에 앉아 기다리고 있자니, 조금 전의 젊은 여사무원이 차를 가져왔다. 화장기도 없고, 머리끝이 많이 갈라진 긴 머리와는 대조적으로 단정한 얼굴과 풍만한 가슴이 눈에 띄었다.

차를 마시고 있는데, 갑자기 소리가 나면서 문이 열렸다.

"아이구, 이거 형수님. 이렇게 오시라 해서 죄송합니다."

긴 다리를 휘청거리듯 가쇼가 들어와, 맞은편의 일인용 소파에 앉았다.

좌우 크기가 미묘하게 달라서 인상이 불안정한 눈이 이쪽을 향한다.

경계하는 시선으로 쳐다보자, 가쇼는 히죽 웃으면서 말

했다.

"그런 표정 짓지 마십시오."

"문자, 고마워요. 용건이 히지리야마 칸나 씨 사건일 줄은 몰랐네."

그 특유의 괜히 걸고넘어지는 듯한 말투를 무시하고서, 나는 말했다.

"맞습니다. 그 사건이 우리 사무소로 올 줄은 누가 알았겠습니까. 그런데, 좀 난감합니다."

"그런가 보네. 그래서, 지금 히지리야마 칸나 씨는 어떤 상황이죠?"

"뭐 처음에는 웬 허접한 남자가 왔나 하는 눈으로 봤는데. 아무튼 그럭저럭 잘해 나가고 있어. 국선 변호사라 바꿀 수도 없고 말이지."

가쇼는 손가락으로 이마를 긁적거리며 설명했다.

"국선이라면, 어쩌다 가쇼 씨가 걸려들었다는 뜻인가?"

가쇼는, 그건 아니죠, 하고 대답했다.

"화려한 사건은, 국선이라도 기본적으로 우수한 변호사가 지명됩니다. 형사 사건에 익숙하고, 의욕이 넘치는."

대학 시절 법학부 친구에게, 법정에서 가쇼가 어떤지는 얘기를 들었다.

피고인의 학대 경험과 불우한 성장 과정을 슬쩍슬쩍 껴넣는 데 능란하다. 피해자의 자업자득을 지적하는 타이밍과 치고 빠지는 균형감이 절묘해서, 그가 변호한 결과 형량이 상당히 줄어든 경우도 있다고 한다.

"배심원이 참가하는 재판이 될 거라서, 동정심을 얼마나 자극할 수 있느냐가 중요합니다. 그런데 마침, 형수님이 그녀에 관한 책을 쓴다는 소문을 듣고, 깜짝 놀랐어요."

"그렇게 된 거였네."

나는 붙박이 책장에 빽빽하게 들어찬 법률서를 바라보면서 중얼거렸다.

"일단 서로의 상황은 아는 편이 좋지 않나 싶어서. 솔직히, 나는 반대하지만. 재판에 영향을 미칠 수도 있고, 본인을 포함해서 유족의 감정을 고려하면."

"그건, 그렇지."

나도 동의했다.

가쇼는 눈을 치켜뜨고 이쪽을 보았다.

"아무튼 다들 주목하는 사건이니 말이죠. 가해자의 수기처럼 쓰면 도리어 역풍을 맞지 않겠어요. 그런대로 잘나가는 임상 심리사를 기용해 같은 여자의 입장에서 글을 쓰게 하고, 좀 묵직한 논픽션으로 팔아먹으려는 속셈이겠죠. 내가 말할 수 있는 건 여기까지고, 그다음은 그쪽의 판단이 될 테지만. 아 참, 칸나 씨는 만나 봤나요?"

나는 그 추측에 쏩쏠하게 웃으면서 되물었다.

"이제 만날까 하는데, 까다로운 여자인가요?"

"음, 오히려 얌전한 편이죠. 말도 거의 안 하고. 아아, 분위기가 좀 비슷할지도 모르겠군."

"누구와?"

"옛날의 당신과."

가쇼가 그렇게 대답했다. 부드러운 가시가 심장에 박힌 듯한 느낌에 나는 바로 다른 질문을 했다.

"칸나 씨 말인데."

"응?"

"살인의 동기는 밝혀졌어?"

가쇼는 아니, 하고 한마디로 대답하면서 고개를 저었다.

"그건 앞으로 밝혀야지. 그런데 형님은 잘 지냅니까?"

그가 찻잔에 입을 대면서 물었다.

"뭐, 여전해."

"그렇군. 솔직히 난 지금도 아깝다는 생각이 드는데. 마사치카도 이제 다 컸으니까, 사진을 본격적으로 다시 시작하고 싶은 마음은 없을까 해서."

"본인에게 직접 물어봐요."

나는 그런 말로 흘려 넘겼다.

"곧 열두 시니까 난 가 봐야겠는데, 오늘은 이 정도로 충분한 건가요?"

그는 고개를 끄덕이고는, 나도 가정 재판이 있어서, 하고 말했다. 남은 차를 마시려는데, 가쇼가 문을 가리키며 작은 소리로 말을 꺼냈다.

"아까 차 가져온 여사무원."

그녀가 이상하게 마음에 걸렸다는 걸 떠올렸다.

"얌전해 보이지만, 사실은 이 건물 비상계단에서 한 번."

불길한 예감에, 이런 자리에서 그런 얘기는, 하고 말을 가로막았다.

"하기야 이제 곧 결혼하기 때문에 여기도 그만둔다고 하니까. 아래까지 배웅하죠, 형수님."

그의 농담조의 말투에 관자놀이가 지끈거려 와, 나는 떨쳐 내듯 벌떡 소파에서 일어났다.

가쇼는 건물 1층까지 따라 나왔다.

한낮의 햇살 속에서 마주하자, 가쇼의 존재감은 엷어지고 놀리듯 히죽거리던 웃음만 뇌리에 희미하게 남았다.

구치소로 향하는 전철 안에서 나는 히지리야마 칸나의 자료를 다시 읽었다.

히지리야마 칸나, 22살. 살인 용의자로 지난 7월 19일에 체포되었다. 피해자는 칸나의 친아버지인 화가 히지리야마 나오토.

사건 발생 당일 오전에, 칸나는 도쿄 도내에 있는 한 방송국에서 2차 면접 시험을 치렀다.

그런데 도중에 몸이 불편해져 면접을 포기했다고 한다.

그로부터 몇 시간 후에 아버지가 강사로 일하는 후타코타마가와의 미술학교로 찾아갔다. 그리고 여자 화장실로 불러낸 아버지의 가슴을, 시부야의 도큐핸즈에서 사 들고 간 칼로 찔렀다.

피범벅이 된 면접용 재킷과 셔츠를 벗어던지고, 하얀 티셔츠에 감청색 치마 차림으로 현장에서 도주한 그녀는 집으로 돌아간다. 그리고 어머니와 언쟁을 벌인 후, 집에서 뛰쳐나와 다마 강가를 걸어가던 도중, 근처에 사는 주부가 그 모습을 목격.

주부는 얼굴과 손에 피가 묻은 칸나를 보고, 무슨 문제에 휘말린 것으로 판단하고 뛰어가 도와주려고 했지만, 칸나는 그녀를 피해 다시 도주. 그래서 경찰에 신고했다고 한다.

피로감이 느껴져 얼굴을 들었다. 차창에 비친 얼굴이 어둡다. 한 손으로 목 뒤를 주무르면서 생각한다.

사건 자체는 복잡하지 않다. 그러나 한편, 딸이 친아버지를 살해한다는 것은 상당한 각오가 있지 않고는 쉽지 않은 일이다. 아주 평범하게 취업 활동을 하던 여대생이 난데없이 그런 폭력성을 드러낼 수 있을까. 본인도 자각하지 못한 어떤 방아쇠가 있었던 것일까.

구치소에서 면회 신청 절차를 끝내고, 대합실에서 기다렸다.

면회실에 나타난 칸나는 홀쭉하게 마른 데다 몸집도 작았다. 유리 칸막이 너머로 인사하고 의자를 당겨 앉았다. 어깨도 좁고 가녀렸다.

인상이 부자연스러울 정도로 어렸다.

스물두 살이라는데, 눈앞에 있는 칸나는 기껏해야 열여섯, 일곱으로밖에 보이지 않았다. 동안의 여대생이라는 말보다 어른스러운 소녀라는 말이 오히려 적합하다 싶었다. 조막만 한 얼굴에 눈, 코, 입이 단정하게 자리하고 있다. 반면 등이 약간 굽어 그런지, 상상했던 것보다 수수하다는 인상을 받았다.

나는 최대한 부드러운 목소리로, 처음 뵙네요, 하고 말을 건넸다.

"히지리야마 칸나 씨, 임상 심리사 마카베 유키라고 해요. 이 일을 시작한 지 올해가 구 년째입니다."

그렇게 나를 소개하자, 칸나는 처음 뵙겠습니다, 하고 작은 소리로 말했다.

"조금 진정이 되었나요?"

그녀는 경계하듯이 입을 꼭 다물었다. 나는 질문을 바꿨다.

"책에 대해서는 신문화사의 쓰지 씨에게 들었을 테지만, 이런 일은 칸나 씨의 기분이 최우선이에요. 재판을 앞두고 있는데, 저로서는 칸나 씨가 정말 책을 통해 전하고 싶은 말이 있다면 최대한 돕겠지만, 강요할 마음은 없어요. 그거 하나는 확실하게 새겨 줬으면 해요."

고개를 숙이고 있던 그녀가 속삭이는 것처럼 작은 목소리로 말을 꺼냈다.

"저, 는. 그러는 게 좋다면, 책으로 써도, 좋다고 생각해요. 하지만."

"하지만?"

"저의 본심 같은 거, 얘기할 가치가 없지 않나 해요."

그녀는 걱정스러운 표정으로 그렇게 털어놓았다.

"가치?"

칸나는 힘주어 고개를 끄덕였다.

"칸나 씨, 대답할 수 있으면 대답해 주세요. 체포된 후에 경찰 조사에서, 동기는 그쪽에서 찾아보라고 했던 기억 있어요?"

그렇게 묻자, 그녀는 놀란 듯이 고개를 내저었다.

"어떻게 그런 주제 넘는 말을."

"그래요. 오늘 칸나 씨를 만나고 보니까, 나도 그렇게 말했을 것 같지 않아서 물어본 거예요."

"좀 다르게 말했어요."

칸나가 난감한 투로 말을 이었다. 나는 고개를 끄덕였다.

"괜찮으면, 뭐라고 했는지 알고 싶은데."

"경찰이 동기를 물었을 때, 동기는 나 스스로도 잘 모르겠으니까 찾아 줬으면 좋겠다, 그렇게 말했어요."

나는, 모르겠으니까, 하고 그녀의 말을 되풀이했다.

"솔직히 말해서, 저, 거짓말쟁이예요. 제게 불리한 일이 있으면, 머리가 멍해지면서 의식도 흐릿해져서, 거짓말도 하고 그래요. 그러니까, 그때도 돌발적으로 자신이 죽였다는 걸 숨기려고 했을 거라고……."

한 문장 안에 '솔직히'라는 말과 '거짓말쟁이'라는 말이 동시에 들어 있어 무척 흥미로웠다.

"그럼, 사건이 있던 날, 오후의 기억은 분명한 거예요? 얘기할 수 있는 만큼 얘기해 줬으면 하는데."

칸나는 어느 틈에 엄지 손톱을 깨물고 있었다. 손가락 마디가 가늘었다. 도무지 아버지를 죽인 손으로는 보이지 않았다.

"그날은, 면접장에 들어갔을 때부터 이상하게 불안했어요. 전날 부모님이 아나운서가 되는 걸 반대한 일도 있고 해서……."

칸나는 기억하고 싶지도 않다는 듯이 고개를 푹 숙였다. 나는, 그랬군요, 하면서 고개를 끄덕였다.

"그런데 안노 변호사님, 마카베 선생님과 잘 아는 사이인가요? 책에 대한 얘기를 했더니, 깜짝 놀라던데."

"안노 가쇼 씨를 말하는 건가요?"

내가 되물었다.

"아, 맞다. 가쇼, 변호사님 이름이 이상해요."

"그렇죠. 가쇼(迦葉)는 아마 석가모니의 제자 중 한 사람일 거예요. 우리, 친척이에요. 혈연관계는 아니지만."

칸나는 호오, 하면서 눈을 치켜뜨고는, 무의식적으로 애교스러운 눈짓을 보였다. 언제부터 저런 눈짓을 터득한 것일까.

"그래서 변호사님과 선생님 성이 다른 거군요."

사실 가쇼의 성이 '마카베'가 아니라 '안노'인 이유는 따로 있지만, 굳이 설명하지 않았다.

"안노 변호사님, 여자 마음을 잘 아는 것 같더라고요. 여자들은 모두 자기를 좋아한다고 생각하는 구석이 조금 있는 것 같지만."

칸나의 말투가 갑자기 부드러워졌다.

나는 부정도 긍정도 아닌 맞장구를 치고서 본론에 들어가려 했다.

"그렇게 보일지도 모르죠. 그런데 칸나 씨, 앞으로의 일에 대해서 말인데."

칸나가 불쑥 시선을 떨궜다.

"선생님은, 결혼하셨나요?"

나는 왼손에 낀 반지를 보면서 고개를 끄덕였다.

"그럼, 아이는요?"

"있죠. 초등학교에 다니는 아들이 하나."

칸나는 뭔가를 포기한 것처럼 뜬금없이, 선생님은 행복하시겠네요, 하고 작은 소리로 말하고는 이런 말을 덧붙였다.

"역시 오늘은, 그만 돌아가세요. 어떻게 할지는 신문화사의 쓰지 씨에게 편지로 대답할 테니까."

그러고는 면회실에서 나가 버렸다.

나도 가죽 토트백을 들고 일어선다. 그녀의 심사에 합격하지 못한 것 같다.

그다음 주, 클리닉 우편함에 신문화사에서 보낸 편지가 들어 있었다. 미안하지만 칸나 씨 본인의 희망으로 기획 자체를 연기하게 되었다는 내용이 적혀 있었다.

할 수 없지, 하고서 나는 편지를 옆에 있는 쓰레기통에 버렸다.

초롱불이 비치는 노천탕에 파도 소리만 울렸다.

노송나무의 향을 맡으면서 따끈한 물에 잠긴다. 넉넉한 수량에 마음까지 느긋하게 풀어진다. 칸막이 너머로 너울거리는 파도를 보려 했지만, 애매한 어둠만 펼쳐져 있었다.

서늘한 밤바람이 화끈거리는 볼의 열기를 식혀 준다.

"별 돋은 하늘이 예쁘다고 들었는데, 구름이 껴서 아쉽군."

등 뒤에서 가몬 씨의 목소리가 들려, 돌아본다. 우람한 몸을 담그자, 순식간에 물이 넘쳤다. 김에 가려진 부연 얼

굴에 수염이 송송 돋아 있다. 온화한 그는 그 정도 모습이
남자로서 매력적으로 보인다.

"마사치카 녀석, 밥 먹자마자 곯아떨어졌어. 하기야 가족
끼리 노천탕에 들어올 나이도 아니니까 오히려 잘됐지만."

가몬 씨가 그렇게 말해 나는 피식 웃었다. 숙소 패키지
에 무료 옵션이 있어서 데리고 오기는 했지만, 남편과 함께
초등학교 4학년짜리 아들까지 혼욕을 할 수는 없다.

가몬 씨가 젖은 앞머리를 뒤로 쓱 밀어 올렸다. 오랜만에
보는 민낯을 가만히 쳐다본다.

"왜?"

"안경 벗으면 여전히 인상이 달라진다 싶어서."

그는 웃으면서 양팔을 뻗어 욕조에 몸을 기댔다. 물이 또
출렁거리며 넘친다.

"늘, 고마워."

"무슨 소리야, 갑자기."

가몬 씨가 이상하다는 투로 되물었다.

"집안일이며 마사치카 뒷바라지며, 다 당신 혼자 하고 있
잖아."

나는 그렇게 중얼거린 다음, 코만 내놓고 물에 잠겼다.

"가쇼가 무슨 소리 했어?"

불쑥 그가 물었다. 근육이 부드럽게 튀어나온 어깨를 쳐
다보면서 나는 대답했다.

"사진."

"이제 신경 안 써도 되는데. 그 녀석, 의외로 생각하는 게 남성 중심이라니까."

"가쇼 씨는 당신을 좋아하니까, 그래서 가장 좋아하는 일을 할 수 있기를 바라는 거겠지. 나도 결혼 전에 아이 가졌다고 당신에게 말할 때는, 같은 생각이었어."

10년 전의 추운 저녁나절, 대학원 근처의 카페에 약속 시간보다 늦게 나타난 가몬 씨와 마주 앉았다.

가죽 코트에서 물방울이 떨어지기에, 부연 유리창으로 시선을 돌려 보니 눈발이 휘날리고 있었다.

"아이가 생겼어."

그렇게 말을 꺼내자, 가몬 씨는 눈을 번쩍 떴다. 그리고 많이 놀란 듯이, 정말? 하고 되물었다.

"틀림없을 거야. 지난달에 콘돔이 벗겨졌던 일이 있는데, 기억해? 아마 그때."

그렇게 설명하고 커피 잔을 입에 대었다가, 따끈한 우유 냄새에 속이 약간 울렁거려 잔을 내려놓았다.

"낳을 수 없더라도, 말은 하고 싶어서. 병원은, 내가 알아서."

"뭐, 왜?"

물 잔의 물이 흔들릴 정도로 몸을 앞으로 쑥 내민 가몬 씨에게, 나는 놀라서 말했다.

"왜는. 가몬 씨는 보도 사진가가 되려는 꿈이 있고, 나도 겨우 석사 논문을 끝낸 상황에, 생활도 그렇고."

"그럼 내가 보도 사진, 그만둘게."

그가 바로 대답해서, 나는 어이가 없었다. 그는 작으나마 벌써 상도 몇 번 받았고, 다음 해 봄에는 신작을 발표하기 위해 개인전 준비도 하고 있었기 때문이다.

그런데도 가몬 씨는 이렇게 말했다.

"내 꿈은 괜찮아. 아이, 내가 키울게. 결혼하자."

가몬 씨의 왼쪽 어깨에 기댔다.

"우리 부모님은 지금도 당신에게 고마워하고 있어."

그 말이 의외여서 얼굴을 들었다. 파문이 퍼졌다 이내 잔잔해진다.

"생활이 곤란할 때 돈을 꿔다 쓴 것도 모자라 맏아들에게 주부 노릇까지 시키고 있는 며느리가 뭐라고."

"부모 입장에서는 전쟁이나 테러가 발생한 나라에 가는 것보다는, 자기 나라에서 일하는 편이 안심되지. 손자도 마사치카 하나고. 가쇼는, 지금 하는 걸 봐서는 결혼은 멀었어."

"가쇼 씨, 아버님 어머님 보러 가기는 해?"

"응. 여전히 친부모 집에는 얼굴조차 들이밀지 않는 것 같지만, 우리 부모님 집에는 밥 먹으러 가는 것 같아."

"그렇구나."

가쇼는 원래 시어머니 여동생 부부의 자식이었다. 그러나 그 부부가 이혼한 탓에 당시 여덟 살이었던 가쇼를 마카베 집안에서 맡게 되었다. 그 일의 전후 사정에 대해서는 지금도 다들 말을 꺼린다.

탕에서 나와 몸을 씻고 유카타를 걸치자, 가몬 씨가 바로 앞에 서서 젖은 내 머리를 보았다.

"그러고 보니까, 한 번쯤은 길게 기른 머리를 보고 싶다."

"긴 머리는 어울리지 않는다는 말을 들어서."

누가, 하고 가몬 씨가 물었는데, 나는 수건을 접으면서 대답을 피했다.

"이제 그만 방에 가야겠네. 마사치카가 깨면 찾으러 나올지도 모르잖아."

가몬 씨도, 그렇군, 하면서 문을 열었다. 화끈거리는 볼에 산에서 불어오는 밤바람이 시원했다.

방으로 돌아와 보니, 마사치카는 이불을 걷어차 낸 채로 아직도 자고 있었다.

창가에 놓인 의자에 앉아, 어둠 속에서 스마트폰을 확인했다. 메일이 와 있었다. 신문화사의 쓰지 씨가 보낸 것이었다.

'그 후에 히지리야마 칸나 씨와 대화를 나눠 봤는데, 그녀 쪽에서, 마카베 선생님의 도움을 받아 책을 내고 싶다는 강한 희망을 비쳤습니다. 우리 쪽에서 한 번 의뢰를 취소했는데, 재차 부탁드려 죄송하지만, 검토해 주실 수 있을까요. 히지리야마 씨가 마카베 선생님 앞으로 보낸 편지도 받았습니다. 바로 클리닉으로 전송했습니다. 틈나실 때 읽어 봐 주셨으면 합니다.'

월요일 아침, 클리닉에 출근한 나는 우편함에서 광고 우편에 섞여 있는 누런 봉투를 꺼냈다.

유리문을 열고 접수 창구 앞을 지나 사무실로 들어간다.

블라인드를 내리고 창가 책상 앞에 앉아, 뜨거운 커피를 한 모금 마시면서 봉투를 열었다. 그 안에서 또 하얀 봉투가 나왔다. 젊은 여자 취향은 아닌 밋밋한 디자인이다. 쓰지 씨가 넣어 준 것일까, 하고 생각하면서 읽기 시작한다.

마카베 선생님

며칠 전에는, 구치소까지 일부러 찾아와 주셔서 감사드립니다.

그때는 말씀드리지 못했는데, 안노 변호사님이 책의 출간을 반대했어요. 재판에서 인상에 나쁘게 작용할 수도 있다고 하면서요.

그런데 마카베 선생님을 만나 뵌 후로, 저는 저 자신이 알고 싶어졌어요.

왜 내가 구치소에 있는지,

왜 나는 아버지를 죽이는 인간으로 자라고 말았는지, 하고요.

바로 얼마 전까지 평범하게 살았는데. 친구도, 남자 친구도 있었는데. 미래와 꿈도 있었는데.

제 머리가 이상해졌는지도 모른다는 생각도 몇 번이나 했습니다. 반성조차 제대로 못하는 저는 보나마나 지옥에 떨어질 거예요.

부탁합니다. 저를 고쳐 주세요. 저를 죄책감을 느끼는 인간으로 만들어 주세요.

히지리야마 칸나

관엽식물이 무질서하게 놓인 카페는 어딘가 모르게 향수를 느끼게 했다.

계산대 옆에 분홍색 공중전화까지 있어서, 오차노미즈 일대에 아직 이런 가게가 있네, 하고 생각하고 있는데, 5분 늦게 나타난 가쇼가 가죽이 찢겨진 소파에 앉았다.

그는 물을 한 모금 마시자, 마주 앉은 쓰지 씨에게 말했다.

"늦어서 미안합니다. 나오는 길에 급한 전화가 오는 바람에. 같이 일하는 기타노 선생도 곧 올 겁니다."

"바쁘실 텐데, 저야말로 죄송합니다."

쓰지 씨는 정중하게 말하면서 머리를 숙였다. 혹시 운동부였을까. 작은 몸집이나 은테 안경에 어울리지 않게 오렌지색 카디건을 걸친 등이 의외로 실팍하다.

"이렇게 시간을 내주셔서 정말 고맙습니다. 저로서도 재판에 지장이 없도록 최대한 배려하겠습니다. 출간 시기도 판결이 내려진 후로 정하겠습니다. 상사도 그렇게 수긍했습니다. 그 밖에 염려되는 일이 있으면 뭐든 말씀해 주십시오."

쓰지 씨가 이 일에 성실하게 임하고 있다는 것은 그 말투에서도 충분히 전해졌을 것이다.

"피고인이 원하는 사항이라. 저로서는 최대한 존중하고 싶습니다."

그렇게 냉정하게 말한 가쇼는 내 눈을 보지 않는다. 카운터 안에서 김이 피어오르고, 들어 본 적 있는 고전음악이 흘러나온다.

가쇼가 다리를 꼬면서 물었다.

"그런데 쓰지 씨는 몇 살입니까?"

"스물일곱입니다."

쓰지 씨가 대답하자, 가쇼는 커피 잔을 들면서, 젊네, 하고 갑자기 말을 놓았다.

"와, 젊네. 좋겠어. 그 나이일 때는 나도 뭐든 다 했지. 밤새 일하기도 하고, 놀기도 하고."

"안노 변호사님도 아직 젊으시잖아요?"

"젊기는, 이제 곧 삼십 대 후반에 돌입하는데. 나이를 솔직하게 말하면, 인기가 없습디다. 쓰지 씨, 부럽네."

계속되는 농담조에 쓰지 씨가 잠시 방심했는지 웃는 얼굴을 보였다. 가쇼의 화술에 넘어갔군, 하고 나는 속으로 중얼거린다. 가쇼가 그런 내게 불쑥 시선을 돌리면서 말했다.

"뭐, 형수님이 전문가니까. 내용에 대한 배려는 별걱정 안 합니다."

흐르는 곡에 자잘한 잡음이 섞여 있어, 음원이 레코드라는 것을 알았다.

"사실은 제가 몰랐던 터라, 깜짝 놀랐습니다. 마카베 선생님과 안노 변호사님이 친척이라는 걸."

쓰지가 그렇게 말하는 도중에 종이 울리면서 문이 열렸다. 바깥 날씨가 서늘한데, 커다란 덩치를 좌우로 흔들면서 땀을 뻘뻘 흘리는 한 남자가 들어왔다.

"야, 이거 늦어서 죄송합니다. 여! 안노 선생, 지난주에는 고마웠어."

"이렇게 발품을 하셔서 고맙습니다, 기타노 선생."

가쇼가 인사하고서, 심술 맞은 미소를 머금었다.

"전력 질주해서 온 건…… 아니겠지?"

"안노 선생의 농담은 여전하군."

기타노 선생이 껄껄 웃으면서 반색하듯 말했다.

내심 곤혹스러워하면서 웃는 얼굴로 인사를 나눴다. 기타노 선생이 물수건으로 땀을 닦으면서 설명해 주었다.

"연수생 시절을 안노 선생과 함께 보냈습니다. 마시기도 엄청 마셨죠. 안노 선생, 데킬라 릴레이 기억하나? 그렇게 마셔 대고 아무도 안 죽은 게 다행이지."

"그러게 말이야. 우리 때는 온통 남자뿐이어서. 아, 쓰지 씨는 아직 할 수 있을 겁니다, 데킬라 릴레이."

"무슨 말씀을요. 저는 술을 잘 못합니다."

쓰지 씨가 말에 약간 힘을 주어 부정했다.

"호오. 그럼 형수님과 같이 마신 적도 없겠군요. 그거 다행입니다."

가쇼 씨, 하고 조용히 말을 가로막자, 남자들 전원이 오히려 관심이 간다는 듯이 내 얼굴을 보았다.

"형수님이 술이 좀 세거든요. 죄송합니다. 여담은 여기까지 하고, 본론으로 들어가죠."

"네. 저, 히지리야마 씨는 살인죄로 기소되었죠. 최종적인 형량이 얼마나 될지, 여쭤 봐도 될까요."

쓰지의 그 질문에는 기타노 선생이 답했다.

"그게 말이죠, 실은 좀 애매합니다. 과거 판례에서도, 친족 간의 살인은 개개인의 사정에 따라 형량이 크게 달랐거든요."

"정신감정 결과는 이미 나왔나요?"

내가 덧붙여 물어보았다. 기타노 선생은, 네, 하며 고개를 끄덕였다.

"문제없음. 책임 능력이 있는 것으로 판정되었습니다. 결과도 그런데다 아직 젊은 여성이니까, 전면적으로 죄를 인정하고 반성하는 태도를 보이는 편이 좋은 인상을 주지 않을까, 나는 그렇게 생각하는데. 안노 선생은 좀 강하게 나가고 싶은 모양입니다."

가쇼는 테이블 끝에서 말을 끄집어내듯 집게손가락을 거기에 놓았다.

"문제는 그녀의 어머니입니다."

"어머니요?"

내가 되물었다.

"음, 어머니. 아버지를 살해한 사건에 대해서, 흉기도 사전에 구입했고, 사람 없는 곳으로 불러내 가슴을 찌른 것으로 봐서 살의가 있었다는 정황을 뒤집기는 거의 어렵죠. 따라서 조금이라도 정상참작을 받기 위해서는 어머니의 증언에 기댈 수밖에 없는데, 변호인 측 증인으로 나서는 걸 거부했습니다. 검사 측 증인으로 서는 모양이에요."

나는 잠시 말이 나오지 않았다. 대신 쓰지 씨가 몸을 앞으로 내밀고 질문했다.

"그럼 어머니와 딸이 대립하는 꼴이 되겠군요?"

"그렇죠. 칸나 씨는 아버지를 살해한 사실은 인정하고 있지만, 계획적인 범행은 아니었다고 하고, 동기도 좀 애매합니다. 그러니 모든 것은 법정에서 판가름하게 되겠죠, 이번 건은."

"안노 선생. 역시 조심스럽게, 동정을 사는 쪽으로 가는 게 낫지 않겠어? 동기가 취직에 반대했다는 것밖에 없어서야, 너무."

"결론을 성급하게 내리는군. 그러니까 더욱이 기타노 선생, 무슨 다른 이유가 있을 것이라고 생각되지 않나? 이번 같은 사건은, 검사 측 구형량이 십오 년이 넘을 거라고. 내 목표는 그 절반 이하야."

나와 쓰지 씨는 얼떨떨해서, 절반 이하? 하고 동시에 되물었다.

"저, 안노 변호사님. 살인인 것은 분명하죠? 그런데 절반 이하를 목표로 한다는 건. 저야 거기까지 법률을 잘 아는 건 아니지만."

"그렇게 형량을 줄일 수 있는 사정이 있다는 뜻인가요?"

"그건 좀 더 파 봐야 알겠죠. 그러나 만약 어떤 사정이 있다면, 그걸 아무도 모르는 채 인생을 다시 시작하기 어려울 만큼 긴 세월을 형무소에서 지내는 게, 과연 옳다고 할 수 있겠어요?"

가쇼가 얼굴을 들고 말했다.

"살인죄 때문에 사회로부터 십수 년간 격리됩니다. 설사

유죄라 하더라도, 몇 년이나마 형기가 줄면 인생이 전혀 달라져요."

순간적으로 정적이 흘렀다. 그 후에 쓰지 씨가 감동했다는 듯이, 정말 그렇군요, 하며 고개를 깊이 끄덕였다.

그런 대화가 오가는 중에, 나는 슬쩍 손목시계를 보았다. 오후의 상담 예약 시간이 다가오고 있었다.

"죄송한데요, 무슨 얘기인지 대략 알았어요. 일이 좀 있어서, 먼저 가 볼게요."

그렇게 말하자 남자 셋은 정신을 차린 듯 물을 마시고, 자기들도 이제 그만 일터로 돌아가겠다고 말했다.

계산을 치르고 카페에서 나오니, 바깥 공기가 싸늘하고 건조했다. 걸어갈 수 있는 거리에 사무소가 있는 가쇼만 인사를 하고 먼저 사라졌다. 남은 세 사람은 오차노미즈 역으로 걸어갔다.

언덕길이 널찍해서 건물 사이로 바람이 횡횡 분다.

역 앞은 근처에 있는 대학교 학생들로 북적거렸다. 개찰구를 지나면서 기타노 선생이 말했다.

"저래 봬도 안노 선생이 정의감이 강해서 말이죠. 존경스럽습니다. 형사 사건을 맡고 싶어 하지 않는 변호사도 많아요."

기타노 선생은 감청색 양복 차림이라 관록이 느껴지는데, 목소리는 꽤 젊었다.

"변호사는 형사 사건을 주로 맡는 줄 알았는데요."

"아니, 그렇지 않습니다. 솔직히 돈이 안 되거든요. 우리 동기 중에도 요령이 좋은 놈들은 외자 계열의 기업 매수 같은 건만 맡아서, 아카사카의 타워 맨션에 살고 있어요."

"돈 많은 사람들은 높은 곳에 사는 걸 좋아하나 봅니다. 역시 내려다보는 게 좋은 걸까요."

쓰지 씨가 그렇게 지적해, 나는 웃으면서 역 계단을 내려갔다.

셋이 플랫폼에 서자, 모두가 일터로 돌아가는 분위기를 풍기고는 있는데, 원추와 원주와 구체처럼 비슷하면서 다른 느낌이 재미있었다. 트렌치코트 자락이 펄럭거릴 때마다 스타킹 신은 다리가 드러난다.

"혈연관계는 아니라는데, 그래도 안노 선생과 마카베 선생님은 좀 닮았다고 할까, 어딘지 모르게 분위기가 비슷한 느낌입니다."

기타노 선생이 그런 말을 했다.

쓰지 씨가 자신도 같은 느낌이라고 대답하고 재킷에서 스마트폰을 꺼냈다. 업무 전화인지 한 손으로 입을 가리면서 저쪽으로 걸어간다.

나와 기타노 선생은 무심결에 얼굴을 마주 보았다. 그가 씩 웃어 기분이 조금은 누그러졌다.

"살해 동기에 따라서 정상참작이 가능할지도 모릅니다.

다만 제가 보기에 최종적으로는 십삼, 사 년이 되지 않을까 싶군요."

여자의 인생에서 귀중한 20대를 형무소에서 보내고, 겨우 출소하면 30대 후반. 가쇼가 말했던 대로 긴 시간이기는 하다.

한편 살인을 저지른, 그것도 친아버지를 죽인 인간을 어디까지 변호할 수 있을지 알 수 없었다.

"열심히 할 테니, 지켜봐 주십시오."

기타노 선생이 말했다. 저야말로, 하면서 나는 머리를 숙였다.

플랫폼에 전철이 들어오고 있을 때, 기타노 선생이 문득 생각났다는 듯이 물었다.

"마카베 선생님은 본업이 있어서 바쁠 텐데, 예전부터 책을 집필하는 데 관심이 있었습니까?"

바람이 휙 불어 앞머리가 시야를 가렸다. 나는 어깨에 멘 가죽 토트백을 잡은 채, 기타노 선생을 쳐다보았다.

"네. 저는 그 일로 유명해지고 싶어요."

기타노 선생은 의외라는 표정으로 입을 다물었다. 나는 바로, 그렇게 쉽게 이뤄지지는 않겠지만요, 하고 덧붙였다.

"그런가요."

그는 웃으면서 무난하게 대꾸하고는, 전철에 오르는 내게 인사했다.

전철 안에서 혼자가 되자 갑자기 냉정해지면서, 정말 이 일을 수락해야 하나 고민스러워졌다. 가쇼와 이 이상 얽히는 건 나 자신에게 좋을 것 같지 않다. 피해자라면 몰라도, 자신의 이름을 내걸고 가해자 쪽에 관한 책을 출간한다는 것도 위험부담이 따른다. 괜히 재판을 방해하고 싶지도 않다. 다만 한 가지, 어머니가 검사 측 증인으로 나선다는 얘기가 마음에 걸렸다.

이래저래 망설이고 있는데, 스마트폰이 진동했다. 전철 안이라 무시하려다, 가쇼, 라는 이름에 퍼뜩 놀랐다. 주위를 등지고 전화를 받았다.

"아까는 부산하게 굴어서 미안합니다. 형수님, 사무실에 도착한 건가요?"

마침 전철이 서고, 문이 스르륵 열렸다. 나는 내리면서, 아직 역이라고 대답했다. 눈앞에 파란 하늘이 다시 펼쳐졌다.

무슨 일이냐고 물으려고 차가운 공기를 들이쉬었다.

"전해 두고 싶은 말이 있는데."

가쇼가 먼저 말을 꺼냈다.

"기타노 선생도 말했지만, 현재는 우리 쪽이 불리해. 그리고 칸나 씨 진술에도 부자연스러운 점이 많고. 나도 솔직히 처음에는, 그냥 아버지를 죽인 거라면 동정의 여지가 별로 없겠다고 생각했어. 그런데 어머니가 검사 측 증인으로 나선다고 하니까, 무슨 숨겨진 이유가 있지 않을까 한 거야.”

“그건, 나도 그렇게 생각했는데.”

나는 신중하게 대답했다.

“그러니까 우리가 찾아내야 한다고요. 그 가정에서 정말 무슨 일이 있었는지. 혹시 유키 입장에서는 무슨 다른 실마리를 찾을 수 있지 않을까 하는 생각이 들어서.”

구치소 면회실에서 마주한 히지리야마 칸나는 지난번보다 다소나마 마음을 열려는 것처럼 보였다.

내 얼굴을 보자, 반가운 미소까지 머금고 머리를 숙이면서 예의 바르게 인사했다.

“마카베 선생님, 잘 부탁드려요.”

나도 무릎에 필기구를 올려놓은 채 살가운 미소로 답했다.

“오늘 기분은 어때요?”

“그렇게, 나쁘지는 않아요. 어제도 안노 선생님과 기타노 선생님이 와 주었고, 게다가 친구가 이걸 넣어 주었어요.”

칸나는 입고 있는 하얀 파카 자락을 두 손으로 잡았다. 나는 궁금해서, 친구? 하고 물었다.

“네. 교코라고 하는데, 초등학교 다닐 때부터 친구였어요. 예쁘고 머리도 좋고. 그래서 옛날부터 제가 많이 의지했는데, 왜 그런지 나를 가장 친한 친구로 여기고 있어요.

대학은 서로 달랐지만, 매달 꼭 만나서 같이 쇼핑도 하고 밥도 먹으러 가고."

대학 이름을 물어보니, 칸나가 다니는 대학보다 수준이 높았다. 초등학교 시절부터 친하게 지내는 머리 좋은 친구라면, 칸나의 가정환경도 어느 정도 객관적으로 파악하고 있을지 모른다.

그렇지만 우리 사이의 신뢰가 아직은 깊지 않다. 그런 상태에서 친구 얘기를 들어 보고 싶다는 말을 꺼내면 거절할 가능성이 있어, 그냥 마음속에 담아 두기로 했다.

"칸나 씨가 보낸 편지를 읽고, 여러 가지로 궁금한 게 있었어요. 하지만 면회 시간은 정해져 있으니까, 어떤 형태로 하면 좋을지 좀 어렵네."

칸나는 말이 없었다. 속눈썹이 길다. 표정이 진지해지는 순간, 눈동자가 촉촉해 보였다.

"……저도 뭘 어떻게 하면 좋을지 모르겠으니까, 다 맡길게요."

"그럼 이렇게 하면 어때요. 다음 면회 때까지 어머니와의 관계나 기억을 편지로 쓰는 건?"

그렇게 제안하자, 칸나는 순간적으로 미간을 찡그리고, 네? 하는 표정을 지었다.

"거부감이 있나요?"

"아니요. 저, 그런 게 아니라."

그녀가 청바지 입은 무릎에 손을 놓은 채, 약간 화가 난 것처럼 말을 이었다.

"제가 죽인 사람은 아버지인데, 왜 엄마에 대해서 물어요?"

"그래도, 가능하면 어머니와의 관계를 돌아봐 줬으면 해요. 물론 아버지에 대한 기억이 섞여도 상관없고."

"그건 알겠는데, 딱히 엄마와는…… 그냥, 보통이었어요."

"칸나 씨가 보낸 편지에, 고쳐 달라는 말이 있었는데, 그건 구체적으로 어떤 자신을 상상하고 쓴 말이죠?"

뒤에 서 있는 교도관의 그늘진 옆얼굴을 살핀다. 시계를 보니, 면회 시간이 앞으로 몇 분 남지 않았다.

"그건, 타인의 아픔을 헤아린다든지, 그런 인간다운 마음을 지닌."

"타인의 아픔 운운하기 전에, 칸나 씨는 자신의 아픔을 느낄 수 있어요?"

칸나는 무슨 말인지 모르겠다는 식의 멍한 표정으로 중얼거렸다.

"아니요. 하지만, 제 잘못이니까."

그 멍한 눈에 영혼을 되돌리듯, 지금 한 말을 좀 생각해 봐요, 하고 나는 권했다.

신주쿠 역을 빠져나오자 거리는 깊이 가라앉은 것처럼

어두웠다.

고가도로 밑에서 올려다보는 다카시마야 백화점의 불빛이 가깝고도 멀다. 인파 속에서 어깨를 이리저리 움직이며 사람을 피해 걷는다. 개찰구가 너무 밝아, 눈앞이 어질어질했다. 고개를 저으면서 계단을 내려가려는데, 스마트폰이 울렸다.

"여보세요, 유키. 엄마다."

갑자기 몸이 긴장한다.

"시끄러워서 잘 안 들리는데, 밖이니? 마사치카는?"

한꺼번에 떠벌리듯이 묻는다.

"엄마, 나 지금 신주쿠에 나왔어. 가전제품 대리점에, 살게 있어서."

"사고 바로 집에 갈 거니?"

그런데, 하고서 말을 끝낼 틈도 없이 엄마가 다음 말을 이었다.

"그럼 한 시간쯤 후에 들르마. 얼마 전에 다 같이 영국 여행 갔을 때 사 온 선물 갖고 갈 거야. 너, 좋아하잖아. 버터가 듬뿍 들어간 비스킷."

다 같이, 가 누구를 말하는 건지는 물론 설명이 없다. 수입 과자는 가까운 칼디에서 살 수 있다고 생각하면서도 거절할 이유가 마땅히 생각나지 않아, 대뜸 이렇게 제안했다.

"그럼 우리 외식할까? 마사치카도 돌아올 시간인데, 지금 들어가서 저녁 지어야 하니까."

"그래도 좋고."

엄마는 시큰둥하게 대답했다.

"그래도 고기는 싫다. 여행 가서 실컷 먹었어. 맛있는 스시 파는 데 있으면 예약해 둬라."

엄마는 그렇게 주문만 하고는 전화를 끊었다.

나는 한숨을 쉬고, 서둘러 전철을 탔다.

문에 기대어 마사치카에게 문자를 보냈더니, 바로 귀찮다는 대답이 왔지만, 무시하고 스마트폰을 집어넣었다. 다소 번거롭지만, 그 사람을 집 안에 들이고 싶지는 않았다. 자신의 정신건강을 위해서.

역에서 조금 떨어진 유명한 스시 집에서, 엄마가 좋아하는 것을 주문했다. 마사치카도 덩달아 참치 뱃살과 성게를 주문했다.

엄마는 점퍼며 과자 등 쇼핑백 가득한 선물을 마사치카에게 건넸지만, 막상 돌아갈 때가 되자 지갑을 열고는 나를 돌아보며 말했다.

"오늘 너희 집에 잠깐 들를 생각으로 나와서 지갑에 돈이 없네. 미안해, 다음에 줘도 되지?"

"나 잔돈 있으니까, 엄마가 카드로 지불하면 우리 밥값 줄게."

나는 얼른 지갑에서 천 엔짜리 지폐를 몇 장 꺼내 건넸다.

"아아, 그러니. 고맙다."

엄마는 억양 없는 목소리로 대답했다. 포기한 듯이 골드 카드를 꺼내 결제하고 사인하는 손을 쳐다보았다.

스시 집에서 나와, 어두컴컴한 골목을 걷기 시작한 엄마가 말했다.

"목이 마르네. 차 마시고 싶다."

나는 도로 건너에 있는 대형 슈퍼마켓 쪽을 보았다.

"곧 마사치카 아빠가 들어올 거야. 나, 시장 좀 보고 집에 들어갈게."

"어, 그러니."

엄마는 실망한 것처럼 중얼거리고는, 검은 니트 입은 어깨를 축 늘어뜨렸다.

"넌 자상한 남편 만나, 좋겠구나. 아빠는 여전히 출장만 다녀. 동네 아줌마들 만나서 수다도 떨고 여행도 하니까, 나도 뭐 즐거운 일이 없는 건 아니다만. 너는 매정하게 전화 한 통 안 하지."

"할머니, 내가 전화 걸게."

그렇게 말하는 마사치카의 머리를 엄마가 웃는 얼굴로 쓰다듬는다.

"이렇게 귀여운 손자가 있어 그나마 다행이지. 그럼, 나는 이제 가마."

아쉬운 듯 그렇게 말하고 엄마가 돌아섰다.

나는 손을 흔들고는 마사치카를 데리고 신호가 파랑으로 바뀐 횡단보도를 재빨리 건넜다. 딸로서의 의무를 다한 안도감과 피로감이 한꺼번에 몰려왔다.

바구니를 한 손에 들고 신선 식품 매장에서 다짐육을 고르고 있는데, 마사치카가 지적했다.

"엄마, 오늘 기분 안 좋았어?"

가몬 씨를 닮아 유순한 눈길 속에 나를 닮은 냉정함이 숨어 있다. 음과 양을 함께 지닌 마사치카의 눈을, 나는 그런대로 좋아한다.

"기분이 안 좋기는, 그렇지 않아."

나는 바구니에 다짐육을 담으면서 대답했다.

"내일 점심은 미트 소스야. 이제 셀러리 먹을 수 있지?"

"할머니 말이야, 돈 쓰는 게 싫은가. 전에도 엄마에게 부탁했잖아."

아들의 그런 말에 나는 속으로 화들짝 놀랐다. 나는 뭐라 대답하면 좋을지 망설이다가 조심스럽게 말했다.

"뭐든 부탁해도 된다고 생각하는지도 모르지. 엄마가 어렸을 때는, 할아버지가 거의 집에 없어서 할머니랑 단둘이었거든. 그래서 딸에게 의지해도 된다고 생각하는 걸 거야."

"치, 그건 우리 집도 마찬가지잖아. 언제나 교대로 한쪽밖에 없는데."

"그래도 우리 집은 가족끼리 있는 시간을 좀 더 갖는 편이라고 생각하는데."

뒤가 켕기면서도 반론을 펴자, 마사치카는 그래도 그렇지, 하고 어린애답게 큰 목소리로 따지고 들었다.

"아빠가 자상해서 좋겠다느니, 마치 엄마가 게으름 피우는 것처럼 말하잖아. 전혀 그렇지 않은데."

사랑스러워 마사치카의 머리를 껴안으려 하자, 꺄악, 귀찮게 왜 이래, 하면서 저항하고는 멀찌감치 떨어졌다.

스낵 과자 매장으로 뛰어가는 마사치카를 쳐다보면서 소리를 질렀다.

"할머니가 준 과자는 어쩌고?"

"퍼석퍼석한 비스킷 싫어."

나는 어이가 없어, 비스킷은 점심때 리사 씨와 먹어야겠네, 하고 생각했다.

마카베 선생님

며칠 전에는 찾아 주셔서 감사합니다. 편지를 써 보려고 합니다.

제 기억 속에 있는 첫 기억을 생각해 봤어요. 눈사람 스노 돔이 떠올랐어요.

유치원에 다닐 때, 아빠가 외국에서 오래 일하다 귀국한다고 해서, 엄마랑 둘이 공항으로 마중하러 나갔습니다.

공항에서 돌아오는 택시 안에서, 아빠에게 하얀 스노 돔을 받았어요. 투명하고 동그란 구체 안에서 반짝거리는 종이 눈이 내렸습니다. 아마 런던에서 산 기념품일 거예요. 그걸 받았을 때는 기뻤을 텐데. 그런데 웃는 눈사람을 떠올리니까, 지금은 몹시 기분이 나쁘네요.

아빠에게 선물을 받은 것은 그때가 처음이자 마지막이었습니다.

아빠가 귀국한 후에 이사한 집에는 별채가 있었고, 그곳이 아빠의 아틀리에였어요.

조그만 집 같아서 재미있어 하는 내게, 아빠는 멋대로 들어오면 안 된다고 엄하게 말했습니다.

어린 시절의 저는 부모님에게 반항한 적도 없고, 뭘 사 달라고 떼를 부린 적도 없었습니다. 다른 아이들에 비하면 부모 말을 상당히 잘 듣는 편이었어요.

엄마는 친절하고 좋았지만, 집안에서는 어디까지나 아빠가 최우선이었습니다.

아빠는 미대에 다닐 때부터, 교수들이 히지리야마 나오토는 유명해질 거라고 장담할 정도로 장래가 촉망되었다고 합니다. 예술 이론 강의를 듣던 엄마까지 그 소문을 전해 들었을 정도였다고 하네요.

대학교 1학년 축제 때, 콩쿠르 입선작으로 전시되었던 아빠의 그림을 보고 어떤 느낌이 들었는지, 엄마는 자주 얘기하곤 했어요.

전시실에서 아빠 그림만 살아 있는 것처럼 보였다고 했습니다. 고개 숙인 여자의 옆얼굴이, 살아 있는 인간과 똑같았다고요.

엄마는 자기 스스로는 작품을 창조할 능력이 없는 터라, 옛날부터 재능 있는 남자를 동경했다고 합니다.

미의식이 높았던 아빠에게도 역시 엄마는 이상적인 상대였을 거예요. 대학에서 손에 꼽히는 미인이라고 평판이 자자했다고 하니까요.

엄마는 이런 말을 자주 했어요. 내가 내세울 건 미모밖에 없었고, 그래서 이상한 일을 당하는 일도 많았지만, 그런 상태에서 꺼내 준 사람이 아빠였다고요.

길게 썼더니 좀 피곤하네요. 죄송합니다. 안녕히 주무세요.

히지리야마 칸나

비가 내리기 시작하자 갑자기 기온이 내려가면서 추운 날이 계속되었다.

역에서 클리닉까지 콘크리트 길을 걸어가자니 물방울이 튀어, 스타킹과 트렌치코트에 얼룩이 생겼다.

사물함에 짐을 넣고 거울을 들여다보고서야, 머리카락이 엉망인 걸 깨달았다. 다행히 오후에는 상담 예약 건이 없다. 얼른 근처의 단골 미용실에 전화를 걸어 예약했다.

점심시간이 되자 나는 편의점에서 산 주먹밥 한 개만 먹고 미용실로 향했다. 이렇게 하면 갑자기 상담 예약이 들어와도 시간을 맞출 수 있다.

메지로 길가에 있는 미용실은 비가 내려서 그런지 한산했다. 창가 의자에 앉아 헤어 카탈로그를 펼친다. 보브 헤어 페이지를 열었을 때, 긴 머리를 보고 싶다던 가몬 씨의 말이 되살아났다.

담당 미용사가 다가와, 어떻게 하시겠어요? 하고 물었다.

"좀 길러 볼까 하는데. 그러니까 살짝 정리하는 정도로만 잘라 줘요."

"알겠어요. 마카베 씨, 계속 보브 스타일이었으니까."

미용사가 브러시로 머리를 빗어 내리면서 말한다. 나는 고개를 끄덕이고, 스마트폰을 꺼냈다. 이 틈에 인터넷 뉴스를 확인하려다, 손을 멈췄다.

'극강 미모의 살인자, 전 애인의 극적인 고백. 나는 그녀의 노예였습니다.'

주간지에 실린 기사를 발췌한 내용이라는 걸 알기까지 시간이 조금 걸렸다. 그사이에 샴푸실로 안내 받아, 의자에 비스듬히 누웠다. 미용사가 머리를 감기는 동안, 아까 얼핏 본 기사가 마음에 걸려 견딜 수가 없었다.

커트와 드라이가 끝나자마자 바로 미용실에서 나왔다.

샴푸 향이 남아 있는 머리를 귀 뒤로 넘기고, 가쇼에게 전화를 걸었다. 벨소리만 계속 울려서, 일단 메시지를 남긴다.

빗속을 총총히 걸어가면서 다시 기사를 검색했다. 셀카 사진이 에로틱하다느니, 그냥 정신병자라느니 하는 천한 댓글이 넘쳐나 속에서 불쾌함이 끓어오를 때, 가쇼에게 전화가 걸려 왔다.

"온통 쓰레기 같은 말뿐입니다, 형수님."

전화를 받자마자 하는 소리에, 나는 조금 평정을 되찾았다.

"칸나 씨에게는, 이 일을."

"좀 꺼려졌지만, 일단은 전했어. 곧바로 누군지 안 모양이던데. 가가와 요이치라는 같은 대학교 졸업생."

"전 애인이라는 거, 정말이야?"

"애인이라고 할 수 있을지 미묘하지만."

가쇼가 대답했다.

"기사를 아직 확인하지 못했는데, 사적인 사진도 실려 있었어?"

조심스럽게 물었는데, 가쇼는 머뭇거리지 않고 대답했다.

"수영복 입고 손가락으로 V자 그린 사진이 한 장 실려 있을 뿐이야. 애초에 위태로운 사진은 보내지 않았다고 하니까."

그렇다면, 하면서 나는 안도한다. 그래도 칸나는 충격이 컸을 것이다.

"나, 가가와 요이치라는 사람에게 얘기를 들어 볼까 하는데."

"나도 같이 갈 수 있을까?"

가쇼는 자신의 입장이 있어 바로 대답할 수 없는지, 대답을 피하듯 딴소리를 했다.

"그런데, 그쪽은 어때요? 무슨 진전, 있었어?"

나는 짧은 한숨을 쉬었다.

"아직. 살인의 동기는 취업 활동할 때 부모님이랑 티격태격한 게 다라고 되풀이할 뿐."

"그렇군. 그런데 왜 그렇게 반대했을까. 귀여운 외동딸이 아나운서가 되겠다는데, 옆에서 응원해 주면 좋았을 텐데 말이야."

"그러니까 나도 거기에 무슨 숨겨진 비밀이 있지 않나 싶어서. 그러니까 전 애인을 만나 보면 뭘 알 수 있을지도 모르지."

"흠, 그렇군. 검토해 보겠습니다."

그는 그렇게 대답하고 전화를 끊으려 했다. 나는 주저하면서도, 용기를 내어 말을 꺼냈다.

"가쇼."

"응?"

"우리, 한 번은 속을 터놓고 얘기해야 할 것 같은데."

잠시 침묵이 흘렀다. 그리고 훗 하고 웃는 소리가 들렸다.

"속을 터놓다니, 나는 터놓을 속이 없는데."

그의 말투가 순식간에 빈정거림으로 바뀌었다. 역시 변함없다. 나는 그렇게 실감하고 바로 포기했다.

"그래? 그럼, 됐어요."

"그런 말을 꺼낸 이유를 들어 볼 수 있을까요?"

이쪽을 자극하는 듯한 존댓말에, 절망적인 기분이 든다. 어쩌다 이렇게 되었는지. 몇 만 번은 반복했을 자문을 또 되풀이한다. 어쩌다 이렇게 되고 만 것일까.

"우리, 사실은 협조할 수 있을 만큼 서로를 용서하지 않았잖아요?"

잠시 후, 전화가 끊겼다.

휴게실을 지나가는데, 낯익은 아나운서 둘이 서서 얘기를 나누고 있었다.

수려한 용모로 잘나가는 남자 아나운서가 무릎을 약간 구부려 젊은 여자 아나운서와 눈높이를 맞추고 있다.

"안녕하세요."

내가 머리를 숙이자, 여자 아나운서가 돌아보며, 안녕하세요, 하고 인사했다.

"마카베 선생님, 아세요? 이치카 씨가 돌아가셨어요. 프로그램에 몇 번 같이 나간 적이 있죠? 조금 전에 속보가 떴어요."

"네? 어쩌다?"

나는 놀라서 되물었다.

"그게…… 자살인 것 같아요. 언제나 열심이고 겸손한 좋은 사람이었는데."

아아, 하고 중얼거리면서 이치카 씨의 야윈 몸과 웃는 얼굴을 떠올린다. 아무리 인기가 높아져도 겸손했다기보다 자존감이 지나치게 낮은 면이 있었다. 그녀가 작년 말에 자서전 비슷한 책을 출간했던 일이 기억난다.

"이치카 씨, 가정환경이 정말 처절했더라고요. 책 읽어 보고 깜짝 놀랐어요."

"그러게요. 그렇게 자기를 드러내 놓으면 주목을 받게 되니까 긴장감이 더하고, 그 시기가 지나면 이번에는 낙차 때문에 우울해지기 쉬우니까. 한마디로 뭐라 할 수 없지만."

"그렇군요."

남자 아나운서가 무슨 말인지 잘 알겠다는 듯이 고개를 끄덕였다.

"무슨 고민거리 있으면 끙끙거리지 말고 내게 말해. 얼마든지 맛있는 거 사 줄 테니까."

남자 아나운서가 여자 아나운서에게만 그렇게 말했다. 나는 피식 웃고는 분장실로 들어갔다.

분장을 하는 도중에, 거울에 비친 자신의 얼굴을 쳐다보왔다. 그렇게 나쁜 것도 아니지만, 특별히 미인이라고 할 수 있을 정도도 아니다. 그런대로 봐줄 만한 용모. 셔츠 안으로 보이는 쇄골만 또렷하게 불거져 있다.

아까 그 남자 아나운서와는 오가며 몇 번이나 만났는데, 그쪽에서 눈을 마주쳐 준 일은 한 번도 없었다. 방송계에는 어딜 가나 그런 남자가 있다. 용모를 점수화해서 80점이 넘는 여자가 아니면 얘기도 나누지 않는 그들은, 자신들이 그렇다는 걸 누구도 알아차리지 못한다고 생각하는 걸까. 어쩌면 그런 의문조차 불필요한지도 모른다. 태어나서 지금까지 한 번도 져 본 적이 없는 남자들.

하얀 스튜디오에서 미소를 머금고 얘기하는 동안에도, 이치카 씨의 자살과 남자들과의 불화와 마음을 닫은 칸나의 편지가 뭉개진 케이크처럼 혼연일체가 되어 마음속에 질퍽하게 들러붙어 있었다.

밤중에 작업실 문이 열리고, 가몬 씨가 들어왔다.

"여보, 잘 거면 침실로 가지그래?"

"자는 거 아냐."

나는 얼굴을 들고 잠긴 목소리로 대답했다. 펼쳐 놓은 책의 페이지가 접혀 있어, 손가락으로 쓱쓱 비벼 편다.

"이상하게 긴장이 풀리지 않아서, 잠이 잘 안 와."

그렇게 대답하자, 가몬 씨는 무슨 생각이 났는지 도로

나갔다.

손에 들고 돌아온 것은 아마존에서 온 물건이었다. 나는 바로 포장을 뜯고 두툼한 화집을 꺼냈다.

"당신, 뭔데 그거?"

"칸나 씨 아버지의 화집."

소녀 시절이 막 끝난 여자들이 그려져 있다. 기모노 차림도 있고, 고전적인 메이드 차림에 등을 드러낸 반나체 모습도 있었다.

오동통한 뺨은 여유로운 관능을 지니고, 빛나는 커다란 눈동자는 프랑스 인형처럼 수심에 잠겨 있다. 나는 왠지 르누아르의 그림이 떠올랐다.

"당신은 히지리야마 나오토라는 화가를 알고 있었어?"

"히지리야마 나오토라는 이름은 들어 본 적이 없는데. 나야 뭐, 그쪽에는 문외한이니까."

"어때?"

나는 러그 위에 앉아 물었다. 가몬 씨는 생각에 잠긴 듯 잠시 말이 없었다.

"솔직히, 나는 별로야."

그가 대답했다.

"한없이 실제에 가깝게 표현했는데, 실제를 긍정하지 않는 느낌이 들어."

그의 말대로 그림 자체는 실제 인간으로 착각할 만큼 정교한데, 실제로 그려져 있는 것은 오히려 히지리야마 나오토의 욕망의 근원이 아닐까 하고 느껴졌다. 시선, 피부의 질감, 분위기. 현실과 이상이 겹쳐, 기묘하게 일체화된 그림을 바라본다.

"무리하지 않았으면 좋겠어."

가몬 씨의 말에 나는 웃으면서, 무리가 뭔데? 하고 되물었다.

"텔레비전에 나가는 것도 그렇고, 책도 그렇고. 우리 집 대출금과 수입에 대해서도 생각하고 있겠지. 시댁에서 빌린 돈을 빨리 갚아야 한다는 생각도. 하지만 그건 내가 생각할 일이야. 내 작업실만 아니었으면, 적당한 임대 아파트에서 살 수도 있었으니까."

나는 아무 말 않고 컵을 들어 식은 커피를 마셨다.

"그리고 가쇼도 그렇고. 내 동생이라서 분명하게 말하기 어려운 부분도 있겠지만, 그 녀석이 까탈스러운 건 나도 잘 알아."

"그래. 까탈스럽고, 위험한 사람이야. 내 생각에."

나는 고개를 약간 끄덕이며 말했다.

"어렸을 때, 가쇼가 갑자기 이웃집 차고 위에 올라가 지붕에서 뛰어내린 적이 있었어. 눈이 쌓여 있어서 시험 삼아 그랬다는데, 차고 지붕이 이 미터도 더 되는 높이였어."

"큰일 날 뻔했네. 남자애들은 그런 무모한 짓을 한다니까."

내가 눈썹을 찡그리자, 나는 안 했어, 하고 가몬 씨가 웃으면서 덧붙였다.

"그런 무모한 짓을 우습게 여기는 것처럼 보이는데, 갑자기 뛰어내린다니까, 가쇼 그 녀석이. 나름의 서비스 정신이 있었는지 몰라도, 세상과 관계하는 방식마저 그런 구석이 있다 보니. 정말 가정적이고 너그러운 여자 만나서, 안심할 수 있는 장소를 만들면 좋을 텐데."

"그러게."

나는 그에게, 이제 그만 잘게, 하고 말했다.

빈 컵을 들고 부엌에 간다. 휙 씻어서 식기대에 넣었다. 불현듯, 엉엉 울고 싶다는 생각이 들었다. 아기처럼 울어서 마음속에 고인 감정을 털어 내고 싶었다.

그러나 감정은 거기까지 치닫지 않은 채 잠과 피곤함에 떠밀려 깊숙이 가라앉고 만다. 우는 데도 젊음과 체력이 필요하다는 것을 깨닫는다.

접어 올린 소매를 내리면서, 추운 구치소의 한 방에서 잠자고 있을 칸나를 생각했다.

면회실의 유리 칸막이가 작은 탓인지, 그날따라 칸나의 목소리가 영 들리지 않았다.

나는 의자를 끌어당기고, 몸을 앞으로 쑥 내민 다음 물었다.

"부모님이 왜 아나운서가 되는 걸 반대하셨어요?"

칸나는 감정을 억누른 말투로 대답했다.

"잘 모르겠지만, 아빠가 오래전부터 사람 앞에 나서는 일 말고 선생이나 연구원 같은 성실하고 지적인 직업을 가지라고 했어요."

아나운서가 되고 싶다는 딸에게 선생이나 연구원이 되라고 하다니, 너무 분야가 다른 것 아닐까. 젊고 예쁘니까 연예인 같은 취급을 받는 경우가 많아 걱정하는 심정은 이해가 가지만, 아버지 의견이 거의 명령에 가깝다는 인상을 받았다.

"선생님, 혹시 가가와 씨 기사 봤어요?"

나는, 응, 하고 대답했다.

"그 사람이랑 사귀었던 거야?"

그렇게 묻는 순간, 칸나가 기다렸다는 듯이 강력하게 부정했다.

"그쪽에서 일방적으로 그런 거예요. 나는 처음부터 조금도 좋아하지 않았는데, 헤어지면 죽겠다고 하니까. 그런 사람을 좋아해서 사귀었다고, 사람들이 그렇게 생각하는 것만 해도 최악이에요, 불명예고."

"그랬군. 그 관계가 어느 정도 계속되었는데?"

"대학에 들어가서 바로였으니까…… 이 년 반 정도."

그렇게 싫었다는 것치고는 기네, 하고 나는 솔직한 감상을 품었다.

"헤어질 때는 깨끗하게 헤어졌어요?"

"그쪽에서, 역시 평범한 연애를 하고 싶다면서. 자기 인생에서 단 한 명의 상대라고, 결혼할 거라고 해 놓고서. 그런데 지금 와서 피해자인 척 폭로 운운하다니, 정말 그냥 쓰레기예요."

그 표현에 가쇼가 떠올랐다.

"안노 선생님은, 가가와 씨 얘기를 듣고 싶어 하는 것 같던데."

"맞아요. 그래도 안노 선생님은 가가와 씨 얘기를 곧이곧대로 믿지 않을 테니까 괜찮다고 했어요. 인기 없고 나약한 남자일수록 이런 짓을 한다면서 웃었어요."

칸나의 표정이 눈에 보이게 환해져서 조금 불안해졌다. 의지할 수 있는 사람이 변호인밖에 없는 상황에서는 당연한 일이지만, 기타노 선생의 이름이 전혀 등장하지 않는 것도 마음에 걸린다. 부성애가 넘치는 변호인이라면 칸나가 정신적으로 다소 의존해도 그리 걱정하지 않을 테지만.

나는 슬쩍 이런 말을 꺼냈다.

"괜찮으면 나도 같이 가가와 씨 얘기를 듣고 싶은데, 싫어요?"

칸나는 의외로, 괜찮아요, 하고 바로 대답했다.

"다만, 그 사람은 어떤 사실이나 다른 사람이 한 얘기를 삐딱하게 비틀어서 얘기하는 구석이 있으니까, 무슨 말을 할지 몰라 조금 걱정스럽긴 해요."

그렇게 칸나 쪽에서 적극적으로 그에 대해 얘기할 줄은 몰랐다. 어쩌면 연애 쪽에서 접근하면 칸나의 본심을 이끌어 낼 수 있지 않을까 싶어, 질문을 계속했다.

"가가와 씨를 어떻게 만났는데?"

"대학교 일 학년 때 동아리에서 벚꽃놀이 하러 갔는데, 거기서요. 그때 가가와 씨는 이미 졸업한 사람이었어요. 그런데 적극적으로 말을 걸어서. 좋은 사람이라고 생각했고, 후배들과도 친하게 지내는 선배라서, 연락처를 교환했어요. 그 후에 바로 문자가 와서…… 저는 몇 번이나 거절했어요. 그런데 그 당시에 만나던 남자 친구가 정말 형편없는 사람이라, 얻어맞기도 하고……. 가가와 씨에게 털어놓았더니, 도와줬어요. 그래서 사귀게 된 거예요."

그 기회를 이용해서, 라고 표현하지 않고 도와줬다고 표현한 부분에서 칸나의 복잡한 심경이 엿보였다.

"뭘 사 달라고 한 것도 아닌데 비싼 선물을 주기도 하고, 밤에는 차로 집까지 데려다주고. 하지만 나를 정말 이해하려 하지는 않았어요. 겉모습만 보고 자기 멋대로 좋아하고는, 사귀기 시작하니까 저더러 까다롭다느니 거짓말을 한다느니. 이해하려 애쓰지 않고 단정만 했어요."

흥분해서 호흡이 거칠어진 칸나에게 나는 또 물었다.

"그런데 칸나 씨 전에 자신이 거짓말쟁이라고 했던 거, 기억해요?"

그녀는 난처한 듯이 우물쭈물했다.

"그건, 사실이 그러니까, 어쩔 수 없지만."

"예를 들어서 어떤 거짓말을 했는데?"

나는 시간을 확인하면서 물었다. 대답을 기다리기가 답답하다. 상대방에게 충분한 시간을 줄 수 없는 점도.

"지금, 구체적으로는 기억이 잘 안 나요."

칸나는 고개를 저으면서 그렇게 말을 흐렸다.

"하지만, 줄곧 그런 말을 들었어요."

"누구에게?"

칸나의 표정이 점점 굳어진다. 남은 시간이 거의 없다.

"다음 편지에, 구체적으로 써 달라고 부탁해도 될까?"

그녀는, 네, 하고 약간 긴장하면서 고개를 끄덕였다.

"첫사랑부터 사건이 있었던 날까지, 그동안의 연애에 대해서 뭐든 좋으니까 가르쳐 줬으면 해요. 상처 받은 일, 가장 기뻤던 일, 싫었던 일, 기억나는 대로 뭐든."

그다음 순간, 그녀가 퍼뜩 무슨 기억이 떠오른 것처럼 눈을 짧게 깜박였다.

"왜 그러는데?"

그러나 대답은 없었다. 뭐였지, 하고 나는 생각했다. 지금 내가 한 말 중에서 그녀가 반응한 것은.

그러나 교도관이 다가와 면회 시간이 끝났다면서 그녀를 데리고 가 버렸다.

구치소 현관으로 향하는데, 안내 창구 앞에 가쇼가 있었다.

옷깃에 변호사 배지를 붙인 양복 차림에, 오른손에는 차입할 물건으로 보이는 봉투를 들고 있다. 젊은 여성들이 좋아하는 저가 의류 브랜드 이름이 눈에 띄어, 잘도 아네, 하고 감탄했다.

스쳐 지나갈 때, 눈을 똑바로 처다보면서 나는 말했다.

"가가와 요치이 씨 건, 칸나 씨에게 양해를 구했으니까, 잘 부탁해."

가쇼는 미간을 긁적거리면서, 알았습니다, 하고 어쩔 수 없다는 듯이 대답했다.

구치소에서 나와 살풍경한 주차장으로 걸어갈 때, 뒤에서 뛰어오는 발소리가 들렸다. 돌아보기도 전에, 그가 왼팔을 잡아 하마터면 소리를 지를 뻔했다.

세찬 바람처럼 시선을 낚아챈 것은 내 앞에 선 가쇼였다.

"면회에서."

가쇼가 내 팔을 놓고 빠르게 말을 늘어놓았다.

"무슨 일이 있었던 거야? 면회 직후에 발작을 일으켜서 실려 갔다고."

가쇼는 황당하다는 표정으로 나를 내려다보고 따졌다.

"이렇게 무모하게 굴면 곤란하죠. 재판까지 시간 여유가 많은 것도 아닌데."

"마치 직접 본 것처럼 말하지 마."

나도 참다 못해 받아쳤다.

바람이 잦아든 거리에 오가는 자동차의 엔진 소리만 울려 귀에 거슬렸다. 가쇼의 옷에서 섬유 유연제인지 뭔지 모를 강한 향이 풍겼다. 의도적인 청결감이 역시 그다웠다.

"면회 시간은 십오 분 남짓, 당사자가 하는 얘기는 구멍투성이. 사실관계도 가쇼만큼은 파악하고 있지 않아. 그런 상황에, 뭔가 있을 것 같다는 네 말을 믿고 그게 뭘지 찾고 있는데, 마치 내가 그녀를 몰아붙인 것처럼 일방적으로 말하다니, 어이가 없네."

잠시 침묵이 흘렀다.

"미안해. 내가 그쪽 영역을 지나치게 침범했어."

가쇼가 순순히 사과해서 깜짝 놀랐다.

나도 이내 냉정함을 되찾아, 나야말로 언성을 높여서 미안하다고 사과했다.

"피해자 쪽 증인이 없어서, 초조한 바람에. 보통은 부모나 친형제가 제일 좋은데, 어머니는 우리 편이 아니지, 형제도 없지."

그가 불쑥 속내를 말하기 시작했다.

"칸나 씨 어머니와는 얘기해 봤어?"

"병원에서 한 번. 아무튼 칸나 씨가 옛날부터 아버지와 사이가 좋지 않았다는 말만 하고는 뭘 물을 틈도 없이 쫓아냈어. 그것도 모자라, 딸이 살인을 저질렀으니 엄마로서 죗값을 치르게 해야 한다고 검찰 측에 붙었어. 면회도 한 번 오지 않았을걸. 내가 셔츠와 치마 같은 걸 차입하고 있을 정도야."

그 말투가 다소 자조적이었다. 그도 고생하고 있는 것이다.

"다른 친척은?"

"연락해 봤는데, 외가 쪽은 할아버지나 할머니나 다 돌아가셨고, 다른 친척과는 거의 왕래가 없었던 것 같아. 친가 쪽 할머니는, 어른이 될 때까지 키워 줬는데 은혜를 몰라도 분수가 있지, 하면서 울고."

은혜, 하고 나는 조그맣게 중얼거렸다. 그 말이 조금 마음에 걸렸다.

가쇼는 가드레일에 걸터앉아 전자담배를 꺼냈다.

"아직 담배를 못 끊었나 보네."

내가 그렇게 말하자, 이래저래 스트레스가 심해서, 하면서 그가 쓸쓸하게 웃었다

냄새가 없는 연기가 사방으로 흩어졌다. 우리는 앞으로의 방향성에 대해 간단하게 논의하고 그 자리에서 헤어졌다.

가가와 요이치가 정말 나타나리라고는 생각지 않았기 때

문에, 호텔 티라운지에서 그가 한 손을 번쩍 들었을 때는 조금 당황하고 말았다.

그는 붙임성 있는 미소를 머금고 공손하게 머리 숙였다. 갈색 체크무늬 셔츠와 치노 팬츠를 입고 있다. 약간 처진 어깨에 눈꼬리까지 약간 처져 있어, 언뜻 보기에는 선량한 사람 같다. 양 볼에 여드름 자국이 조금 남아 있는 소탈한 청년이었다.

가쇼가 명함을 건네자, 가가와 요이치는 사복 차림인데도 명함 지갑을 꺼내서 자신의 명함을 가쇼에게 내밀었다. 그리고 그는 받아 든 가쇼의 명함을 조심스럽게 바라보았다.

웨이터가 다가와 가쇼가 아니라 가가와 요이치에게 물었다.

"주문은 뭘로 하시겠어요?"

셋이 모두 커피를 주문하고 다시 서로를 쳐다보았다.

가쇼가 먼저 입을 열었다.

"칸나 씨는, 당신을 명예훼손죄로 기소할 마음은 없다고 합니다. 나 역시 사건의 전모를 파악하는 데 가가와 씨가 협력해 주셨으면 할 뿐이죠. 칸나 씨와 사귀기 시작한 게, 그녀가 대학교 일 학년 때였고, 작년 가을까지 교제를 계속했다고 보면 되겠습니까?"

"아, 네. 지금은 나도 칸나에게 몹쓸 짓을 했다는 생각도 있고⋯⋯. 그런데 기사에는 나의 발언이 왜곡되어 있더군요. 대학 후배들도 비난하고. 보도는 정말 허구라는 걸 실감했습니다."

그렇다면 기사의 내용이 전혀 터무니없다는 말인 것일까. 그의 등 뒤에 있는 유리창에 신주쿠 부도심의 고층 빌딩 그림자가 어려 있다.

"가가와 씨. 몹쓸 짓을 했다는 게, 뭘 말하는 거죠?"

가쇼가 물었다.

"내가 칸나를 찼습니다."

가가와 요이치가 진지한 표정으로 대답했다.

"아, 그랬어요?"

"어, 못 들었나요? 내가 다른 여자를 좋아하게 돼서 칸나와 헤어졌는데. 칸나를 정말 좋아했고, 나이도 어려서 어쭙잖게 봤는데, 그녀의 바람기만은 도저히 용서할 수 없었습니다. ⋯⋯지금 생각해 보면, 다른 여자에게서 위안을 얻고 싶었던 거겠죠. 여자인데, 바람기가 많다는 건 생각할 수 없잖아요."

"남자나 여자나, 바람기가 많으면 곤란하죠."

나는 그렇게만 말했다.

"그래서 내가 뭐라고 따지면, 오히려 칸나가 날 탓하는 일도 있어서. 칸나는 그런 면이 있었어요. 한번 꼭지가 돌아가면 대책이 없다고 할까, 아주 다른 사람처럼 변했습니다. 정말, 나는 칸나의 노예나 다름없었어요."

"그래서 주간지에 폭로한 겁니까?"

가쇼가 몸을 약간 앞으로 굽히면서 물었다.

"아니 그건, 딱히 복수라기보다, 칸나를 가장 잘 이해하는 사람은 나라고 생각했기 때문입니다. 주간지 기자에게 전화가 걸려 왔을 때도, 다른 기사들의 내용이 너무 심해서 그만."

"가장 잘 이해하는 사람이라면, 칸나 씨의 가정환경에 대해서 물어봐도 될까요?"

"가정이요? 아아, 아버지와 사이가 아주 안 좋은 것 같더라고요. 하지만 사춘기의 딸과 아버지 사이는 보통 그렇지 않나요. 칸나가 좀 과도했다고 할까……. 아니, 여자들은 보통 그런지도 모르겠지만, 피해자가 되고 싶어 하는 구석이 있었으니까. 나는 줄곧 지나친 생각이라고 말했습니다."

그가 커피에 크림을 따르고 티스푼으로 휘휘 젓는 동안, 가쇼가 이어서 질문했다.

"가가와 씨는, 칸나 씨가 아버지를 살해했다고 들었을 때, 충격을 받지 않았습니까?"

가가와 요이치는 뜻밖에도 똑바로 이쪽을 보면서 고개를 세게 끄덕였다.

"그야 당연히 충격을 받았죠. 울기까지 했습니다. 책임감이 느껴져서요. 결국 내가 칸나를 행복하게 해 주지 못해서, 이런 일이 생겼는지도 모른다는 생각에……. 흐윽, 죄송합니다."

설마 했는데, 가가와 요이치는 정말 목이 멘 데다 눈물까지 글썽였다. 가쇼가 위로하고는 다시 질문을 이어 갔다.

"혹시, 칸나 씨가 아버지에게 학대받고 있다는 말은 안 하던가요?"

그는 눈물을 글썽인 채 고개를 가로저었다.

"학대 같은 건 없었습니다. 매일 집에 잘 들어갔고. 어렸을 때는 여러 가지로 불합리한 일도 있었던 것 같지만, 대학 졸업하고 어른이 되면 부모는 상관 안 해도 되니까 아무튼 앞으로 나아가라고 내가 몇 번이나 말했는데. 칸나는 유난히 고집이 세서 남의 말을 잘 듣지 않잖아요?"

"칸나 씨는 사실은, 가가와 씨가 좀 더 자신을 이해해 주기를 바라지 않았을까요?"

나는 그렇게 되물어 보았다.

가가와 요이치는, 그럴 수 있었다면 고생하지 않았겠죠, 하고 단언했다.

"나는 칸나의 상황과 마주하려고 노력했습니다. 그녀가 전 남친의 폭력으로 의논했을 때도, 걱정돼서 우리 집에 머물게 했고."

그때, 가쇼가 신중한 말투로 확인했다.

"그때 일 말인데요……. 칸나 씨는 그 얘기를 하는 중에

78

가가와 씨가 억지로 육체관계를 강요했다고 하던데요. 그
게, 사실입니까?"

"아니, 잠깐요. 그럴 리가 없잖아요? 정말 그렇지 않습니
다. 오해 마세요. 그때 일은 분명하게 기억하고 있다고요.
제 발로 우리 집에 찾아왔고, 어쩌다 그렇게 흘러갔을 때
도 칸나는 웃는 얼굴이었어요. 야, 정말……. 역시 칸나는
좀 이상합니다. 사실은 오래전부터 허언증이 있다고 생각
했어요."

"허언증이라고요?"

당황한 내가 되물었다.

"네. 거짓말을 밥 먹듯 합니다. 대학 선배에게 칸나와 했
다는 말을 들었을 때는 정말 미쳐 죽는 줄 알았습니다. 그
런데 헤어지자는 얘기를 하니까 칸나가 울어서. 게다가 툭
하면 손목을 그어 대니까 나도 좀처럼 헤어지자는 결단을
내릴 수 없었고……. 남들 눈에는 결국 내가 배신한 것처
럼 보일지 모르지만, 나도 진짜 힘들었다고요."

그는 다음 질문을 거부하듯 입을 꾹 다물고 말았다. 나
는 입속으로, 손목을 긋는다, 하고 중얼거렸다. 긴 소매 옷
을 입고 있어서 몰랐는데, 자해벽도 있다는 말이다.

고맙다는 인사를 하고 찻값을 치를 때, 한발 앞서 화장
실로 향하는 가가와 요이치의 뒷모습을 보면서 가쇼가 중
얼거렸다.

"결국 가가와 씨가 칸나 씨의 뭘 이해한 걸까."

돌아가는 전철 안에서, 가쇼는 천장에 매달린 손잡이를 잡으면서 이제 생각났다는 듯이 말했다.

"칸나 씨가 유키에게 하고 싶은 말이 있어서 또 편지를 보냈다고 하더군."

팔을 올리고 있어서 그런지, 가쇼의 팔다리가 길다는 것을 새삼스레 실감하면서 나는 고개를 끄덕였다.

"알았어. 고마워."

유리창에 비친, 지친 자신의 얼굴. 입술이 바짝 말랐다는 것을 겨우 알았다.

어깨에서 미끄러져 떨어질 것 같은 가방을 끌어올리면서 가슴속에서 부글거리는 말을 참고 있으려니, 가쇼가 말했다.

"하고 싶은 말이 있으면, 하시죠."

"칸나 씨가, 가가와 씨가 억지로 육체관계를 강요했다고 했다는 말, 사실이야?"

"그럼, 칸나 씨가 내게 분명히 그렇게 말했어. 그런데 반응을 보니, 가가와 씨가 거짓말을 하는 것 같지는 않더군. 그래서 나도 좀 혼란스러워. 하기야 헤어진 남자와 여자의 얘기는 어긋나기 마련이지만."

"그래도 그렇지, 두 사람의 주장이 완전히 반대라는 게 이상······."

말을 하고 있는데 앞에 있던 사람이 일어나, 자리가 비었다.

가쇼가, 앉지그래, 하는 식의 몸짓을 했지만 나는 고개를 저었다. 그가 바로 앞에 서서 내려다보면 왠지 불편하다.

그래도 얼마 전 구치소 건 후로, 가쇼와 얘기하기가 한결 편해졌다.

"앞으로는 무슨 일 있으면, 나도 가능한 범위 안에서 보고할게."

가쇼가 그렇게 말했다.

"고마워. 원래는 동석할 수 있는 입장이 아닌데."

"양쪽에서 알아보면 효율적이잖아."

"그건 그렇지만, 가쇼."

이름을 부르자, 그는 경계하듯이 얼른 입을 다물었다. 벗겨지던 허물을 다시 뒤집어쓰듯. 그 긴장감에 찬 눈길을 자극하지 않도록 조심하면서 나는 말했다.

"괜찮다면 칸나 씨 여자 친구라는 사람 얘기도 들어 보면 어떨까? 아직 칸나 씨에게 허락은 구하지 않았지만, 참고가 될 것 같은데."

"아, 그렇군. 그 여자 친구가 필요한 물건을 이것저것 차입해 주는 것 같아서, 나도 한 번쯤은 얘기를 하고 싶었어. 확인해 볼게. 그럼, 나는 이만."

가쇼가 한 손을 슬쩍 들고는 전철에서 내렸다.

문이 닫힌다. 천천히 속도를 올리는 전철 안에서 시선을 돌리자, 플랫폼을 걸어가던 가쇼가 갑자기 손을 흔들었다. 눈이 마주쳤다.

나는 미소로 답하지 못하고 그를 외면했다.

붉게 물든 하늘이 기다리는 지상으로 전철이 쓱 올라간다. 점점 밝아지는 창밖을 바라보면서 생각한다.

칸나의 과거를 더듬다 보면, 우리가 공유한 시간 역시 거꾸로 돌아간다.

그런데도 결정적인 말은 죽을 때까지 하지 못한다. 나나 가쇼나.

가을이 깊어져서 대학 근처에 있는 강가 길에는 알록달록한 나뭇잎이 소복하게 쌓여 있었다.

바스락, 마른 잎 소리가 나서 돌아본다. 롱부츠를 신은 여자가 이쪽으로 걸어오고 있었다.

코트를 벨트로 묶은 차림이다. 어깨에 멘 검은 가죽 가방이 그녀 나이치고는 시크하게 느껴졌다. 눈에는 강한 의지의 빛이 어려 있다. 쭈뼛거리는 기색 하나 없는 또렷한 말투로 그녀가 말했다.

"안노 선생님과 마카베 선생님이시죠? 칸나가 신세를 많이 지고 있네요. 우스이 교코입니다."

그사이에도 등 뒤에 있는 나뭇가지에서 나뭇잎이 떨어졌다.

나와 가쇼는 머리를 숙이면서 나와 줘서 고맙다고 말했다. 그녀는, 아니에요, 하고는 고개를 강하게 한 번 저었다. 위태롭고 불안정한 칸나와는 대조적으로 불타오르는 꽃 같은 미녀였다.

"근처에 카페가 있으면, 그쪽으로 갈까요."

그녀는 가쇼의 그 제안을 거부했다.

"걸으면서 얘기하는 편이 좋겠어요. 학생들이 들으면 곤란하니까."

아닌 게 아니라 칸나와 친구라는 사실이 알려지는 건 원치 않겠다고 짐작했는데, 교코는 바로 이렇게 설명했다.

"지금도 칸나를 친구라고 생각해요. 그녀의 프라이버시를 지켜 주고 싶습니다. 칸나에게 두 분을 아주 신뢰한다는 편지를 받았어요."

"칸나 씨와는 초등학교 시절부터 친구였죠?"

"네. 우리는 서로의 성격도, 가정환경도 잘 알고 있어요. 칸나가 남자들과 사귀기 전까지는 내가 가장 가까이 있었어요."

그 말에서 동성 특유의 복잡한 애정이 느껴졌다. 사춘기 여자아이들의 친밀감은 연애 감정과 유사하다.

천천히 흐르는 강물을 따라 오리들이 둥둥 떠다녔다. 수

면에 반사되는 빛이 분홍색으로 물들어 있었다. 요 며칠 사이에 해 떨어지는 시간이 한결 빨라졌다.

"벌써 가을이네요."

그녀가 중얼거렸다.

"지난여름에 칸나가 체포되었을 때, 저는 이 근처에 있는 스타벅스에서 과제를 하고 있었어요. 그날, 정말 더웠죠. 여섯 시가 넘었는데도 창밖은 환하고, 하늘은 파랗고."

"무척 놀랐겠습니다. 친구가 그렇게 되어서."

가쇼의 질문에 교코는 다소 애매하게, 처음에는 깜짝 놀랐지만, 이라고 운을 떼고는 말을 이었다.

"저 솔직히, 칸나의 아버지를 싫어했거든요."

"그렇게까지?"

거푸 질문하자, 그녀는 머리칼을 귀 뒤로 넘기면서 대답했다.

"네. 아버지가 보통 때는 집에 잘 없었어요. 개인전 때문에 외국에 나가 있는 일도 많아서. 어쩌다 귀국해서 집에 있을 때, 내가 보는 앞에서 고함을 지르곤 했어요. 여름방학 과제를 하려고 칸나 집에 갔을 때도, 칸나 방에 에어컨이 없어서 거실에서 하고 있는데, 내 집에서 멋대로 이러지 말라고 막 소리를 지르고. 정말 믿기지 않았어요. 칸나도 아버지가 집에 있을 때는 무서워서 문을 꼭 잠그고 방 안에 틀어박혀 있다고 했어요."

가쇼가, 심한 폭군이었군요, 하고 감상을 말했다.

"맞아요. 옛날에 칸나 어머니가 여행을 갔을 때도, 칸나가 문을 잠그고 자고 있는데, 아버지가 돌아오자마자 고함을 지르고 야단해서 도망쳐 나왔다고 전화가 걸려 온 적이 있어요. 우리 집에 가도 되느냐고 했는데, 나도 그때는 학원에 있어서, 결국 친척 집에 갔던 모양이에요."

"문을 잠갔다는 말은."

나는 의문스러워 고쳐 물었다.

"체인을 걸었다는 뜻인가요?"

"아니요."

교코가 바로 대답했다.

"칸나네 집은 아버지가 외출할 때 열쇠를 안 가지고 나가기 때문에, 현관문이 항상 열려 있었어요. 밤에 칸나가 혼자 집을 지키고 있을 때도요. 도시에서 여자 혼자 집을 지키고 있는데 부모가 문을 잠그지 말라고 하다니, 정상이 아니죠. 또 칸나에게 그림 모델을 시키기도 하고요. 몇 시간이나 똑같은 자세로 있느라 어지러웠던 일도 한두 번이 아닌 것 같았어요."

다리 밑으로 빨강 노랑 나뭇잎이 흘러간다. 구름이 조금씩 끼기 시작했는지, 그림자가 짙어져 갔다.

가쇼가 교코 바로 앞을 막아서서 물었다.

"그림 모델이, 무슨 말이지? 아버지 그림의 모델을 섰다는 뜻인가?"

그녀는 놀랐는지 한쪽 눈썹을 치켜올리면서, 아니요, 하고 대답했다.

"아버지 그림 모델은 서지 않는다고 했어요. 칸나 얼굴이 아버지 화풍과 어울리지 않는다고요. 아버지가 아틀리에에서 간혹 제자들을 가르쳤는데, 칸나가 그런 때 데생 모델을 섰어요. 학생들이 아이든 어른이든 그릴 수 있게 하기 위해서라는데. 그런데 다른 아이를 장시간 모델로 세우는 건 여러 가지로 문제가 있어서 어렵다나 뭐라나. 같이 놀자고 했는데, 그 일 때문에 칸나가 몇 번이나 거절한 일이 있어서, 기억하고 있습니다."

그림 모델이라, 하고 나는 입안에서 웅얼거렸다. 제자들이 전부 남자는 아니었겠지만, 그 말의 울림에서 어딘가 모르게 불온함을 느꼈다.

"차라리 예쁘게 태어나지 않는 편이 좋았을지 몰라요. 칸나처럼 약한 아이는."

교코가 그렇게 중얼거렸다.

"교코 씨. 그림 모델 서다가 이상한 일을 당했다고, 칸나 씨가 혹시 그런 말 한 적 없어요?"

"있어요. 아틀리에에 다니는 미대생 하나가 자꾸 꼬드기는데 거절할 수가 없어서 휴대전화 번호를 가르쳐 줬더니, 전화를 얼마나 집요하게 거는지 모른다고. 그래서 나랑 같이 맥도날드에서 그 사람 만나서, 칸나가 울면서 이제 전화 그만하라고 했던 일이 있어요."

"겁나는 얘기로군. 그게 몇 살 때 일이죠?"

"중 3이었나. 그런데 부모님이, 네가 꼬리를 쳐서 그런 거니까 책임지고 스스로 어떻게든 해결하라고 화를 냈다고 속상해 했어요."

부모들이 하는 불합리한 말에는 익숙했지만, 그 순간 처음으로 꺼림칙한 것을 느꼈다.

"꼬리를 쳤다, 칸나 씨가 그렇게 말했어요?"

"네. 칸나가 붙임성이 좋다고 할까, 맺고 끊는 게 분명하지 않은 면이 있어서."

"그래도 잘 아는 남자가 중학생인 딸 주변을 맴돌았다면, 보통은 상대에게 화를 내지 않나요? 그 말을, 부모님 중 어느 쪽이 했는지는 구체적으로 기억해요?"

그녀는 퍼뜩 놀란 표정을 지었다. 그리고 이제야 알아차렸다는 듯이 조그맣게 고개를 끄덕이고 말했다.

"거기까지는. 칸나는 그런 일이 종종 있었고, 늘 자기 탓이라고 말해서."

"그런 일?"

교코는 난간에 손을 대고, 먼 곳을 바라보듯 아련한 눈빛을 보였다.

"이성 관계 때문에 생긴 여러 가지 문제요. 그 가가와 씨

도, 나는 처음부터 사귀지 말라고 했는데. 왜 그런 사람이
랑 사귀었는지."

"그 점에 대해서 말인데, 가가와 씨가 그녀에게 육체관계
를 강요해서 시작된 거라는 얘기는 알아요?"

내가 묻자, 교코는 어째 놀란 것처럼, 아니요, 하고는 고
개를 저었다.

"칸나가 그 사람에게 의존했다고 할까, 뭐라고 투덜거리
면서도 좋아서 의지한다고 생각했는데요. 사귀기 시작하고
부터는 늘 둘이 붙어 다녔고."

"그리고 아버지가 폭력을 휘둘렀다는 얘기는 들은 적 없
나요?"

이어서 묻자, 교코는 그런 일은 없다고 대답했다.

"고함을 많이 지르고 엄격하게 훈육했다는 건 알지만, 그
런 얘기는 한 번도. 아니, 죄송해요. 저도 사실이 어땠는지
는 전혀 모를 수도 있으니까."

나는 고개를 갸우뚱하고, 그건 또 무슨 말이죠? 하고 차
분하게 물었다.

"칸나가 진심으로 내게 마음을 연 적은 없었으니까. 적어
도 나는 계속 그렇게 생각했어요."

"하지만 칸나 씨는 교코 씨를, 자기에게 과분할 정도로
멋진 친구라고 생각하는 것 같던데."

"칸나가요?"

교코가 조금 놀란 듯이 되물었다.

"칸나는 사실은 아무도 좋아하지 않는다고 생각했어요."

"그렇게 생각하면서 그렇게 오래 친구로 지낼 수 있나? 난 남자라서 그런지, 좀 이해가 안 되는데."

가쇼가 속내를 살피는 눈초리로 그녀를 쳐다보았다. 교코는 당당하게 대답했다.

"네, 남자는 절대 이해하지 못할 거예요. 가령 칸나가 저를 필요로 하지 않더라도, 칸나를 좋아하는 한 저는 그녀를 지킬 거예요. 처음 그녀가 제게 말을 걸었을 때, 저 스스로 그렇게 맹세했습니다."

가쇼의 말을 단호하게 떨쳐 버리듯 교코는 또렷한 눈썹과 존재감 있는 입술 끝을 치켜올렸다.

"처음 칸나 씨와 얘기했을 때 일, 기억해요?"

나는 그렇게 질문해 보았다.

"저, 전학생이었어요. 아버지 일 때문에 한동안 뉴욕에서 지낸 적도 있는데, 그래선지 말투가 건방지다고 아이들이 싫어했어요. 혼자 책만 읽곤 했는데, 어느 날, 몇 주일이나 학교에 나오지 않던 칸나가 와서, 점심시간에 갑자기 말을 걸었어요. 얼굴을 들어 보니까, 칸나가 쑥스러운 표정으로 웃으면서 자기도 아버지 때문에 프랑스에서 지낸 적이 있다고 하면서. 제 이름을 처음 불러 준 아이가 칸나였어요. 책과 그림 얘기를 하다 보니까 금방 친해졌습니다. 아이들이 저에게 나쁜 말을 하면, 칸나는 소심한 성격인데도 울면서 화를 내기도 했어요. 그렇게, 계속."

그런 말을 하는 교코의 눈에는 강렬한 애정의 불꽃이 타오르고 있었다. 가쇼까지 그답지 않게 숭고한 것을 보는 듯한 눈빛을 보였다. 나 역시 착잡한 기분에 고개를 힘껏 끄덕이고 물었다.

"오늘은 정말 고마웠어요. 또 궁금한 게 있으면 얘기를 들려줄 수 있을까요?"

교코는, 네, 하고 힘차게 대답했다.

"칸나를 잘 부탁합니다. 저는 도서관에서 과제하다가 돌아갈 거니까, 여기서 인사드릴게요."

그녀는 공손하게 머리를 숙이고는 사라졌다.

뒤에 남은 나와 가쇼도 낙엽을 밟으며 걷기 시작했다. 그가, 친구 사이인데 저렇게 분위기가 다르다니, 하고 흥미롭다는 듯이 중얼거렸다.

"저, 교코 씨 말이야."

"응?"

"다카라즈카의 남장하는 여배우들 좋아할 것 같지 않아?"

"무슨 말인지 알 것 같네."

그렇게 동의했을 때, 코끝에 물방울이 톡 떨어졌다.

두껍게 낀 구름에서 비가 쏟아지기 시작했을 때, 오늘따라 하필 베이지색 펌프스를 신고 나온 것을 후회했다. 가쇼가 저쪽으로 가지, 하고 말을 건넸다. 질척거리는 땅을 피해 공원 구석에 있는 기관차 놀이기구로 뛰어간다.

지붕이 있는 운전석에 들어가 쪼그리고 앉자, 가쇼도 함께 앉아 지붕 끝을 한 손으로 잡은 채 하늘을 올려다보았다.

그늘이 드리워진 옆얼굴과 숨소리가, 불현듯 생생하게 느껴졌다.

가쇼가 고개를 이쪽으로 돌렸다.

빈정거리듯 일그러져 있던 입술이 제자리로 돌아와, 이목구비가 단정한 얼굴에서 감정이 읽히지 않는다. 목이 유난히 잘 보이고, 넥타이를 매지 않고 셔츠 단추를 하나 풀고 있다는 것을 이제야 안다. 젖은 귀와 목덜미에 물방울이 더러 남아 있다.

"어쩌라고 그렇게 쳐다봐."

"감기 걸리지 않을까, 걱정했을 뿐이야."

나는 좀 어색해서 그렇게 둘러댔다.

"그거 고맙군."

나는 색이 바란 운전석에 등을 기대고, 최대한 부드럽게 물었다.

"언제나 의뢰인의 친구까지 만나고 그래?"

아니, 하고 그는 바로 부정했다.

"그렇게까지는 잘 안 하지."

"가쇼도 여러 가지로 생각되는 바가 많지 않을까 했어. 이 사건에 대해서."

"이번 사건이라고 딱히 특별한 건 없어. 가해자나 피해자에게 일일이 감정이입을 하면, 위가 몇 개라도 남아나지 않지."

"그래도, 가쇼의 정의감이 유난히 가동되는 일은 있겠지. 적어도 내 눈에는 그렇게 보이는데."

"뭐 전문가가 그렇게 말하니, 부정은 않겠어."

나는 무릎을 껴안은 채 내리는 비를 쳐다보았다. 축축하게 젖은 나무와 풀 냄새가 점차 짙어지고, 숲 너머가 부옇게 흐려진다.

놀이기구 안까지 빗발이 들이쳐 다리를 옆으로 옮겼다. 어둠 속에서 보는, 펌프스 신은 자신의 발이 가쇼보다 한참 작다.

"이 사건에서 생각되는 바가 많은 쪽은 오히려 유키이지 않을까 했는데."

나는 반사적으로 그를 뚫어지게 쳐다보았다. 그리고, 왜? 하고 나도 모르게 중얼거렸다.

"그냥. 지난날과 겹치는 부분이 있을지도 모르겠다 싶었어. 그냥 그런 감이 들었다는 말이지만."

가쇼는 밖을 쳐다보면서 말했다.

"돌이켜 보면, 그 무렵의 유키도 균형감이 좋지 않았잖아. 사실은 자존심도 세고 성격도 강하면서, 자기보다 뛰어난 것도 없는 평범한 여자 앞에서 갑자기 뒤로 물러나곤 했잖아. 그런 게 다 남의 일인데, 괜히 나까지."

거기까지 말한 가쇼가 불쑥 정신을 차린 듯 입을 다물 었다.

스마트폰이 울려, 심장이 살짝 뛰었다. 이름을 확인하자 바로 받는다.

"응, 여보."

유키, 하고 부르는 목소리에 긴박감이 있었다. 나는 얘기 를 들으면서 옆에 있는 가쇼를 돌아보았다.

"응. 가쇼 씨, 지금 바로 옆에 있어."

가쇼가 눈짓으로, 나 말이야? 하고 되물었다. 나는 고개 를 끄덕이고 스마트폰을 그에게 건넸다.

"아, 형. 응. 정말……. 아니, 굳이 나까지 갈 거 없지 않을 까. 어차피 누구인지도 모르는데. 어. 그렇군. 알았어. 한 시 간 정도면 도착할 거야."

가쇼가 얘기를 끝내고, 여기, 하면서 스마트폰을 돌려주 었다. 일단 전화를 끊고서 그를 돌아본다.

"위독한 것 같다며. 가몬 씨가 그러던데."

"그런가 보군."

가쇼는 피식 웃었다. 마치 데이트 약속이 겹치기라도 한 것처럼. 친어머니가 위독하다는 연락에 대해.

"이제 빗발도 좀 주춤해졌으니까, 먼저 갈게. 만약 그 사람이 죽으면, 유키에게도 아마 연락이 갈 거야."

긴 다리를 내던지듯 밖으로 나간 가쇼의 등을 향해 나는 말했다.

"아직 그런 결론이 나온 것도 아닌데."

가쇼는 손가락으로 관자놀이를 가리키고는, 여기 고인 물을 빼는 수술이 그렇게 간단한가, 하고 말했다.

그는 흙탕물이 튀는데도 개의치 않고 걸어갔다. 비는 어느 정도 그쳤지만, 비구름이 낀 채로 어두워지는 강가 길에 그의 뒷모습이 녹아들듯 사라진다.

나는 기관차 놀이기구에서 뛰쳐나와 어둠을 헤치듯 빠른 걸음으로 그의 뒤를 쫓아갔다. 그가 돌아보았다.

"유키는 이제 집에 갈 거지? 형도 병원으로 온다고 했으니까, 마사치카 혼자라서."

"응. 그래서 아까 가몬 씨에게 말했어. 늦어지겠다 싶으면 연락하라고."

내가 그렇게 말하자, 가쇼는 이제 기억났다는 듯이 이렇게 말하며 웃었다.

"아 참, 그렇지. 두 사람 부부지."

걸어가는데, 빗물에 젖은 낙엽이 펌프스 코에 자꾸 들러붙어 거슬리는 소리가 났다.

큰길로 나서자, 시야가 꽤나 넓어져 괜스레 안도했다. 자동차 불빛이 눈을 찌르고, 젖은 가로등 불빛이 비치는 세계는 아직도 조금 부였다.

"어머니 면회 가는 거, 언제 가고 처음이야?"

신호가 바뀌기를 기다리면서 내가 물었다. 가쇼는, 언제였더라, 하고 중얼거렸다.

"아, 작년 여름이다. 엄청 더워서, 언덕 위에 있는 병원까지 가는 게 짜증스러웠는데."

그렇게 오래전이구나, 하고 나는 중얼거렸다.

"자식 된 도리는 아니라고 생각해, 나도. 큰집에만 다 맡기고. 돈은 조금 보태고 있지만, 그 외에는 전혀 관여하고 있지 않으니까. 큰어머니가 참 마음이 좋지. 나를 떠넘겼는데도, 친자식처럼 키워 주고. 아무리 친동생이라도 그렇지, 내치지 않는 게 정말 대단해."

큰집이란 가몬 씨네를 말하는 것이다.

시아버지가 정년으로 퇴직할 때까지 대기업의 임원으로 일한 덕분에, 경제적으로는 여유가 있었다. 그렇지만 그들만큼 한결같이 애정이 넘치고 남들 뒤를 잘 보살펴 주는 사람들은 흔치 않다. 아내 노릇을 전혀 못하는 내게도 잘해 주고, 친아들과 다름없이 가쇼를 대하는 그들을 보면, 이상적인 부모란 이런 사람들을 말하는 거겠지, 하고 생각하게 된다.

"뭐, 그래서 더욱이 우리 어머니가 정반대로 굴었는지도 모르겠지만. 그렇다고 자기 스스로 죽으려 한 어머니를, 지

95

금 와서 내가 뭘 어떻게 하겠어."

몇 년 전에 한 번, 나는 가몬 씨와 함께 요양원에 면회를 간 적이 있다.

가쇼의 어머니는 마침 잠들어 있었다. 살이 쪽 빠진데다 치매에 가까운 증상을 보이고 있어, 줄곧 요양 병원에 있었다. 직업상 다양한 사람들을 보아 익숙한데도, 사람이 이렇게까지 망가질 수 있을까 싶어 허망한 기분이 들었다.

내가 아무 말이 없자, 가쇼가 말했다.

"이 세상에는 말이야, 어떤 부모라도 죽으면 자식의 마음이 움직일 거라고 믿는 사람들이 많잖아. 그거 비아냥거림이 아니라 진짜 그런 걸지, 줄곧 의문이었어. 아, 난 여기서 택시 탈 건데. 같이 타고 가다가 내릴래?"

그가 어둠을 향해 얼른 손을 들었다.

"나는 그냥 갈래."

멀어지는 택시를 바라보고 있자, 사방에 다시 어둠의 고요함이 돌아왔다.

면회실에 나타난 칸나는 옷깃이 동그란 하얀 블라우스를 입고 있어, 마치 교복을 입은 것처럼 보였다.

"그 블라우스는 가쇼 씨가?"

그렇게 묻자, 그녀는 고개를 내저었다.

"안노 선생님이 차입해 준 블라우스는 전부 옷깃이 뾰족

96

해서. 제가 동그란 옷깃을 좋아한다는 걸 아는 교코가요."

"그녀를 만났는데, 참 멋진 친구더라. 총명하고, 강인하고."

그렇게 칭찬하자, 칸나는 환하게 웃으면서 지금까지 본 적 없는 기쁜 표정을 지었다.

"그럼요. 교코는 머리도 좋고, 멋지고. 또래 남자들은 그걸 잘 모르지만."

"전학 온 그녀랑 바로 친해졌다고 하던데?"

"네, 맞아요. 책을 읽는 아이와는 친해질 수 있을 것 같았어요."

검은 치마 위에 놓인 오른손을 본다. 부자연스럽게 주먹을 쥐고 있었다. 사실은 긴장하고 있다는 것을 알았다.

"아 참, 아버지 그림 교실에서 모델을 선 게 몇 살 때부터야?"

"네?"

칸나가 무슨 소린지 모르겠다는 듯이 되물었다.

"칸나 씨가 간혹 아버지 데생 교실에서 모델을 섰다고 하던데. 교코 씨가 그래서 같이 못 논 적도 있다고 해서."

"음, 초등학교 고학년 때였나, 아마 그쯤일 거예요."

"어떤 사람들이 와서 배웠어요? 젊었어? 대학생 정도? 아니면 더 나이 많은 사람?"

"왜 그런 걸 묻죠?"

칸나가 불쾌하다는 목소리로 말했다. 긴장이 번져 어깨

까지 굳은 것을 알 수 있었다.

"거기 다니던 학생들에게 이상한 일을 당한 적은 없어?"

내가 묻자, 칸나는 놀란 듯이 없어요, 하고 대답했다.

"정말? 칸나 씨를 꼬드긴 대학생이 있었다고 들었는데."

"그건, 제가 그쪽을 오해하게 해서 그런 거예요. 기억하고 싶지 않은 일이지만, 그때 분명하게 거절했고."

"그럼, 다르게 질문할게. 그림 모델을 설 때, 어머니는 뭐 하고 있었어?"

이상하다는 표정을 짓는 그녀에게, 나는 거듭 물었다.

"그때, 칸나 씨 어머니가 뭘 했는지, 자세하게 알고 싶어서 그래."

"아마…… 시장을 보러 나갔던가. 어딘가에 있었겠죠. 아, 아니다. 요리 교실이에요. 토요일 오후에는 엄마가 없어서, 그래서 데생을 한 거였으니까."

"왜 어머니가 없는 동안에 했을까?"

"그건, 아빠가, 집중이 안 되니까 어디 다른 데 가 있으라고 해서."

나는, 그렇구나, 하면서 고개를 끄덕였다. 잠시라도 대화가 끊기면 면회가 종료되는 상황을 짜증스러워하면서, 계속 질문을 이어 갔다.

"그럼, 칸나 씨는 그림 그리는 학생들을 좋아했어?"

칸나가 곤혹스럽다는 듯이 고개를 옆으로 저었다.

"좋아, 하지는 않았지만."

"그들에 대한 인상을, 한마디로 표현한다면?"

그녀가 말을 삼키려 했다. 나는 조그만 소리로, 말해 봐, 하고 부드럽게 재촉했다.

"징그럽다."

그 말을 하는 순간, 칸나가 눈을 부릅떴다. 빨갛게 물든 눈물샘에서 눈물이 흘러 떨어졌다.

"……왜?"

나는 바로 되물었다.

"칸나 씨, 왜 그렇게 생각했는데?"

"왜냐면, 징그럽다고 생각했어요. 음, 전혀 모르겠네. 왜 그랬는지."

"괜찮아. 진정하고. 무슨 말을 해도 괜찮아."

나는 최대한 온화하게 말했다.

"선생님, 저, 여기 온 뒤로 계속, 흐물흐물한 괴물을 찌르는 꿈을 꿔요. 징그러워서, 몇 번이나 찔러요. 뭐랑 비슷하다고, 줄곧 그런 생각이 들었는데, 누군지 모르겠어요. 선생님, 저는 왜 이런 곳에 있는 인간이 된 거죠? 역시 내 머리가 이상한 건가요?"

"칸나 씨. 사건 당일, 무슨 일이 있었던 거지? 가령 칸나 씨 내면에 있는 스위치가 켜질 만한 사건은 없었어? 아주 사소한 말일 수도 있고, 상황일 수도 있는데. 그걸 알고 싶어."

"모르겠어요. 저, 사실은 옛날부터 간혹 머리가 멍해지는 일이 있었어요. 가가와 씨도 너 가끔 이상해진다는 말을 계속 했고. 엄마도, 나더러 어떻게 된 것 같다고 했어요."

"그러니까 그 정도로 과거에, 기억하고 싶지 않은 일이 있었던 게 아닐까? 가가와 씨 말이, 칸나 씨가 습관적으로 손목을 그었다고."

그 순간, 칸나가 눈에 보일 만큼 심한 혼란에 빠졌다. 거부하듯이 울면서 고개를 마구 저어 댔다.

교도관이 보다 못해 면회를 종료했다. 의자에서 일어난 칸나가 새빨개진 눈으로 돌아보았다.

"제, 탓이에요……. 전부 제 잘못입니다."

나는 병원 꼭대기 층에서 보이는 풍경에 의식을 집중했다.

넓은 주차장에서 자가용이 나가고 있다. 길 하나 건너에 펼쳐지는 전원 풍경은 따분할 정도로 한가로웠다.

마음의 치유를 얻을 만큼 자연이 풍요로운 것도 아니다. 군데군데 체인점이 있을 뿐 온통 밭과 주택뿐인 도쿄 외곽. 오가는 사람들은 별로 없고, 살인 사건이라는 단어와도 멀게 느껴졌다.

하늘에는 구름이 겹겹이 길게 늘어져 있다. 어쩌면 저녁 때부터 비가 올지도 모르겠다.

칸나의 어머니는 낯선 사람의 방문에 불편하다는 듯이

창밖을 보고 있었지만, 가쇼가 따끈한 차가 담긴 종이컵을 가져다주자, 다소 경계심을 풀고 고맙다고 말했다.

나이를 짐작할 수 없을 만큼 커다란 눈망울과 짙은 속눈썹에 넋을 잃을 것 같다. 야윈 볼은 아직도 도자기처럼 하얗다. 인상이 죽은 히지리야마 나오토가 그린, 막 소녀기가 지난 여자들과 고스란히 겹쳐진다.

"또 찾아와서 정말 죄송합니다. 꼭 필요한 얘기만 듣고 물러가겠습니다. 잠시 시간을 내주시죠."

의자에 앉은 가쇼가 머리를 꾸벅 숙였다.

그렇게까지 신경을 쓰니 칸나의 어머니도 무시할 수 없었는지, 저야말로, 하고 작은 소리로 대꾸했다. 이목구비는 칸나와 그렇게 닮지 않았지만, 감색 카디건을 걸친 약간 처진 어깨를 보니, 두 사람이 모녀라는 게 실감이 난다.

"재판에 이르는 구체적인 과정은 잘 아실 테니, 몇 가지 질문만 하겠습니다."

가쇼는 그녀를 똑바로 쳐다보면서 말했다.

"심경의 변화는 없으신지요?"

검사 측 증인으로 나서는 것을 확인하려는 의도인 듯했다. 그녀는 이내 고개를 끄덕였다.

"우리 가족은, 붕괴되었습니다. 앞으로는 각자가 각자의 힘으로 살아갈 수밖에 없어요. 그러니까 내가 섣불리 감싸는 건, 칸나를 위하는 길이 아니겠지요."

"칸나 씨와 아버지는 어떤 관계였습니까? 이런 사건이 생길 만큼, 사이가 좋지 않았습니까?"

"그래요, 원래부터 사이는 좋지 않았어요. 그래도 그건 칸나가 고등학교 때부터 밖으로 나돌기 시작한 탓이지. 사귀는 남자애를 몰래 집에다 재운 적도 있었습니다. 머리를 갈색으로 물들인 불량 학생을 말이에요. 그래서 그 사람이 불같이 화가 나서 부녀지간에 대판 싸웠는데, 그때는 그 사람이 손을 댄 것 같아요. 그 후로 아빠에게는 거의 말도 하지 않았어요."

"그때 말고는 칸나 씨에게 손을 댄 적이 없다는 뜻인가요?"

"없어요. 그 사람, 폭력은 바보들이나 휘두르는 것이라고 했어요. 변덕스러운 면이 있어서, 간혹 고함을 지르기는 했지만. 옛날 남자들이 다 그렇잖아요."

가쇼는, 뭐, 그렇죠, 하고 맞장구를 쳤다.

젊은 여간호사와 함께 휠체어를 탄 노인이 나타났다. 옆 테이블에서 기다리던 친족인 듯한 몇 사람이, 안색이 좋아 보인다, 푸딩을 가져왔다, 하는 말을 했다. 수술을 받은 것일까.

노인은 귀찮다는 듯이 고개를 저으면서도 웃는 얼굴로 그들과 얘기를 나누었다.

옆에 있는데도 칸나의 어머니는 그 가족을 쳐다보려 하

지 않았다.

"아버지가 취업 활동을 그렇게 반대했습니까?"

가쇼가 다시 질문했다.

"네. 아나운서가 쉽게 될 수 있는 것도 아니고, 만에 하나 붙으면 그야말로 연예인이나 다름없어지는데, 말도 안 된다고 하면서. 연애 하나만 해도 누가 뭐라고 멋대로 쓸지 모르고, 주위에서 무슨 소리를 할지 모르잖아요."

가쇼가 참 이상하다는 듯이 고개를 갸우뚱했다. 깍지를 끼고 있던 두 손을 스르륵 푼다.

"그렇게 걱정되는 일이었나요?"

"네?"

가쇼는 부드러운 말투를 유지하면서 질문을 계속했다.

"주위에서 뭐라고 할지, 구체적으로 걱정되는 일이 있었습니까?"

"아니요, 딱히. 그렇지만 남편도 나름 이름이 알려진 사람이고, 예술가로서의 이미지가 있는데, 딸이 텔레비전에 나와서 아이돌처럼 굴면, 그게 좀 그렇지 않겠어요."

"그림으로 생활을 꾸려 갈 수 있다니, 정말 대단합니다."

"그게 그림 그리는 일만으로는, 그렇게 여유 있는 생활이 가능하지 않아서. 보통 때는 미술학교 강사 일도 하고, 제자가 되고 싶다는 젊은 사람들을 모아서, 개인적으로 데생도 가르치고."

"그러고 보니, 칸나 씨가 모델을 선 적이 있다고 들었는데요."

칸나의 어머니가 긴 머리를 쓸어 넘기면서 대답했다.

"그건 어렸을 때 얘기죠. 어린 모델은 찾기가 쉽지 않거든요. 칸나도, 귀엽게 그려 주면 좋다고 하면서 응했어요. 그러다 알바비도 주지 않으니까 일하기 싫다고 하면서 데생 수업이 있는 날 친구들이랑 놀러 가곤 해서, 그 사람이 그만두라고 한 것 같았어요."

뭐지, 하고 마음속으로 위화감을 느꼈다. 교코와 칸나 어머니 사이의 이 의견 차는. 마치 전혀 다른 일에 대해서 말하고 있는 것 같다.

"어머니 얘기를 듣다 보니까, 나오토 씨나 칸나 씨나 그렇게 큰 문제가 있었던 것 같지는 않은데요……. 이대로 가면 돌아가신 나오토 씨뿐만 아니라, 칸나 씨의 앞날까지 잃어버리게 됩니다. 그녀는 아직 갱생의 여지가 충분히 있어요. 물론 어머니 입장이 가장 괴롭다는 것은 저도 족히 알고 있습니다. 하지만 어머니가 우리 쪽 증인으로 나와 주셔서, 칸나 씨에게 마음을 바로잡고 살아갈 수 있는 기회를 줄 수는 없을까요? 조금이라도 말이죠."

칸나의 어머니는 별다른 표정 변화를 보이지 않았다.

"어쩔 수 없어요. 나도 달리 방법이 없으니까. 이제는 칸나가 스스로의 힘으로 재기해서, 인생을 처음부터 다시 살기를 바랄 수밖에 없습니다."

언뜻 듣기에는 타당한 말 같지만, 자신은 조금도 아량을 베풀 마음이 없다는 듯이 들렸다. 칸나 씨가 출소한 후에 같이 살 생각이 없는 것일까.

가쇼는, 그러세요, 하고는 난감한 듯이 잠시 침묵하다가 다시 말했다.

"하지만 그건, 어머니에게도 그렇게 좋은 흐름은 아니지 않을까 하는데요."

일을 떠나 인간적으로 하는 말이라는 투였다.

칸나의 어머니가 가쇼를 힐끔 쳐다보았다.

"생각해 보시죠. 아직 젊은 외동딸을 내치고, 돌아가신 나오토 씨 측에 선다……. 물론 거기에는 어떤 사정이 있겠죠. 그러나 세상 사람들에게 어머니의 주장이 정확하게 전달될지, 그건 기대할 수 없습니다. 뉴스나 신문도, 재판 과정을 일일이 전하는 것은 아닙니다. 그저 어머니가 검사 측에 섰다는 정보만 흘리겠죠. 그런 경우, 말이 좀 이상하지만, 어머니로서의 책임을 회피했다는 식으로 받아들여질 수도 있습니다. 압니다, 누구든 살인을 저지른 제 자식을 감싸는 것에 거부감이 있기 마련이죠. 어머니만 그런 게 아닙니다. 다만, 세상은 편견으로 가득한 곳이에요. 안 그래도 괴로운 일이 한두 가지가 아닌데, 게다가 불합리한 비난까지 듣게 될 것을 고려하면, 다시 한번 어머니와 딸의 인연을 믿고, 칸나 씨의 갱생에 힘을 보태는 편이 앞으로 어머니의 인생을 생각해서도 좋은 선택이 아니겠는지요?"

칸나의 어머니는 말을 얼버무리듯 헛기침을 했다. 아름답지만 정물화 같던 표정에, 처음으로 흔들림이 어렸다.

1분 정도 아무 진전이 없었다. 그리고 끝내 칸나의 어머니가 생각 자체를 포기하듯이 말했다.

"아무래도 안 되겠어요. 할 얘기가 없네요. 칸나를 감싸려고 해도, 그럴 만한 이유가 없어요."

두 사람이 침묵하기를 기다렸다가, 이번에는 내가 나섰다.

"몇 가지 여쭤 봐도 될까요?"

그녀가 시큰둥한 표정으로 되물었다.

"아까 임상 심리사라고 했는데, 정신과 의사는 아니라는 말인가요?"

공격적인 말투는 모르는 척 무시하고 나는 대답했다.

"네, 대학과 대학원에서 임상 심리학을 공부했어요. 지금은 클리닉에서 일하고 있고요. 원장에게 상담의 노하우를 배워서, 임상 심리사로 일한 지 올해로 구 년째입니다."

"임상 심리사 자격증이라는 게 있어도 그만, 없어도 그만이라고 들었는데. 의학부를 졸업한 정신과 의사도 아닌데, 솔직히 누군지도 모르는 사람이 뭘 알겠어요."

"개개인에 따라 스킬이 다른 것은, 이 업계 전체의 문제라고 생각해요. 다만, 우리 클리닉의 원장님은 정신과 의사이고 임상 경험도 풍부합니다. 그 점에 대해서는 신뢰하셔도."

"원장이 아무리 훌륭해도, 젊은 당신이 칸나를 어떻게 할 수 있단 말이지? 지금까지 아무 문제 없이 착실하게 키웠는데, 취직 문제로 옥신각신했다고 해서 친아빠를 죽이는 그런 아이를 치료할 수 있다고 생각한다면, 정말 그렇게 생각한다면 당신은 아이를 키우는 것도 그렇고 인간에 대해서도 아무것도 이해하지 못하는 거야."

"제 역할은 칸나 씨를 치료하는 것이 아니라, 그녀의 과거를 정리하는 거예요. 그런데 저도 어머니에게 궁금한 게 있는데요. 칸나 씨의 팔에 있는 흉터를 본 적 있으세요?"

"물론이지. 그게 왜?"

칸나의 어머니는 태연하게 되물었다. 그 태도를 의아하게 생각하면서 다시 물었다.

"칸나 씨에게, 그 일에 대해서 물어본 적 있으세요?"

"당연히 있죠. 닭이잖아요."

나는 잠시 할 말을 잃었다.

"학교에 놀러 갔을 때 닭이 깨물어서 생긴 거잖아요. 그게 어쨌다는 거죠?"

"칸나 씨가, 그렇게 말하던가요? 언제쯤에?"

"내가 하와이에 갔을 때니까, 초등학교 졸업하던 해예요. 그 아이, 그런 일이 종종 있어서, 어렸을 때부터 이상하게 잘 다쳤어요. 유별나게 멍하니까."

"하와이에는 여행으로? 그때 칸나 씨는, 아버지와 집에 남아 있었나요?"

"어렸을 때 친구가 하와이에서 결혼식을 올린다고 해서, 참석하게 되었는데, 칸나가 중학교에 들어가기 전이어서 데리고 갈까 어쩔까 고민했더니, 남편이 돈이 많이 든다고 혼자 다녀오라고 해서."

"그래서 하와이에 다녀왔더니, 칸나 씨가 닭에게 물렸다고 하던가요?"

같은 말을 되풀이하자니 맥이 풀렸지만, 칸나의 어머니는 그래요, 하고 진지한 표정으로 대답했다.

"그 후에 상처가 더 생긴 일은 없었나요?"

"모르겠어요. 세어 보지 않았으니까. 그런데 그게 어떻다는 거죠?"

"제가 궁금한 건, 칸나 씨가 정신적으로 불안정했는데, 그 점을 어머니도 알고 계시지 않았나, 하는 점이에요."

화를 버럭 낼 줄 알았다.

그러나 칸나의 어머니는 아주 담담하게 대답했다.

"정신적으로 불안정한 일이, 그야 물론 있었겠죠. 그 아이는, 옛날부터 나약했으니까. 남편이 까다로운 사람이어서 나도 나름 마음고생을 많이 했으니까, 그 정도는 알고 있어요. 하지만 그런 건 최종적으로는 본인이 어떻게 해야 하는 일이잖아요."

제 탓이에요.

전부 제 잘못입니다.

심박이 조금 빨라졌다.

"집에 있기가 그렇게 싫으면 기숙사가 있는 고등학교에 갔으면 되잖아요. 나도 그 아이와 남편 사이가 너무 안 좋아서 외국에 가서 유학을 하든지, 기숙사가 있는 사립 여고에 가든지 하라고 권했어요. 그런데, 알지도 못하는 곳에 가기는 싫다고 해서."

"그야 그렇겠죠. 친한 친구가 가까이에 있는데, 가고 싶지도 않은 학교에 가기 위해 집을 떠나는 건."

"누가 집을 나가라고 했다 그래요? 게다가 오고 싶을 때 얼마든지 올 수 있잖아요."

눈앞에 있는 아름다운 중년 여자의 눈은 촉촉하게 젖어 있었다. 감색 카디건이 마치 교복처럼 보였다. 실제로 10대 소녀 같은 무책임한 주장이었다.

"그게 칸나 씨 책임일까요?"

나는 천천히 질문을 던졌다.

"뭐요?"

그녀가 놀란 듯이 되물었다.

"어린 칸나 씨에게는 스스로 어떻게 할 힘이 없었습니다. 부모가 지켜 줘야 하는……."

"그 아이는 내 말을 들은 적이 한 번도 없었다고요. 언제나 자기 말만 했지. 그럼 본인의 의사에 맡길 수밖에 없잖아요."

"칸나 씨는 제 앞에서, 모든 것이 자기 잘못이라고 하면서 눈물을 흘렸어요."

"그러니까, 그런 아이라고 했잖아요. 데생을 하러 다니던 학생이 오토바이 사고로 죽었을 때도, 그렇게 귀여움을 받았으면서 빈소에 가서는 귀찮은 표정이나 짓고, 그러다 못해 도중에 몸이 불편하다면서 먼저 가 버리고. 언제나 자기가 싫을 때는, 배가 아프다, 머리가 아프다 하고. 그러고는 울면서 야단을 떨고 도망쳤어요. 그 사람을 찔렀을 때도 그래요. 내가 그 아이를 위해 기껏 저녁을 준비하고 있는데, 피투성이가 되어 돌아와서는…… 기억하고 싶지도 않아요. 아빠를 죽이고 돌아와서는 사과도 않거니와 눈물 한 방울 흘리지 않았다고요. 그러니까 칸나는 자기 일이 아니면 울지 못하는 아이라고요."

그녀가 의자에서 벌떡 일어났다. 복도로 돌아가는 뒷모습을, 가쇼가 부축하듯이 뒤따른다. 나는 그 자리에 남았다.

한참이 지나서 가쇼가 돌아왔다.

엘리베이터를 타고 1층으로 내려와, 출입구 옆에 있는 카페에 들렀다.

전면이 유리인 카페 안에는 환자들이 아니라 면회를 온

건강한 사람들뿐이었다. 기운이 쭉 빠져서 카운터에서 음료를 주문했다.

홍차에 크림을 따르는 동안, 가쇼도 뜨거운 커피를 한 손에 들고 맞은편 자리에 앉았다.

"아까는 미안했어. 칸나 씨 어머니와 무슨 얘기 했어?"

"같이 온 사람이 무례한 말을 해서 죄송하다고 했지. 나는 어머니를 그렇게 생각지 않는다고 하고. 뭐, 내 입장이 있으니까."

"미안해. 그리고 고마워."

가쇼는 천만에, 하고는 슬쩍 웃었다. 어째 그렇게까지 기분이 상하지는 않은 눈치다.

"초등학교를 졸업할 무렵에 무슨 일이 있었던 거겠지."

내가 그렇게 중얼거리자, 가쇼도 팔짱을 끼면서 하와이와 닭은 거의 개그 수준이었지, 하고 투덜거렸다.

"칸나 씨는 어머니가 없는 사이에 자해를 시작했을 거야. 반드시 무슨 계기가 있었을 거야."

"나는 잘 모르지만, 자해는 시선을 끌기 위해 하는 거지?"

나는 반드시 그렇지만은 않다고 대답했다.

"자해 행위는 긴장에서 벗어나기 위해 하기도 하고, 세로토닌의 기능 저하에서 비롯되기도 하고, 여러 가지 작용이나 원인이 있어. 그 밖에도 분노에 따른 각성 상태를 완화

111

하기 위해서도 그런 행위를 해."

"그런 일도 있군."

가쇼가 감탄스럽다는 듯이 말했다.

"칸나 씨 경우도 정신적으로 한계에 달했다고는 생각하지만, 그렇게까지 결정적인 일을 저지르는 사람은 아무도 없어. 내가 보기에는 선천적인 것 같지도 않고."

아랫입술에 손가락을 대고 생각에 잠기자, 가쇼도 미간을 찡그렸다.

"칸나 씨가 어렸을 때 가정환경이 어땠는지를 좀 더 구체적으로 얘기해 줄 수 있는 사람이 있으면 좋을 텐데. 그리고 사건 당일의 일도. 아, 면접 본 방송국은?"

"물론 가서 확인했어. 관계자는, 아침에 왔을 때 잠이 좀 부족한 것처럼 보였지만 면접 때는 별다른 이상이 없었던 것처럼 얘기하던데. 별 이상 없이 마이크와 카메라 테스트를 받고, 그다음에 면접을 보는데……. 그 도중에 몸이 불편하다고 했다더군. 그래서 잠시 쉬라고 권했는데, 그걸 뿌리치고 돌아갔기 때문에 사람들이 걱정했다고 하더라고."

"그랬구나."

가쇼가 내 구두로 시선을 떨궜다.

"어디 가, 오늘?"

응, 하고 대답한다. 어느 틈에 손님이 우리만 남았다.

"내일 오전에 요코하마에서 강연회가 있어. 나 혼자가 아

112

니라 여러 명이 하는 거지만. 여기서 가는 게 가까우니까,
먼저 가서 하루 묵을까 하고.”

“정말? 미안하군, 바쁠 때 시간을 잡아서.”

“괜찮아. 마사치카와 가몬 씨 먹으라고 아침에 어묵탕을
잔뜩 만들어 놓았고, 혼자 호텔에서 느긋하게 쉴 수 있으
니까, 난 오히려 좋아.”

휑하고 특징 없는 실내의 하얀 카운터와 바닥에 말소리
가 울린다.

“뭐랄까, 참 대단하다니까, 형수님도.”

아주 오랜만에 형수님이라는 호칭을 듣는 듯한 느낌이
었다.

“일도 하지, 마사치카도 키우지. 나는 그렇게 못해.”

“가쇼도 정작 가정을 꾸리면 하게 되지 않을까?”

“가정이라. 아직 난 와 닿지가 않는군. 형님은, 응, 정말
결혼이 적성에 맞는 것 같아.”

나는 잠자코 있었다.

10년 전에 가몬 씨는 아무 망설임도, 의문도 없이 결혼
하자고 했다. 한겨울의 얼어붙을 듯 추운 저녁, 주전자에서
김이 피어오르는 카페에서.

그때 구름이 끼어 있었지만, 창 너머로 본 눈 내리는 경
치가 아름다웠다. 시간이 영원히 멈춘 듯한 기분이 들었다.

“형과 형수가 딱 반대였으면 더 좋았을지도 모르는데.”

가쇼가 갑자기 웃으면서 그런 농담을 했다. 새하얀 눈밭이, 진흙 묻은 발에 짓밟힌 듯한 기분이 들었다.

"농담이라도 그런 말은 기분이 좋지 않으니까, 하지 마."

내가 완곡하게 나무라자, 가쇼는 커피 잔에서 입을 떼었다.

"형이 내게 말한 적이 있어, 옛날에."

누군가가 들어오는 기척이 있고, 어서 오세요, 하는 목소리가 유난히 밝게 들렸다.

"어쩌면 유키는 남자인 편이 행복했을지도 모르겠다고 말이야. 물론 농담으로 한 말이 아니었어. 아주 진지하게 한 말이야. 그래서 그 성격에 남자였으면 폭군이 되지 않았겠느냐고 했더니, 형도 웃었지만."

나는 웃음으로 얼버무릴 수 없어서 쟁반을 들고 일어섰다.

"너무 무리하지 마."

고마워, 하고 그에게 들릴지 어떨지 모를 만큼 작은 소리로 대답하고 카운터에서 쟁반을 정리했다.

큰길을 빠져나가려 했는데, 항구 쪽에서 밤바람이 휙 불어왔다. 몸이 푸르르 떨릴 만큼 차가워, 얼른 숄을 꺼냈다.

드문드문 별이 뜬 밤하늘은 아직 파르스름하고, 이렇게 사람들이 많이 오가는데 왠지 불안해진다.

세키나이 역 근처에 있는 시티호텔이었다.

114

체크인을 하면서 마카베라는 글자를 쓰는 순간이면 지금도 가몬 씨의 얼굴이 떠오른다. 대체 가몬 씨는 어떤 상황에서 가쇼에게 그런 말을 한 것일까. 생각하다가 혼자 생활하던 시절의 방이 불현듯 떠올랐다.

무인양품에서 산 얇은 갈색 커튼에, 황록색 체크무늬 커버를 씌운 침대. 빈티지풍의 낮은 싸구려 테이블. 그야말로 여대생의 방이다 싶은 그곳에서 처음 가몬 씨와 사랑을 나눴다.

행위가 끝난 후에 그가 안경을 끼고 침대 옆의 벽을 손가락으로 쓱 훑었다.

"여기, 벽에 구멍이 있는데."

나는 살며시 고개를 기울였다. 이유 따위는 설명할 수 없었다.

"손님, 605호실입니다."

내미는 키를 받아 들었다.

긴 복도를 지나 문을 열자, 어두컴컴한 실내는 이렇다 할 특징이 없고, 청결한 침대와 데스크가 놓여 있을 뿐이다.

샤워를 하고 나자 겨우 긴장이 풀어졌다. 얇은 가운을 걸치고 김으로 보얀 욕실에서 나온다.

오랜만에 무방비한 모습으로 실내를 걷자니, 데스크의 거울에 가슴이 드러난 자신이 비친다. 왠지 낯선 여자의 몸처럼 느껴졌다.

나이를 먹을수록 자기 몸을 구석구석 볼 기회는 줄어드는 법이지만, 안 그래도 나는 밝은 곳에서 자기 몸을 보는 것에 심한 거부감이 있다.

마사치카가 막 태어났을 무렵이었다. 밤에 우는 마사치카를 재우느라 땀범벅이 되어 밤중에 혼자 목욕을 하고는 방에서 옷을 갈아입고 있었다. 가몬 씨가 문을 확 열었다.

그 순간, 나는 거의 반사적으로 외쳤다. 보지 마! 하고.

그날 밤, 나는 침대에 들어가서도 몹시 동요했다. 달래듯 나를 끌어안은 가몬 씨의 팔에 매달렸다. 상처를 틀어막듯이 매달리는 나를 가몬 씨는 처음 만났을 때처럼 꼭 안아 주었다. 고요한 밤이었다. 이 사람은 내게 상처를 주지 않는다고 믿을 수 있었다. 새벽이 되어서 겨우 잠이 들기 전, 나를 지켜보는 눈길을 느끼면서.

그 후부터였다. 가몬 씨에게는 밝은 곳에서도 몸을 보일 수 있었다.

칸나의 어머니와 나눴던 대화를 돌이켜 본다. 상담을 할 때, 내담자에게서 그렇게 자기중심적인 어머니 얘기를 종종 듣는다. 하나같이 책임을 회피하려는 언행에 오히려 거대한 어둠을 숨기고 있는 것처럼 느꼈다. 모든 것이 칸나가 제멋대로 한 짓. 직접적으로는 그렇다 쳐도, 그래도.

갑자기 잠이 쏟아져 나는 생각을 중단했다.

가운을 입은 채 침대에 눕자, 오랜만에 팔다리를 쭉 펼

수 있어 기뻤다. 아무리 애정이 넘쳐도 혼자만의 침대는 역시 좋은 것이네, 하고 생각하면서 베개에 머리를 뉘였다.

강연회 참석자들이 회장을 빠져나가자, 나는 자료를 재빨리 정리했다.

주최 측 스태프가 다가와 말했다.

"오늘은 정말 수고 많으셨습니다. 시간이 괜찮으시면, 회장 정리가 끝난 후에 식사를 같이 하시죠."

"가족이 기다리고 있어서, 아쉽지만 가 볼게요."

머리가 희끗희끗한 남자들은 대낮부터 소흥주 한잔하는 것도 괜찮겠지, 하고 담소하고 있다.

입구 홀을 지나 자동문이 열린 순간, 건물과 상업 시설 사이로 깜짝 놀랄 만큼 파란 하늘이 보였다.

싸늘한 공기에 마음까지 시원해지는 듯했다. 그때, 누군가의 시선을 느꼈다. 그 얼굴을 보고 깜짝 놀란다.

"마카베 선생님이시죠. 저, 안노 선생님 사무소에서 일하는 고야마 유카리예요."

감청색 포근한 코트를 걸치고 긴 머리를 끌어올려 고무줄로 묶었을 뿐, 화장기가 없는데도 예쁜 얼굴이 기억난다.

"네. 안노 선생님을 찾아뵈었을 때, 사무소에서 한 번 봤죠. 저, 오늘은 어떻게."

그녀는 뭐가 북받쳐 오르는 것처럼 고개를 숙인 채, 금방이라도 무너질 듯한 목소리로 말했다.

"안노 선생님 일로, 선생님과 얘기를 하고 싶었어요. 돌아가시는 길인데, 정말 죄송합니다. 저도, 이제, 나 자신을 모르겠어요……."

항만 근처에 있는 카페 바에서는 바다가 잘 보였다. 강렬한 저녁 해가 수평선으로 기울면서 하얗고 거대한 여객선을 집어삼키고 있었다.

고야마 유카리는 넋이 나간 것처럼, 저물어 가는 바다를 바라보고 있었다.

긴 머리는 손질도 제대로 하지 않았고, 젖가슴 때문에 밀려 올라간 값싼 니트 원피스의 꽈배기 무늬가 그 천진함을 상징하는 것처럼 보였다.

대체 무슨 일이 있었던 걸까, 하면서 조심스럽게 그 모습을 지켜보자, 그녀가 울상을 지으며 고개를 숙였다.

"이렇게 불쑥 나타나서, 무슨 말을 어떻게 하면 좋을지."

"아니, 괜찮아요. 오늘은 이제 집에 가기만 하면 되니까."

피곤하기도 해서 주문한 샴페인 잔을 들어 올리고, 나는 대답했다. 그녀는 무알콜 오렌지 칵테일을 입에 조금 머금고서, 물었다.

"마카베 선생님은 술, 잘 드시죠?"

"고야마 씨는 전혀 못해요?"

"한 잔 정도는. 안노 선생님이 바에 데리고 갈 때만 마셔요."

바라는 단어가 유달리 신선하게 느껴졌다. 나와 가쇼가 단둘이 바에 가는 일은 아마 평생 없을 것이다.

"안노 선생님이 언제나 바로 눈앞에 도쿄타워가 보이는 바나 세련된 와인 바 같은 멋진 곳에 데리고 가 주는데. 하지만 그럴 때마다, 보나마나 전에 다른 여자랑 왔을 거라는 생각이 들어서."

"파고들 생각은 없지만, 조만간 결혼한다면서요?"

내가 그렇게 말하자, 그녀는 하기 어려운 말을 대신 해 줬다는 표정으로, 네, 하며 고개를 끄덕였다.

"고등학생 때부터 사귀던 사람과 결혼해요. 취주악 동아리 활동을 하며 만나서, 지금까지 한 번도 화를 낸 적이 없을 만큼 온화한 사람이에요. 취미도 잘 맞고, 서로가 잘 아는 친구도 많이 있고. 그래서 그 사람과의 결혼을 망설인 적이 없었어요. 그런데…… 전부 저의 착각이겠죠. 알고 있어요. 다만 안노 선생님이 너무 친절하게 해 줘서. 내게 상처가 될 만한 말도 절대 안 하고, 그래서 이렇게 여기까지 오고 말았……."

떨리는 목소리로 말하는 그녀의 부드러운 볼과 어깨의 곡선을 보고서, 주저하다가 물었다.

"그런데 왜 나를?"

그녀가 얼굴을 들고 도움을 청하듯이 말했다.

"전에 안노 선생님이 특정한 여자와 오래 사귄 적은 없다고 한 적이 있는데. 그러면서 가장 오래 알고 지내는 여자가 형수님일지도 모른다고 했어요. 그때 마카베 선생님과 대학 동기라는 말도 했고. 그래서 마카베 선생님이라면 안노 선생님 일을 의논할 수 있지 않을까 했어요. 정말 죄송합니다. 이 일은 안노 선생님 본인에게는."

"물론 말하지 않을 거예요. 직업상 비밀 상담에는 익숙하니까. 다만 그 사람은 옛날부터 좀 까다로운 면이 있어서…… 남들처럼 사귀면서 평온하게 생활할 수 있을지는 잘 모르겠네요. 나의 개인적인 생각이지만."

고야마 유카리가 침묵해서 나도 더는 말하지 않았다. 안이하게 무책임한 말을 할 수는 없다.

작은 소리로, 어린, 하고 중얼거리는 소리가 들렸다.

설마 임신, 하고 생각한 순간 그녀가 말을 꺼냈다.

"안노 선생님 어린 시절 얘기, 정말인가요?"

"그 얘기, 그 사람이 직접 한 거예요?"

나는 되물었다.

"네. 헤어지자는 얘기가 나왔을 때…… 옛날에 자기가 굶어 죽을 뻔한 적이 있어서, 아이는 끔찍하다고, 만들고 싶지 않고, 그래서 결혼에 대한 동경도 없다고요. 그래서 전 아무 말도 할 수 없었어요. 그런데 어젯밤에, 갑자기 그에게 연락이 와서."

거기까지 듣고서야, 겨우 얘기가 이어졌다.

"그럼 혹시, 오늘 요코하마에서 강연회가 있다는 것도 어제 안노 씨가 얘기한 거예요?"

어제 칸나의 어머니와 나누었던 대화를 떠올린다. 부정적인 의미에서 나만 그녀 말에 흔들렸던 게 아니었다.

고야마 유카리는 고개를 작게 끄덕였다. 비상계단 운운하는 얘기를 듣고, 나는 가쇼가 이 여자와의 육체관계를 적당히 즐기고 있는 줄 알았는데, 어쩌면 그는 내가 생각하는 이상으로 이 여자에게 마음을 허락했는지도 모른다.

"죄송해요. 이제 안노 선생님을 만나지 않는 게 좋겠죠. 휴대전화 번호도 바꾸고, 깨끗하게 정리를."

유카리 씨, 하고 나는 불렀다. 그녀는 퍼뜩 놀란 듯이 이쪽을 돌아보았다. 왼손 약지에 아직 반지를 끼고 있지 않았다.

"자신이 취한 행동에 대한 죄책감은 배제하고, 냉정하게 한번 생각해 보는 게 어떨까요? 가령 가쇼 씨가 그쪽을 좋아한다면."

"설마요. 안노 선생님이 저를 좋아하다니."

그렇게 부정하면서도 두 볼과 귀가 발갛게 물들었다.

"안심과 안정을 주는 지금의 약혼자를 놓치면서까지 가쇼 씨와 함께하고 싶은지, 현실적으로 생각해 보는 것도 좋

지 않겠어요? 어느 쪽을 선택하든, 나중에 후회가 남지 않
도록."

그녀는 수긍이 간다는 식으로 고개를 끄덕이고, 정말 그
렇네요, 하고는 다소 침착함을 되찾았다.

계산을 치를 때, 그녀가 꼭 내고 싶다고 해서 순순히 따
랐다.

전철역 개찰구 앞에서 헤어질 때, 계단 아래에서 울리는
굉음을 들으며 웃는 얼굴로 말했다.

"또 무슨 일이 있으면 연락해요."

그녀는 황송하다는 듯이 머리를 꾸벅 숙였다.

"죄송합니다. 마지막으로 한 가지만 더."

"응?"

고야마 유카리는 말하기가 거북하다는 듯이 입술을 살
짝 다물었다.

"아니에요. 아무것도 아닙니다. 죄송해요, 그럼 저는 이만."

그러고는 허리를 꺾다시피 머리를 깊이 숙였다.

돌아가는 뒷모습을 바라보면서, 가쇼가 얽히면 당황하
는 까닭은 자신의 태도가 아직 확고하지 않기 때문이라는
것을 깨달았다.

바람이 횡횡 부는 부지를 걸으면서, 앞으로 몇 번이나 이
광경을 볼 수 있을까, 하고 생각했다. 구치소 건물이 현대적

이어서 멀리서 보면 미술관처럼 보이기도 한다.

자동차 엔진 소리도, 지저귀는 새 소리도 멀어졌다. 고요함 속에 서 있는 편의점만이 일상의 연장이었다.

면회 신청을 하고 차입할 물건을 맡긴 다음, 안쪽의 엘리베이터를 탄다.

문을 열고, 의자에 앉는다. 칸나가 애교 띤 미소를 머금는다. 가볍게 인사하고 마주 본다.

"며칠 전에 칸나 씨 어머니를 만나서 얘기를 들었어."

칸나는, 그래요, 하고만 말했다. 입술에 짧은 털이 한 오라기 들러붙어 있었다.

그녀가 바로 알아채고 부끄러운 듯 손가락으로 떼어 내고는, 마음을 가다듬고 물었다.

"엄마가, 뭐라고 했어요?"

나는 잠시 생각하고서, 닭과 손목의 흉터 얘기는 이 자리에서는 하지 않기로 했다. 칸나의 어머니 얘기가 사실이라면, 그녀는 그 일을 숨기고 싶을 것이다. 아마 지금도. 무리하게 캐물어 지난번처럼 혼란스러워 하면 면회가 종료되고 만다.

그 때문에 구체적인 얘기는 애써 피하면서 질문했다.

"어머니가, 어릴 때부터 칸나 씨에게 자기 책임을 강요하지 않았나 싶은 느낌을 받았는데."

여전히 어머니 얘기가 나오면, 칸나는 무슨 질문을 하는 건지 잘 모르겠다는 식으로 표정이 멍해진다.

"어린 칸나 씨에게 남자가 들이댔을 때, 자식을 지키는 것이 부모의 역할이라고 생각한 적은 없어요?"

"역할?"

칸나는 정말 무슨 말인지 몰라 당황스럽다는 듯이 되물었다. 지킨다는 개념을 한 번도 생각해 본 적이 없다는 듯이.

"모르겠어요."

"가가와 요이치 씨와의 일을 얘기해 줄 수 있을까?"

칸나는, 뭘 말이죠? 하고 이상하다는 듯이 되물었다.

"가가와 씨가 칸나 씨에게 억지로 육체관계를 강요했다는 얘기를 들어서."

강요라는 단어에 칸나가 슬쩍 움츠러든 듯이 보였다. 하지만 그건, 하고 바로 부정하듯이 말을 가로막고는 둘러댔다.

"객관적인 사실과는 다르니까. 제가, 그렇게 느꼈을 뿐이죠. 그러니까 그 일은…… 안노 선생님 앞에서 나도 모르게 말이 그렇게 나와 버렸지만, 일을 크게 벌일 마음은 없었어요."

"나도 물론 칸나 씨 동의 없이는, 전 남친에게 성폭행을 당했다는 말은 쓰지 않을 거야. 다만, 칸나 씨의 과거를 정리하려면, 칸나 씨의 느낌 자체가 중요하다고 생각하니까."

"그래도 역시 동의하고 한 일이라고, 저도 지금은 그렇게

124

생각해요."

"왜 그렇게 생각하는데?"

칸나는 미간을 팍 찡그리더니, 웃었으니까, 하고 중얼거
렸다.

"저, 가가와 씨 방에서 그가 쓰러뜨렸을 때, 웃었어요.
……그러니까."

"그건 마음에서 우러나온 웃음이었어? 칸나 씨는 섹스
를 해도 좋을 만큼 그 사람을 좋아했던 거야?"

칸나는 머리를 숙인 채 고개를 옆으로 세게 흔들었다.

"인간적으로는 고맙게 생각하지만……. 저도 왜 웃었는
지는 잘 모르겠어요. 옛날부터 그랬어요. 주위 사람들도,
칸나는 좋아하지 않는 남자에게도 교태를 부린다고 말했
고. 그래서 그때도 가가와 씨가 나를 좋아했으면, 하고 교
태를 부린 거라고."

"왜 좋아하지도 않는 남자가 좋아해 주기를 바란 거지?"

그녀는 어, 하다가 말문이 막힌 채 그다음 말을 잇지 못
했다. 검은 바지 위에 놓인 하얗고 마른 손목이, 순간적으
로 뼈처럼 보였다.

"좋아하지 않으면, 좋아해 주지 않아도 되잖아?"

"그래도 나를 엄청 좋아한다고 하고, 걱정해 주고, 친절
하게 대해 주었고."

"그 친절함을 원했던 거야, 칸나 씨는?"

125

"원하지는 않았지만. 그래도 차로 데리러 와 주고, 걱정된다고 전화도 걸어 주고, 밤새 얘기도 들어주고. 그래서 그의 방으로 도망쳤으니까, 하는 건 어쩔 수 없는 일인가 하고……."

"칸나 씨, 남자가 육체관계를 강요했을 때, 거절한 적 있어요?"

칸나는 말하기 거북한 듯 우물쭈물하더니, 거의 없어요, 하고 인정했다.

"칸나 씨가 원해서, 그런 거야?"

"원했을 수도 있지만, 제가 그런 기분이 들게 했으니까, 할 책임이 있지 않나 해서."

나는 최대한 비난조가 되지 않도록 조심하면서, 그렇다면, 하고 다음 말을 꺼냈다.

"그럼 가가와 씨와 사귀는 동안, 다른 남자와 자도 되겠네. 칸나 씨 입장에서는 다 똑같으니까. 상대가 원해서 응했다. 구별이 없잖아."

"그렇게까지 말하기는 좀 그렇죠."

"칸나 씨, 혹시 사실은 가가와 씨를."

다음 말을 감지한 듯한 침묵이 내려왔다.

"무서워했던 게 아닐까?"

"아니에요."

칸나가 실망한 것처럼 말해서, 나는 단정하는 말을 해서 미안하다고 하려 했다. 그런데 그녀가 이런 말을 했다.

"가가와 씨만 그런 거 아니에요. 저는 남자가, 모두, 무서워요. 사실은 살짝 닿기만 해도 싫었어요. 그런데, 어떻게 할 수가 없어서."

"왜, 어떻게 할 수가 없는 거지?"

한마디 한마디가 오갈 때마다 손목시계의 바늘이 앞으로 나아간다. 이제 8분밖에 남지 않았다.

"다들, 제가 흥분해서 좋아한다고 하니까. 그리고 결국 그게 사실이니까."

"칸나 씨, 어렸을 때 본의 아니게 불쾌한 것과 성적 접촉을 하게 된 일, 혹시 없어요? 그냥 불쾌한 경험이라도, 그게 성적 이미지와 연결된 탓에 반사적으로 반응하게 되는 일도 있거든. 예를 들어서 모델을 설 때 아주 얇은 옷을 입었다든지."

"성적인 접촉은 없었어요. 옷도 평범한 반소매 원피스나, 하얀 셔츠 같은 걸 입었고. 너무 두껍게 여러 가지를 입으면 데생 연습이 안 되니까."

"주로 어떤 포즈를 취했는데? 미안해요. 대답하기 곤란할 수도 있는데."

"포즈는 테이블에 앉아서, 이런 식으로, 좀 앞으로 몸을 내밀고."

칸나가 의자 양끝을 잡고 윗몸을 약간 기울였다. 딱히

이상한 포즈는 아니었다.

"그런 포즈로, 몇 시간이나?"

"휴식 시간 포함해서, 두 시간 정도?"

"그동안 움직이면 안 되는 거야?"

"움직이는 건…… 가끔은 괜찮지만, 몸이 무거워서, 피곤해지면 움직이는 게 더 힘드니까."

그랬구나, 하면서 나는 고개를 끄덕였다.

"미안해요. 그러니까 관계없어요. 그리고, 모든 게 다 싫었다고 하는 건 책임 전가라고 할까, 역시 비겁한 것 같아요. 저도 관계를 갖고 싶었다는 건, 조금은 상대를 좋아했다는 거겠죠."

"보통은 상대를 알고, 좋아하고, 또 신뢰하니까 육체관계를 갖게 되는 거라는 생각은 없어?"

그녀는, 모르겠어요, 하고 뭐가 뭔지 모르겠다는 듯이 중얼거렸다.

"저, 사람을 신뢰한 건…… 그때뿐이었으니까."

그때가 언제냐고 물으려 했는데, 내 말을 가로막듯 칸나가, 왜 나는, 하고 말을 토해 냈다. 더는 참을 수 없다는 것처럼.

"교코처럼 되지 못한 걸까요. 나약하고, 거짓말만 하고, 처음에는 사이가 좋아도, 끝에 가서는 모두 날 비난했어요. 정직하게 산다는 거, 그런 생각 전혀 못했어요. 거짓말을."

"거짓말을?"

"거짓말을 할 수밖에 없었는데."

나는, 가령 어떤 경우에 거짓말을 했냐고 넌지시 물었다.

"이 말은 다른 사람에게는 절대 해서는 안 된다는 말을 들었을 때."

"누가 그렇게 시켰는데?"

"아빠랑 엄마요."

칸나는 너무나 당연한 일이라는 듯이 대답했다.

나는 잠깐 눈을 감았다가 다시 뜨고 그녀를 똑바로 쳐다보았다. 이제야 겨우 본론에 들어간다.

"아버지와 어머니가, 무슨 말을 하면 안 된다고 했는데?"

그렇게 말한 게 아니에요, 하고 칸나가 또 소심하게 부정했다.

"그냥, 예를 들면 호적이나."

"호적?"

말을 잘못 들은 건가 싶어, 되물었다.

"아무것도 아니에요. 그냥 가끔, 호적에서 뺀다든지…… 마음에 들지 않는 말을 해서."

"칸나 씨, 혹시 히지리 나오토 씨와 혈연관계가 아닌 거야?"

"표면상으로는 아버지와 딸이에요. 그런데 사실은, 아니에요, 엄마가."

혼란스러워 하는 칸나를 위로하면서, 여기에는 무서운 사람 없어, 하고 말한다.

"아빠와 헤어진 후에 다른 남자와 동거했는데, 그동안에 제가 생겼는데, 낳지 말라고 해서……. 그런데 아빠가 엄마 딸이니까 반드시 예쁠 텐데 아깝다고 하면서. 그러니까, 은 혜를, 은혜를, 입은 건데. 그런데 제가 뭘 제대로 못해서, 그래서."

손등을 벅벅 긁어 대려는 칸나의 손목을 살며시 잡아 줄 수 있다면, 하고 생각했다. 우리를 가로막은 유리 한 장이 몹시 답답하게 느껴졌다.

칸나의 할머니가 울면서 말했다는, 은혜도 모르는, 이라는 말이 되살아난다. 입으로 말은 하지 않아도 주위 어른들이 줄곧 그런 시선으로 칸나를 보았을 것이다.

착한 아이였으면 데려오기를 잘한 건데.

그러나 못된 아이는, 데려온 게 실수.

칸나는 요람에 누운 어린 아기처럼 흔들리며 퇴행해 간다. 상담자가 눈앞에서 괴로워하고 있는데, 내가 할 수 있는 것은 겨우 요 정도. 몇 마디 말밖에 없다.

"도움이, 안 되었어요, 저는. 그래서 언제나 쓸모가 없다는"

"그래서 싫은 일도 전부 받아들이고 감수한 거니?"

칸나는 머리를 푹 숙인 채 좌우로 흔들면서, 그러지 못했어요, 하고 중얼거렸다.

"참을 수 없었어요. 참을 수 없어서."

"뭘 참을 수 없었는데?"

칸나는 두 손으로 얼굴을 덮고, 주절주절 무슨 말을 했지만 유리창이 가로막고 있어 잘 들리지 않았다. 다시 한 번 말해 달라고 하려는데, 시간이 종료되고 말았다.

일어나 돌아서려던 칸나가 재빨리 무슨 말을 했다. 그 말은 똑똑히 들렸다.

움찔 놀라 걸음을 멈추려 했는데, 교도관이 주의를 주어 할 수 없이 면회실에서 나왔다.

내가 얼굴을 들이밀자, 휴게실에서 차를 마시고 있던 칸나의 어머니가 어리둥절한 표정으로 이쪽을 보았다.

나는 공손하게 머리를 숙였다. 그리고 평상복 차림으로 나를 획 외면한 옆얼굴을 쳐다보며 말했다.

"이렇게 갑자기 찾아와서 정말 죄송합니다. 칸나 씨 일로, 한 가지 깜박 잊고 여쭙지 않은 게 있어서요. 그 한 가지만 확인하면 바로 돌아갈게요."

칸나의 어머니는 넌더리가 난다는 표정으로, 아 그래요, 하고 성의 없이 대꾸했다. 나는 개의치 않고 테이블 맞은편에 있는 의자를 당겼다.

"여기 좀 앉을게요."

그리고 질문을 던졌다.

"칸나 씨가 히지리야마 나오토 씨의 친딸이 아니라는 게, 사실인가요?"

칸나의 어머니가 순간적으로 눈가를 파르르 떤 것처럼 보였다.

"그런데. 관계없는 일이잖아."

"뭐가 어떻게 관계가 없는지요?"

"태어났을 때부터 같이 살았는데, 그럼 친자식이지."

"그런데 칸나 씨는, 나오토 씨 뜻에 맞지 않는 일을 하면 호적에서 파 버린다는 말을 들었다고 하던데요."

칸나의 어머니는 어이없다는 듯이, 뭐라고? 하고 되물었다.

"그런 협박 같은 말을 할 리가 없잖아요. 또 칸나의 피해망상이 시작되었네. 그 아이, 허언증이 있잖아요. 정말 정신과를 찾아가 봐야겠어."

또 허언증, 하고 나는 마음속으로 중얼거렸다.

"평소 대화를 할 때는, 그런 경향이 보이지 않는데요. 그렇다면, 그런 사실이 전혀 없었다는 말인가요?"

"물론이지. 애당초 호적이란 게 그렇게 쉽게 팔 수 있는 게 아니잖아요. 예를 들어서 말다툼을 하다가 그런 말을 한 번 했다손 쳐도, 그게 진심은 아니잖아요. 아무튼 칸나는 허풍이 심하다니까, 옛날부터."

"허풍의 연장에서…… 아버지를?"

"당신 말이야, 저번에는 변호사와 같이 와서 어쩔 수 없이 내가 응대를 해 줬는데, 이제 그만하지그래. 그 사건 당일까지만 해도 칸나와 별문제 없이 생활했다고요. 그런데 갑자기 그런 짓을 저질러 놓고, 마치 자기가 피해자인 것처럼 떠벌리고. 그때까지는 평화로웠는데……. 당신도 그렇고, 사방에서 칸나를 자극하니까 괜히 더 이상해진 거 아닌가 말이야? 재판 날까지 그냥 조용히 내버려 두면 되잖아. 본인만 해도 그렇지, 스스로 차분히 생각하고 반성하지 않으면 의미가 없다고."

"칸나 씨는 계속해서 자신을 책망하고 있습니다. 사건 당일부터가 아니라, 그 전의 인생에서도 말이에요. 그 죄책감은 어디에서 온 것일까요?"

"내가 어떻게 알겠어. 변변치 못한 남자들과 놀아났으니, 그 탓이 아니겠냐고. 가가와 씨는 그런대로 괜찮았지만, 칸나가 자꾸 화를 돋우니까 떠나 버린 거지."

나는 의외다 싶어서, 가가와 씨를 만난 적이 있느냐고 물었다.

몇 번이나 만났어요, 하고 칸나의 어머니는 대답했다.

"우리에게 걱정을 끼치면 안 된다고 언제나 칸나를 집까지 데려다줬고, 내가 다리를 다쳤을 때도 자기 차에 태워 병원에 데려다주곤 했으니까. 가끔 집에 초대해서 식사도 같이 했고. 그 사람도 가가와 씨는 마음에 들어 했다고요.

언제였나, 내 생일에는 케이크까지 사 들고 왔고. 그런 남자, 좀처럼 없잖아요."

나는, 그렇죠, 하고 맞장구를 쳤다. 그날, 호텔의 꼭대기층에 있는 티 라운지에서 가가와 요이치에게 품었던 의문과 칸나의 모순된 언행의 정체가 이제야 겨우 파악되었다.

"칸나 씨는 부모님이 마음에 들어 해서, 가가와 씨와 헤어지지 못했던 거군요."

칸나의 어머니는 어이없다는 듯이 웃고는, 그 말은 또 뭐야, 하고 일축했다.

"어떤 사람과 사귀든 나는 반대한 적이 없는데. 정말 이상한 아이라니까."

나는 고맙다고 말하고, 자리에서 일어났다.

칸나의 어머니는 나중에 홀쩍 일어나, 윤기가 흐르는 머리칼을 한 손으로 누르면서 허튼말이 아니라는 듯이 싱긋 웃었다.

"칸나를 위해서 부모 된 심정으로 애써 주는 건, 정말 고마워요. 하지만 그 아이에 대해서는 내가 제일 잘 압니다."

"그런데 조금 전에, 사건 당일까지 칸나 씨는 평범하게 생활했다고 하셨죠……. 그런데도 나오토 씨를 살해한 이유는 어머니도 모르신다는 거네요?"

어머니는, 그러니까, 하고 언성을 높였다.

"내가 아까, 허언증이라고 했잖아요. 있는 그대로 사실을

134

얘기하지 않으니, 내가 이해할 수 없는 것은 당연하지."

마치 우쭐거리는 듯한 말투에 나는 더는 아무 말도 할 수 없었다.

며칠 전 면회 때, 칸나가 면회실에서 나가기 직전에 흘렸던 말이 뇌리에 되살아난다.

칸나는 이렇게 말했다.

내가 거짓말을 하면 엄마는 안심했어요.

병원 입구는 1층에서 2층까지 뚫려 있다.

2층 접수 창구에 방문자 배지를 돌려주러 갔다가 난간 밖으로 약간 몸을 내밀자, 1층 카페테라스에서 식사하는 가족의 모습이 더러 보였다. 나는 그 자리에서 가쇼에게 전화를 걸었다.

"미안해요."

내가 사과하자, 가쇼는 일단 감정을 죽이듯 말이 없었다. 오가는 자동차 소리만 울렸다.

그리고 잠시 후에 이런 말이 들려왔다.

"그러니까 사전에 의논하라고 했잖아. 나도 아직 증인 소환을 포기한 게 아니라고."

"정말 미안해. 하지만 포기하는 게 좋겠어. 그녀는 조금도 자기 책임을 인정하고 싶지 않은 것 같아. 끝까지 아무 것도 모르는 비극의 어머니로 관철할 모양이야. 지금 만나서 확인했어."

가쇼는 조그맣게 한숨을 쉬고는, 불쑥 제안했다.

"앞으로 우리, 따로 행동할까? 유키도 나름 무슨 생각이 있겠지만, 변호인 측 관계자라고 여겨지면 좀 곤란한 부분도 있어서 말이야."

그렇네, 하고 나도 인정했다.

"고마워, 지금까지 동행하게 해 줘서."

"아니야. 솔직히 나 혼자였으면 생각도 못했을 질문도 많아서 참고가 되었어. 사실은, 칸나 씨가 기타노 선생을 무서워해. 덩치가 큰 남자는 무섭다면서. 그래서 유키 쪽에게 마음을 빨리 연 거지. 덕분에 여러 가지로 도움이 컸어."

그랬구나, 하고 나는 중얼거렸다.

"알았어. 그럼 앞으로는 개별 행동을 하는 걸로 하고. 가쇼라는 이름은 절대 나오지 않도록 할게. 다만, 재판 전에 한 번은 만나 얘기하자."

"그건 그래야겠지. 그리고 무슨 난처한 일 생기면, 언제든 연락해도 돼."

그의 말투가 부드러워진 시점을 가늠해서, 나는 다른 말을 꺼냈다.

"그러고 보니까, 고야마 유카리 씨가 나를 찾아왔던데."

어어, 하고 무심하게 내뱉은 목소리가 연기인지 제 목소리인지 분간이 가지 않았다.

"미안하군. 상당히 절박해 보여서. 형수님 같으면, 멍청한 남자에게 마음 주지 말고 행복해지라고 따끔하게 말해 주지 않을까 해서."

"결혼도, 가쇼에 대해서도, 냉정하게 다시 생각해 보라고 했어."

가쇼는 깜짝 놀란 듯 침묵했다.

"그 여자, 좋아하는 거 아니야?"

"좋아한다? 글쎄. 그런 감정조차, 이제는 그립군."

그는 대답을 그런 식으로 얼버무렸다.

"어머니가 신경 쓰이겠지만, 가몬 씨 부모님이 있으니까 가쇼 자신의 행복을 생각해도 좋지 않을까 해."

"지금 그 말투, 형이랑 비슷하군."

가쇼가 그렇게 말하고는 피식 웃었다. 그리고, 그러긴 힘들어, 하고 단언했다.

"이 나라의 법률은 혈연관계를 너무 중시해. 인연을 완전히 끊을 수 없는데, 괜히 또 한 사람이 짊어지게 할 생각 없어."

다소나마 고야마 유카리를 마음에 두고 있기에 나올 수 있는 말이 아닐까 하고 생각했지만, 나는 그 이상 무슨 말을 할 수도 없었다. 생각해 보면 나는 비상계단에서의 일화도, 그 특유의 위악적인 농담이라고 오해하고 있었다. 그런데 그게 아닌지도 모른다. 어쩌면 남들 모르게 끝나 가는 관계를 누군가에게 말하고 싶었는지도 모른다.

"알았어. 그럼 한동안은 따로 행동하겠네. 무슨 일 있으면 연락할게."

나는 그렇게 말하고 전화를 끊었다.

지칠 대로 지쳐서 집으로 돌아가자, 마사치카가 불도 켜지 않은 채 거실 텔레비전 앞에서 게임을 하고 있었다. 오케스트라의 그윽한 배경음악과 할리우드 영화급 CG 영상에 감탄하면서 주의를 주었다.

"불이라도 켜 놓고 하지그랬어."

카펫 위에 텔레비전의 빛이 어른거렸다. 마사치카는 아, 응, 하고 내 말을 흘려들었다.

튀김용 프라이팬을 꺼내 놓고, 감자를 씻어 튀겼다. 키친타올 위에 김이 모락모락 오르는 감자튀김이 수북해졌다.

유리 볼에 양상추와 토마토와 감자튀김을 담고, 참치와 마늘과 올리브 오일 드레싱을 준비하고 있을 때, 문이 열리면서 커다란 가방을 어깨에 멘 가몬 씨가 들어왔다.

"오, 오늘 저녁은 파스타야?"

"응. 감자 샐러드랑 오일드 사딘 파스타."

나는 몸을 굽혀 싱크대 아래 문을 열고 스테인리스 냄비를 꺼냈다.

"이래저래 불리해."

내가 그렇게 말하자, 가몬 씨가 뭐가? 하고 되물었다.

"히지리야마 칸나 씨 건. 모두들 아버지를 살해할 만큼의 이유를 모르겠다고 해."

"으음. 그래도 이유가 없을 수는 없을 텐데. 나는 전문가가 아니라서 잘 모르겠지만, 당신 얘기를 들어 보면 정신적으로 불안정한 것은 분명해도, 지금까지는 그냥 평범하게 살아왔잖아."

"뭘 가지고 평범하다고 할지 좀 애매하네. 나는 아무래도 취업 활동을 반대했다는 이유만으로 칸나 씨가 살인을 저지른 것 같지는 않아서 그래."

아 참, 하고 나는 오일드 사딘 캔을 따면서 말했다.

"당신 아는 사람 중에, 칸나 씨 아버지가 다녔던 미술학교 졸업생 없어?"

그는 선반에서 컵 세 개를 꺼내면서 대답했다.

"십 년 전에 졸업한 사람이라도 괜찮으면, 아마 있을 거야."

"오래전 사람이 좋아. 좀 소개해 줄 수 있어? 거기서부터 추적하면 히지리야마 나오토 씨 집에서 데생 공부를 했던 학생들과 이어지지 않을까 싶은데."

"나는 전혀 모르는데. 그런 일은 가쇼에게 부탁하는 편이 빠르지 않겠어?"

거실에서 게임을 하던 마사치카가, 엄마, 배고파! 하고 외쳤다.

"지금 준비하고 있잖아. 나도 가쇼 씨에게 부탁할까 했는데, 변호사가 찾아가면 대답을 제대로 해 줄 것 같지 않아서. 법정에 출두해서 증언을 하게 되면 어쩌나 하고 경계할 거 아니야. 게다가, 만에 하나, 정말 좋지 않은 일이 있었다면."

"하긴 그렇군. 그래서 아는 사람이 있으면 직접 접촉하고 싶다는 거군. 알았어. 좋아, 오늘 밤에 메일 보내 놓을게."

"고마워, 여보! 마사치카, 다 됐다. 게임 끄고 빨리 와서 접시 꺼내 놔."

"쳇, 한참이나 기다리게 해 놓고 명령조야, 엄마는."

마사치카는 그렇게 투덜거리면서도 조종기를 내려놓고 카펫에서 일어났다.

수북하게 썰어 놓은 파채와 김을 뿌린 오일드 사딘 파스타는, 독신 시절부터 가몬 씨와 즐겨 먹었던 메뉴다.

"우리 마사치카가, 또 키가 컸어. 신체검사 결과 보고 깜짝 놀랐다니까."

가몬 씨가 맥주를 마시며 그렇게 가르쳐 주었다. 나는 거짓말, 하고 말했다.

"진짜야. 나, 이제 뒤에서 두 번째야. 그런데 겐토 그 녀석은 따라잡지 못하겠어. 그 녀석 달리기도 잘하고, 성적도 좋고, 진짜 엄청나. 역 앞에 있는 학원 있잖아, 거기 머리 좋은 녀석들만 들어가는 덴데 합격했대."

"호오. 겐토는 길에서 만나면 인사도 반듯하게 잘하던데. 벌써 학원 갈 나이구나. 마사치카도 원서 내 보지그러니?"

내가 그렇게 제안하자, 마사치카는 게임 할 시간 없어지는데, 내가 왜, 하는 매정한 대답을 했다.

"게임은 아무리 높은 점수 따 봐야, 늘어나는 건 헛되이 쓴 시간뿐이라고."

"그렇지 않아. 전국에 친구가 늘어난다고."

"너, 인터넷에서 안 사람을 친구라고 하는 거 아니야."

우리의 대화를 듣고 있던 가몬 씨가 껄껄 웃었다. 한숨을 쉬면서도 마사치카가 다른 사람에게 주눅 들지 않고 자라 주는 것에 안도한다.

식사를 마치고 설거지까지 끝내자, 가몬 씨는 마사치카와 나란히 앉아 게임 공략법을 의논하기 시작했다.

커다란 뒷모습과 길쭉하기만 한 가녀린 등을 번갈아 바라보면서, 저러다 키만큼은 겐토를 앞지를지도 모르지, 하고 생각했을 때 인터폰이 울렸다.

계속해서 두세 번을 누르는 소리에 유난히 폭력적인 기척을 느끼고, 나는 말없이 모니터를 들여다보았다. 화면 속에 커다란 바구니를 껴안은 엄마가 서 있었다. 움찔 놀라서, 나는 못 본 척 등을 돌렸다. 그런데도 인터폰은 계속 울렸다. 마사치카가 이상하다는 표정을 지으며, 엄마, 왜 안 받아, 하며 나를 보았다.

그때, 모니터 버튼을 누르고 화면을 확인한 가몬 씨가, 나를 향해 한 손을 들어 보였다. 내가 나갈게, 하는 식으로.

잠시 후에, 모니터의 어둠 속에 가몬 씨가 비쳤다.

"며칠 있으면 유키 생일이잖아. 꽃꽂이 교실에서 이 꽃다발, 만들었어. 그냥 두면 마르니까 오늘 중에 갖다주려고 했는데, 도통 전화를 받아야 말이지."

모니터 너머로 엄마의 목소리가 왕왕 울린다.

"집사람이 아직 안 들어왔습니다. 제가 전해 주죠. 와, 진짜 멋진데요."

가몬 씨가 다감한 목소리로 말하면서 바구니를 받아 들었다.

"아니 평일인데 이런 시간까지 일을 한단 말이야. 서방은 집 안에 가둬 놓고, 정말이지, 미안해. 힘든 일 있으면, 내가 언제든 도와주러 올 테니까 연락해. 알았지?"

가몬 씨는 어디까지나 온화한 말투로, 감사합니다, 하고 말한다.

"갑자기 오시면 대접도 제대로 할 수 없으니까, 제 전화로 연락 주세요."

"어머, 정말? 그래도 미안해서 그렇지."

"집사람이 지금 좀 큰일을 맡고 있어서, 한동안 바쁠 겁니다."

"그러니까 집안일 도울 사람이 더 필요할 거 아냐."

반색하는 엄마 목소리가 들렸다. 소름이 끼쳤다. 그러나 가몬 씨는, 장모님 마음은 고맙지만, 하고는 웃었다.

"제가 거실에서 작업을 하기 때문에 도구 같은 것도 있고, 또 사실 제가 손님이 오면 좀 과민해져서요. 죄송합니다."

"아, 그래."

엄마는 이제야 포기한 듯이 중얼거렸다.

"그래. 알았어. 잘 전해 줘요. 다들, 건강 조심하고."

엄마가 그렇게 말하면서 돌아가자, 나는 모니터를 껐다.

가몬 씨가 들어왔다. 껴안은 바구니에서 백합이 집착에 가까운 강렬한 향을 풍겼다.

나는 마사치카에게 목욕하고 나오라고 말했다. 마사치카가 욕실로 들어가자, 가몬 씨가 물었다.

"이거, 어디다 놓을까?"

"태워 버릴까?"

농담으로 그렇게 말했는데, 그 목소리가 웃을 수 없을 만큼 의외로 크게 울렸다.

"외로우신 거겠지."

가몬 씨가 차분하게 중얼거렸다.

"그래서 지금 와서 딸에게 좀 봐줬으면 하는 게, 그 사람답네. 기억해? 마사치카 낳은 후에 내가 산후 조리가 잘 안 돼서 열이 펄펄 끓어 링거 맞고 있을 때, 병원에서 닭튀김 도시락 먹었던 거. 당신 것도 사 왔다면서 우쭐거렸잖아. 그 사람은 남을 진심으로 위로하거나, 상대 기분을 존중할 줄은 조금도 모르는 사람이야. 언제나 자기 기분 위주지."

나는 식탁을 닦으면서 말했다. 가몬 씨도 응, 하면서 고개를 끄덕였다.

"당신과 장모님을 보면, 딸과 어머니가 뒤바뀐 것 같다는 생각이 들어. 그리고 그건 당신이 짊어져야 할 역할이 아니란 것도, 나 알아."

나는 조그만 소리로, 아까는 고마웠어, 하고 말했다. 그렇게 해서 얘기가 다 끝난 줄 알았는데, 가몬 씨가 말을 이었다.

"당신은 옛날부터 짊어지지 않아도 될 것을 너무 많이 짊어지고 있어."

무슨 뜻이냐고 되묻고 싶었지만, 왠지 말이 나오지 않았다.

나는 다 닦은 식탁 위에 백합 바구니를 올려놓았다가 바로 내려놓았다. 아무것도 없는 식탁에, 미처 닦아 낼 수 없는 딸로서의 죄책감만 남았다.

마카베 유키 선생님

지난주부터 계속 몸이 안 좋아요.

오늘 아침에도 밥을 못 먹었고, 편지를 쓰는 지금도 머리가 어떻게 될 것 같아요.

마카베 선생님의 질문에 대해서 줄곧 생각해 봤습니다.

144

그런데 결국 어떻게 하면 좋을지 모르겠어요. 과거의 남친들에게 묻고 싶을 정도입니다.

당신들은 뭘 하고 싶었느냐고 말이죠.

거의 매일 연락을 했고, 칭찬하고, 관계도 갖고.

그런데, 어느 순간부터 싫증을 내고는, 이유는 말해 주지도 않고, 착하다고 귀엽다고 좋아한다고 해 놓고는 전화를 걸거나 문자를 보내 주는 횟수도 점점 줄어들고, 그런데도 섹스를 할 때는 피임하고 싶지 않다고 떼를 부리고. 그렇게까지 했는데, 마지막에는 내가 죽겠다고 해도 모두들 없어져 버렸어요.

가령 아빠를 죽이지 않았다 치고, 앞으로 제가 앞날에 희망을 갖고 살면서, 건강하게 미래를 맞을 것 같은가요?

도와 달라는 말은 못하겠습니다.

도와주지 않아도 돼요.

이제 돕지 마세요.

히지리야마 칸나 드림

점심시간에 근처에 있는 레스토랑에서 편지를 읽고 난 다음, 가쇼에게 칸나의 정신 상태가 좋지 않으니까 조심하라고 문자를 보냈다.

식사를 끝내고 커피를 마시면서, 젊은 여자와 회사원 들

145

이 반반인 레스토랑 안을 바라보았다. 담소하는 그들의 표정은 밝고, 들려오는 대화의 내용은 평화로웠다.

일탈이 없는 일상. 모두가 그게 어디가 되었든 저편으로 가는 일은 없다고 생각한다.

가몬 씨에게 갑자기 전화가 걸려 와, 급하게 촬영 스케줄이라도 잡혔나 했더니, 그게 아니었다.

"당신이 부탁한 미술학교 건 말이야, 디자인하는 친구가 있는데 그 은사가 아직 학교에 남아 있다고 해서, 얘기를 들을 수 있게 부탁해 달라고 했어."

시야가 확 트인 듯한 기분이었다.

"고마워, 여보! 그런데, 그래도 되는 거야?"

"그럼. 그 녀석이 내게 빚진 게 좀 있거든."

빚진 거? 하고 나는 되물었다.

"응. 옛날에 그 녀석이 내 사진을 책 표지로 사용한 적이 있어. 책이 나와서 보니까, 트리밍을 과도하게 한 데다 피사체가 제목에 거의 가려서. 그래서 내가 핀잔을 주었더니, 다음에는 내가 무슨 부탁을 해도 꼭 들어주겠다고 했거든."

"그렇구나. 그럼 다행이고. 다행은, 아닌가?"

"하하. 아무튼, 당신은 걱정 안 해도 돼. 또 연락 오면 알려 줄게."

전화를 끊은 다음 바로 쓰지 씨에게 전화를 걸었다.

"감사합니다."

그도 기뻐했다.

그날 밤에, 미술학교의 야나기사와 교수가 직접 메일을 보내 주었다.

그의 말이, 취재 목적으로 학교를 방문하겠다고 신청하면 통과되지 않으니, 방문 목적을 학교 견학이라고 해 달란다. 그 친절에 감사하면서, 바로 쓰지 씨에게 전했다.

다음 날 아침, 클리닉에 칸나가 보낸 편지가 또 배달되었다.

이렇게 두 번이나 연속 오다니 무슨 일이지, 하면서 하얀 봉투를 뜯었다.

마카베 선생님

며칠 전 편지를 보낸 후에 바로 후회했습니다. 하지만 이미 보낸 편지를 되돌릴 수는 없으니, 또 이렇게 이내 편지를 씁니다.

돕지 않아도 된다는 말은, 거짓말입니다.

그러니까, 제가 기억할 수 있는 일은 모두 얘기하고 싶어요. 그래도 학대를 당한 건 아니니까, 제 머리가 이상한 건지도 몰라요. 그 점은 마카베 선생님이 전문가로서 냉정하게 판단해 주세요.

아빠는 제게 무관심한 편이었습니다. 1년에 3분의 2는 외국에 있었어요. 그러니까 같이 산 시간이 생각보다 짧을지도 모른다는 생각이 듭니다, 요즘에는.

한 가지 말할 수 있는 것은, 아빠는 제가 원하거나 바라는 것은 하나같이 부정했다는 거예요. 친구 관계며 진학, 연애 관계까지 전부요.

취업 활동을 시작하기 전에 원고를 읽는 연습을 할 때는 즐거웠어요. 잊고 싶었던 일이 눈앞에 있는 말에 지워져 가는 것 같아서. 남들이 예쁘다고 하는 얼굴. 타인의 기대에 반드시 부응하려는 제 성격을 비로소 좋은 방향으로 살릴 수 있는 직업이 아닐까 생각했어요. 자립하게 되면 그 집도 떠날 수 있고요. 그때 저에게는 희망이 있었습니다. 그런데.

마카베 선생님은, 엄마가 제게 자기 책임을 강요했다고 하셨죠. 하지만 어쩔 수 없는 일이었어요. 엄마는 오히려 불쌍한 사람입니다. 엄마는 아빠만 신경 쓰느라 자기를 죽였어요.

예를 들어서 밥을 지었는데 아빠가 메밀국수가 먹고 싶다고 하면 엄마는 얼른 물을 끓였고, 대낮에 편히 자고 싶으니 나가라고 하면 엄마는 어떻게든 일정을 만들었습니다. 아빠를 거역할 수 없었죠.

왜냐하면, 엄마는 아빠를 무척 사랑했기 때문에. 나보다 훨씬.

그런 아빠에게 하고 싶은 말 하나 제대로 못하고 견뎌 온 엄마가, 제가 하고 싶은 것을 하도록 그냥 내버려 둔 것은,

오히려 관대함이었다는 걸 지금 와서 깨달았습니다.

그러니 우리 엄마를 비난하지 마세요. 저를 고통스럽게 한 것은, 아빠였으니까.

히지리야마 칸나 드림

오전 11시. 후타코타마가와 역 앞은 아이들을 데리고 나온 엄마들로 북적거렸다. 충실한 상업 시설과 강가의 녹지가 인상적인 대조를 이루고 있다.

미술학교 앞에 도착해 보니, 감색 피코트에 오렌지색 목도리를 두른 쓰지 씨가 한발 앞서 안내 창구로 향하고 있었다.

우리를 맞아 준 야나기사와 교수는 나이가 지긋한데도 말쑥하고 자세가 반듯했다. 엷은 쑥색 재킷을 걸치고, 여유로운 미소를 머금고 있다. 기품 있는 모습에, 속으로 호감을 품었다.

"그럼 가시죠. 삼 층 미술실이 지금 강의가 없어서 비어 있습니다. 원두를 갈아 커피를 끓여 드리죠."

몸 둘 바를 몰라 고맙다고 인사하고, 3층으로 올라갔다.

미술실로 들어서자, 나도 모르게, 아, 오랜만이네, 하는 소리가 나올 뻔했다.

그림물감이 여기저기 튄, 생채기투성이의 커다란 책상. 말라 가는 그림이 담긴 스틸 랙. 데생용 작은 소품이 줄줄이 쌓여 있는 선반. 숨을 들이쉬자, 내가 다녔던 고등학교 미술실도 똑같이 유화물감 냄새가 났다는 기억이 떠올랐다.

야나기사와 교수는 책상 한구석에서 드르륵드르륵 커피밀을 돌렸다. 전열기에 놓은 조그만 주전자에서 김이 오르기 시작했다.

큼지막한 머그에 커피를 따라 주어, 학생 시절로 돌아간 듯한 기분으로 의자에 앉아 마셨다. 갓 볶은 원두 향의 구수함이 퍼졌다.

"야나기사와 교수님은 아직도 매일 강의를 하세요?"

쓰지 씨가 묻자, 그는 그렇습니다, 하며 고개를 끄덕였다.

"나는 잠을 자려고 집에 돌아갈 뿐, 나머지 시간에는 강의를 하고, 강의가 끝난 후에도 학생들을 지도하고, 내 작품도 여기서 작업합니다. 그러는 편이 학생들에게도 공부가 되고 해서."

그러시군요, 하고 나는 말했다.

"히지리야마 씨가 매일 여기 왔던 건 아닙니다. 학생들 사이에서 인기는 있었지만. 쉰이 넘었어도 꽤 훤칠한 사내였고, 작품을 좋아하는 학생 팬도 있었거든요."

그가 마치 잡담을 하듯 얘기를 시작해서, 나는 집중했다.

"사건 당일에도, 야나기사와 교수님은 학교에 계셨나요?"

"아니, 그날은 여름방학이라, 특강이 있는 교수만 출근했어요. 나는 없었습니다. 밤에 동료의 전화를 받고, 너무 놀라서 까딱하면 쓰러지는 줄 알았습니다."

"칸나 씨는 전에도 이 미술실에 온 적이?"

내가 질문을 계속했다.

"한두 번 물건을 전하려고 온 적이 있다는데, 나는 만난 적이 없었어요. 그 사람도 가족 얘기는 거의 하는 일이 없었고. 그래서 나도 뉴스를 보고, 그렇게 예쁜 따님이 있는 걸 알고 깜짝 놀랐습니다. 나 같았으면, 자랑 삼아 책상에 사진이라도 붙여 놓았을 텐데. 그러고 보면, 지금은 가족들 사이가 그다지 좋지는 않았나 보다는 생각이 들기도 하는군요."

저, 하고 내가 말을 꺼냈다.

"이번에는 정말 어려운 부탁을 들어주셔서, 정말 감사드립니다."

야나기사와 교수의 마디 진 손이 머그를 내려놓았다.

"실은 말이죠, 내년 봄에 이 건물이 없어집니다. 학교를 이전하게 되어서 말이죠. 학교 이름도 좀 바뀌게 됩니다. 그런 터라 얘기를 해도 되지 않을까 하는 생각에."

"아, 그렇군요."

쓰지 씨가 중얼거리자, 야나기사와 교수는 착잡한 표정으로 말했다.

"네. 그러나 솔직히, 기분이 좀 복잡합니다. 나 자신, 그 따님과 비슷한 나이의 학생들과 매일 얼굴을 마주하고 있는데다, 우선은 창작 지도를 하지만, 심리적인 교류도 없지는 않은 터라. 그런 나이의 여학생이 같은 직장에 다니던 사람을 찔렀다는 걸 상상하면, 마음이 아파요. 히지리야마 씨도 겉으로는 까탈스럽게 보이지만, 의외로 밝은 면도 있는 사람이었습니다. 그러니까 절대 나쁜 사람은 아니었어요. 뭐, 서툴렀던 거겠죠. 그 사람에게 인간이란, 관찰 대상이었지 서로 마음을 교류하는 대상이 아니었을지도 모릅니다. 그러니 그렇게 정교한 그림을 그릴 수 있었던 거겠죠."

"관찰 대상이지, 마음을 교류하는 대상이 아니……라고요?"

쓰지 씨가 컵 속을 들여다보면서 중얼거렸다.

"야나기사와 교수님은 이 학교에 근무한 지 몇 년이나 되셨어요?"

"근속 이십오 년입니다. 그야말로 터줏대감이죠."

"그럼 히지리야마 선생님이 자택 별채에서 데생 지도를 했다는 것도 아시나요?"

그가 한 손을 볼에 대고, 아아, 하고 느긋한 목소리로 대답했다.

"언젠가, 그 비슷한 말을 했던 것 같아요. 하지만 우리 학생들은 없지 않았나 합니다. 우리 학생들은 여기에서 지도하면 되니까요."

"아, 그렇군요. 저희는 이 학교 학생들인 줄만 알았는데."

"아니, 그렇지 않을 겁니다. 좀 기다려 보시죠. 졸업생 중에서 히지리야마 씨가 특히 눈여겨보았던 학생이 뭘 좀 알고 있을지 모르니, 연락해 보겠습니다."

그렇게 설명하고, 그는 재킷의 가슴 주머니에서 스마트폰을 꺼내 전화를 걸었다.

말소리가 들리지 않게 고개를 돌리자, 칠판에 희미하게 남아 있는 글자가 눈에 들어왔다. 바닥 여기저기에 떨어져 있는 백묵. 칸나가 보낸 편지가 머리를 스친다. 나를 고통스럽게 한 건 아빠였으니까, 하는 한 줄이.

5개월 전의 어느 여름 날 오후, 이 학교 안의 화장실에 피가 철철 흘렀다. 그 소심하고 마음이 약한 칸나가 칼을 손에 들고.

"잠깐, 전화 좀 받아 보시죠."

야나기사와 교수의 말에 쓰지 씨가 얼른 일어나 전화를 받았다.

"신문화사에서 논픽션 편집을 담당하고 있는 쓰지라고 합니다."

그가 전화에 대고 인사했다.

"네, 네. 그래요, 에, 페이스북에서요? 그게 언제쯤…… 아,

지금도 연락이 된다고요? 그럼 사는 곳은, 네, 그렇군요."

나는 야나기사와 교수에게 화장실에 다녀오겠다고 말했다. 그는 고개를 끄덕이며 의자에서 일어나, 문을 열고는 똑바로 뻗은 복도 끝을 가리켰다.

"사건 현장이 저 화장실인가요?"

그가 조금 멈칫거리다가 설명했다.

"아니, 이 층 끝에 있는 화장실입니다. 지금은 봉쇄되어 있어요."

나는 고맙다고 하고 복도를 걸어갔다.

야나기사와 교수가 미술실로 들어간 다음, 바로 계단을 내려갔다.

2층 복도를 걸어 화장실로 향한다. 넝쿨이 유리창을 뒤덮어 어두웠다.

안쪽의 여자 화장실에 사용 금지라는 종이가 붙어 있었다. 무시하고 문을 열었다. 안은 휑하고 한층 어두웠다. 부자연스러울 만큼 깨끗하게 청소가 되어 있다. 그리고 멈춘 시간. 하얀 타일 바닥과 칙칙한 은색 수도꼭지. 청소 도구 등은 모두 처분했는지 전혀 없었다.

안쪽에서 문을 닫고, 각각의 화장실을 가만히 쳐다본다. 칸나는 아버지를 화장실로 불러내 찔렀다고 한다.

칸나 주위 사람들 얘기를 들어 보면, 그럴 수 있는 사이가 아닌 것처럼 느껴진다. 칸나가 화장실로 나오라는데,

아버지는 아무런 의심을 품지 않았을까.

3층 미술실로 돌아갔다. 쓰지 씨가 아직도 통화를 하고 있었다.

"그렇습니다. 갑작스럽게 그런 부탁을 드려 정말 죄송합니다만, 소개를 받을 수는……. 알겠습니다. 그럼 오늘 오후 다섯 시에, 긴자의 화랑으로 찾아뵙겠습니다. 네. 잘 부탁드립니다."

쓰지 씨가 전화를 끊고는 내 쪽을 돌아보았다.

"마카베 선생님. 지금 시마즈 씨 얘기를 들어 보니까, 페이스북으로 연결된 어느 화가가 옛날에 히지리야마 나오토 씨 데생 교실에 참가했다고 하는군요. 그런데 지금은 도쿄에 없다고 합니다. 만약 약속이 잡히면, 제가 다녀오겠습니다."

"아, 그럼 그때 나도 같이."

내가 그렇게 말하자, 쓰지 씨는 웃는 얼굴로 그러시죠, 하고는 조심스럽게 다른 말을 꺼냈다.

"저, 그런데, 그게."

"뭔데요?"

그가 이마를 긁적거리면서, 사실은, 하고 말했다.

"그 화가가, 지금은 도야마 현의 산속에다 공방을 차리고 활동하고 있답니다."

"도야마 현?"

가몬 씨가 약간 비뚤어진 안경을 밀어 올리면서 물었다.

"그럼, 당신도 도야마의 산속에 있다는 공방에 간다는 거야?"

응, 하고 나는 다소 망설이면서 고개를 끄덕였다.

"도야마에서도 산 쪽이면, 거리가 제법 될 텐데."

"그렇겠지. 하루에 갔다 올 수 있으면 좋겠는데."

"좀 어려울 거야. 도쿄에서 신칸센 타고 출발해서, 거기에서 다시 전철이나 차를 갈아타야 할걸. 혹시라도 눈이 쌓여 있으면 이동 수단을 잘 선택하는 게 좋을 거야."

눈, 하고 중얼거리면서 거실 벽에 걸린 달력을 본다. 며칠 후면 올해도 끝이다. 참 분망한 한 해였네, 하고 기분이 묘해졌다. 내년 2월부터는 칸나의 공판이 시작된다. 정말이지 시간이 별로 없다는 걸 새삼 깨닫는다.

가몬 씨의 옆얼굴을 가만히 쳐다본다. 그가 응? 하고 묻는다.

"가도 괜찮겠어? 남자랑 둘인데."

내가 묻자, 가몬 씨는 당연하다는 듯이, 물론, 하면서 고개를 끄덕였다.

"나는 혼자 가는 게 오히려 걱정이야. 당신 얘기만 들어 봐도, 좋은 사람 같던데 뭐. 당신 일에 지장 없으면, 모처럼 가는 건데 관광도 좀 하고 와."

"고마워."

나는 불쑥 거실에 놓인 집 전화를 보고, 말했다.

"가쇼 씨 어머니 수술이 잘 끝나서 다행이야. 놀라기는 했지만."

그러게, 하고 가몬 씨는 유한 표정으로 고개를 끄덕였다.

"살아 있는 동안에 의식을 회복해서, 가쇼와 화해를 해 주면 싶은데."

"가쇼 씨가 그걸 바라지 않아도?"

냉장고를 열면서 그렇게 물어보았다. 가몬 씨가 저녁 준비를 시작하면서 넌지시 말했다.

"사람이란 얼마든지 변할 수 있어. 가령 지금은 형식적인 화해에 그치더라도, 나이를 먹으면 그때 그러길 참 잘했다고 생각하는 날이 올 수도 있잖아."

나는, 그렇긴 하네, 하고만 대답했다.

도야마로 가기로 한 날 아침, 도쿄도 기온이 뚝 떨어졌다.

벌벌 떨면서 스웨터를 껴입고, 방의 스토브를 켠다. 창밖은 아직 어둠에 갇혀 있다.

나갈 준비를 하고, 짐을 확인한 후에 다운재킷을 입었다.

조용한 현관에서 앵클부츠에 발을 밀어 넣고, 문을 연다. 뒤돌아 아무도 없는 복도를 향해, 다녀올게, 하고 조그맣게 말을 남겼다.

도쿄 역 도시락 매장에 있을 때, 뒤에서 누가 안녕하세요, 하고 말을 걸어 조금 놀랐다.

"아, 소혀구이 도시락이군요. 마카베 선생님, 의외로 아침부터 많이 드시네요."

쓰지 씨가 밝은 얼굴로 그렇게 말해, 그냥 보기만 한 거라는 말을 못한 채 사고 말았다.

신칸센 열차 안에서 도시락을 꺼낸다. 끈을 잡아당기자 김이 확 올라, 깜짝 놀랐다. 지금은 이렇게 밥 온도를 유지하는구나 싶어 감탄하고 있는데, 옆에 앉은 쓰지 씨가 물었다.

"마카베 선생님, 일정 때문인데, 원고는 언제부터 받을 수 있을까요?"

"가능하면 칸나 씨 가정을 어느 정도 파악한 후가 바람직하겠죠. 전체적인 구성도 쉽지 않으니까."

그렇게 설명하고, 슬쩍 웃으면서 물어보았다.

"사실은 더 빠른 편이 좋은 거죠?"

쓰지 씨는 샌드위치를 들었다 놓고 말했다.

"그야 그렇죠. 가능하면 판결이 내릴 쯤에는 책이. 그래도 아슬아슬한 선까지 기다릴 수 있을 겁니다."

"고마워요. 내 의견을 많이 들어줘서."

"무슨 말씀을요. 저도 히지리야마 칸나 씨에 대해서는, 좀 생각하게 되는 일이 있어서."

나는 그의 얼굴을 돌아보았다. 시야 한구석으로, 차창 너머 풍경이 흘러간다.

"부모 책임이, 어디까지일까요. 특히 자식이 성인이 된 후 로는."

나는, 어디까지라니? 하고 되물었다.

"정신적으로 불안정한 상태는 나이를 먹어도 남는다고 할까, 가정환경이 큰 요인이잖아요. 어른이니까 부모는 관계없다고 어디까지 잘라 말할 수 있는지, 사회가 어디까지 인정하고 고려해야 하는지 하고요."

"그렇게 생각하게 된 계기가 있었나요?"

"사실은 몇 년 전에, 고등학생 때 여친이 자살했거든요."

직업이 그렇다 보니 사람들이 개인적으로도 심각한 얘기를 털어놓는 일이 많은데, 그래도 깜짝 놀랐다.

"그랬군요."

"네. 하지만 솔직히 말해서, 언젠가는 그런 일이 벌어지지 않을까 하고 생각하는 마음이 있었어요. 그녀는 히지리야마 씨와 달리 그냥 수수하게 생겼지만, 어딘지 모르게 비슷한 위태로움이 있었거든요. 아르바이트를 하던 가게에서 점장이 가슴을 만졌다고도 하고, 예전 남자 친구가 걸 어차서 생긴 멍을 보여 주기도 하고 말이죠. 그런데 그런 게 가혹한 일이라는 자각이 없었어요. 그냥 얘기하다가, 어쩌다 나온 말처럼 아무렇지 않게 말했습니다. 그래서 더욱이 한시도 눈을 뗄 수가 없었다고 할지, 지킬 수 있는 사람은 나밖에 없다는 기분이 들었어요, 그 당시에는. 거식증에 가까운 증세도 보여서, 매일 학교 끝나고 돌아가는 길에 맥도날드에 들러도, 아무것도 먹고 싶지 않다고 하는데 내가 감자튀김을 억지로 입에 밀어 넣기도 하고. 이런 얘기를 하면, 양쪽 다 이상하다고 할지도 모르겠지만."

아니에요, 하고 나는 고개를 저었다. 쓰지 씨가 얼마나 그녀를 아꼈고, 또 당시에는 얼마나 걱정이 컸을지 전해졌다.

"결국, 입시로 바빠졌을 때 싸우고 헤어졌어요. 졸업한 후에 그녀의 친구에게, 그녀가 부모에게 툭하면 맞았다는 얘기를 듣고 얼마나 놀랐는지 모릅니다. 지금 돌이켜 보면, 무의식적이었겠지만 내 주의를 끌려고 그런 얘기를 했을 텐데, 정작 해야 할 말은 하지 않았다는 게 충격이었어요. 그래서 그녀가 결혼해서 아이도 낳았다는 소식을 들었을 때는, 이제야 행복해지겠다고 안심했는데. 두 살짜리 아이와 남편을 남겨 두고 죽어 버렸습니다. 그래서 지금도 마음이 편치 않아요."

나는 말없이 고개만 끄덕였다.

"아마 그래서 알고 싶은 거겠죠. 가정에 문제가 있는 여자가 무슨 생각을 하고, 어떤 심정으로 살아가는지 말입니다."

160

"아이를 남겨 놓고 죽다니, 정말 살아가기가 괴로웠나 보네요."

쓰지 씨는, 아마, 하고 착잡한 목소리로 대답했다. 그리고 기분을 전환하듯 물었다.

"마카베 선생님은 남편과 사이가 좋은 것 같던데. 싸우기도 하나요?"

나는 없다고 대답했다.

"남편이 정말 온후한 성격이라서. 나는 남자와 충돌하는 일이 간혹 있지만."

도시락의 김이 잦아들어 두 손으로 받쳐 들자 용기는 아직 따끈했다.

"결혼한 지 얼마나 됩니까?"

쓰지 씨가 또 질문했다.

"벌써 십 년이 지났어요."

"와, 십 년이라. 아, 죄송합니다. 아직 결혼을 안 해서, 상상이 안 되네요. 그런 상대는 처음 만났을 때, 눈에 딱 들어오나요?"

화랑의 좁은 콘크리트 계단의 느낌을 지금도 기억한다. 펌프스 굽이 부딪히던 딱딱한 소리도.

수공업 공장이었던 곳을 그대로 사용한 탓에 페인트가 여기저기 벗겨졌고, 천장에는 배관이 그대로 드러나 있었던 것도.

14년 전의 평일 저녁, 대학생이었던 나는 혼자 화랑을 찾았다.

들어서자마자, 휑한 공간에 전시된 사진의 빛에 눈길을 빼앗기고 말았다.

한쪽 팔이 없거나, 다리를 질질 끄는 사람, 몸에 생생하게 상처가 남아 있는데도 장난스러운 표정을 짓고, 쓰레기 더미에서 주운 쓰레기를 보물처럼 높이 쳐들고 웃는 아이들. 먼 나라에서 사는 소년 소녀들의 숨소리마저 들려올 듯했다. 아이들이 사진을 찍고 있는 작가에게 마음을 활짝 열고 있다는 걸 그대로 느낄 수 있었다.

그때, 계단을 올라오는 발소리가 났다. 나는 살며시 뒤돌아 보았다.

굵은 검은 테 안경을 끼고, 키가 큰 남자가 놀란 얼굴로 나를 보고 있었다. 숨을 들이쉬자 동시에 딱 맞는 검은 원피스에 짓눌린 가슴이 답답하다는 듯 오르내렸다.

"안녕하세요."

내가 먼저 말했다.

그는 퍼뜩 정신을 차린 것처럼, 안녕하세요, 하고 인사했다. 나는 얼마 전에 앞머리를 가지런히 고른 머리를 귀 뒤로 넘겼다.

그가 조심스럽게 다가왔다.

162

"누구 소개로 오셨나요? 우리, 인사하는 거 처음 맞죠?"

나는 잠시 망설이다가, 대답했다.

"조금 전에 우연히 이 앞을 지나갔어요. 입구에 붙어 있는 사진을 보고, 좀 궁금해서."

와, 그랬군요. 그는 기쁜 듯이 말하고는 또 질문했다.

"감사합니다. 그런 손님은 흔치 않아서. 마카베 가몬이라고 합니다. 원래 사진에 관심이 있었나요?"

개방적인 거리감에서 좋은 성품이 엿보였지만, 그렇다고 지나치게 허물없거나 치근대는 느낌은 없었다.

나는 조금 긴장을 풀고, 잘은 몰라요, 하면서 고개를 옆으로 저었다.

"그렇군요. 그런데 이렇게 봐 주셔서 감사합니다. 천천히 보시죠."

나는 어색하게 웃으면서 고개를 끄덕였다.

사진을 다 보고서 입구 근처로 돌아간 나는, 다른 손님은 없나 싶어 돌아보는 가몬 씨에게 말했다.

"사진, 멋지네요."

그는 웃으면서, 또 꼭 오십시오, 하고 말했다.

내가 강렬한 시선으로 쳐다보자, 그는 눈을 몇 번 깜박이고는 내게 물었다.

"뭐 궁금한 거라도 있으면."

"저, 대학에서 심리학을 공부하고 있어요. 괜찮으시면,

외국에서 만난 아이들 얘기를 좀 들려주실 수 있을까요?"

가몬 씨는 그때 일을 지금도 얘기한다. 너무 놀랐다고. 아무튼 너무 놀랐다고.

"아무도 없는 줄 알았는데, 화랑 한가운데 여자 혼자 서 있어서. 검은 원피스의 가녀린 실루엣하며, 짧은 머리 사이로 보이는 강렬한 눈빛하며. 어떤 사진보다 선명하게 기억하고 있어. 한눈에 반했지, 뭐."

우리는 그날 저녁에 화랑 근처에 있는 조그만 레스토랑에서 식사를 함께했다.

처음 만난 연상의 남자와 갑자기 무슨 대화를 할 수 있을지 불안했는데, 가몬 씨는 수시로 혼자 여러 나라를 여행해서 그런지 정말 사근사근했다. 아주 자연스럽게 샐러드와 라자냐를 덜어 주면서, 여대생의 두서없는 얘기도 열심히 들어주었다. 그래서 침묵이 고통이 되는 일은 전혀 없었다.

재미있어서 잘 마셔 보지 못한 상그리아를 두 잔이나 마시고 취해, 마지막에는 서로를 가몬 씨, 유키 씨 하고 친근하게 부를 정도로 거리가 좁혀졌다.

전철 역 입구에서 헤어질 때, 나는 웃으면서 말했다.

"즐거웠어요. 그럼, 안녕."

가몬 씨는 놀라면서, 술기운이 싹 달아난 눈빛을 하고는 주저 없는 걸음걸이로 다가왔다.

"잠깐만요, 유키 씨. 나, 유키 씨를 또 만나고 싶습니다. 전화번호를 알 수 있을까요?"

영어를 직역한 것처럼 직설적인 신청이었다.

내가 그쪽 휴대전화에 전화를 걸었다가 끊자, 그는 꼼꼼하게 확인하면서 내 이름과 전화번호를 저장했다.

가몬 씨는 부드럽게 미소 지은 얼굴로 말했다.

"오늘은 정말 즐거웠습니다. 괜찮으면 다음에는 미술 전시회에 같이 갈까요? 아까 영화도 좋아한다고 했으니까, 보고 싶은 영화가 있으면 가르쳐 주세요. 그럼, 같이 가자고 하겠습니다."

"네."

"고마워요. 조심해 돌아가고. 사실은 집까지 바래다주고 싶지만."

괜찮아요, 하면서 손을 흔들었다. 그리고 나는 뒤돌아 역의 계단을 내려갔다. 기분이 점점 깊어지는 듯했다.

참 올곧은 사람이네, 하고 마음속으로 중얼거렸다. 또 만나고 싶다는 말을 그렇게 순수하고 올곧게 하는 사람은 처음이었다.

그 사람이라면 내게 상처를 주지 않을지도 모른다. 그런 생각을 했더니, 왠지 눈물이 한 줄기 흘렀다.

깊이 잠들어 갈 즈음에, 마카베 선생님, 하는 소리에 얼굴을 들었다.

창밖으로 낯선 경치가 흘러갔다. 눈에 쌓인 지방 도시였다. 서둘러 다운재킷을 입고 내릴 준비를 했다.

가방을 어깨에 메면서 내려선 플랫폼을 바라본다. 개찰구로 걸어가는 코트 차림의 승객도 그렇게 많지 않았다. 춥다기보다는 공기가 아무튼 차가웠다. 내쉬는 숨도 새하얗다.

"올 들어 처음 보는 눈이네요."

두툼한 다운재킷을 입은 쓰지 씨는 스마트폰으로 화가가 보낸 메일을 확인하고는, 이쪽에서 갈아타는 것 같은데요, 하고 길을 가리켰다.

특급열차 안은 몹시 더웠다. 앉아 있는데 등에 땀이 나서, 다운재킷을 벗고 말았다. 창밖은 하염없는 눈뿐이다.

"이제 만나게 될 난바 씨와는 전화로 몇 번 얘기를 나눴는데, 원래는 미대에서 유화를 전공했대요. 그런데 도중에 그림을 그만두고 지금은 고향으로 돌아와 몇몇 동료와 공방을 운영하고 있답니다. 도예와 염색 등, 이 지역의 소재를 살려서 창작을 하고 있다더군요."

나는 고개를 끄덕였다. 가몬 씨 친구 중에도 그런 사람이 몇 명 있다.

"그래서 말인데요. 데생 교실에 대해서도 물어봤는데, 두 번 정도밖에 참가하지 않아서, 참고가 될 만한 얘기가 있을지 잘 모르겠다고 합니다. 그래서, 그쪽에서는 전화로 충분하지 않겠느냐고 했는데, 꼭 만나서 과거 작품을 보고 싶다고 했어요. 그러니까 중요한 질문은 얘기의 흐름을 봐서, 넌지시 부탁드립니다."

"정말 하나에서 열까지, 고마워요."

"저야말로 일을 의뢰해 놓고, 여러 가지로 번거롭게 해서 죄송합니다. 아무래도 안노 선생님이 사정에 밝고, 친근한 사이면 일을 추진하기도 쉽지 않을까 해서 끼어들지 않으려 했어요. 그런데 이렇게 저도 참가할 수 있어서 좋습니다."

쓰지 씨가 힘주어 그렇게 말했다. 나는 웃으면서, 남동생이 있으면 이런 느낌일까, 하고 잠깐 생각했다.

창밖을 보면서 숨을 내쉬자, 구름 낀 하늘이 더욱 부예졌다. 헛걸음일지도 모른다, 하고 문득 생각한다.

동료인 야나기사와 교수도 아는 데생 교실에서 공공연하게 이상한 일이 벌어지다니, 잘 생각해 보면 비현실적이다. 앞으로 알아봐야 할 건, 오히려 학생 한 명 한 명의 동향이 아닐까. 두 번 참가했다는 그가 과연 어느 정도 사정을 알고 있을까.

앞으로 몇 달 지나면 재판이 시작된다. 지금 상황을 생각하자, 조금 불안해졌다. 아버지 때문에 고통을 겪었다면서, 구체적인 사례는 뭐 하나 말하지 않는 칸나가 만약 정말 자기밖에 모르는 딸이었다면.

구름 낀 하늘 아래, 산속으로 들어갈수록 눈이 깊어졌다.

성이 있던 옛 동네의 흔적이 드문드문 보이는 역 앞에도 눈이 내리고 있었다. 검은 기와지붕 대부분이 하얀 눈에 덮였다.

택시를 잡아타고 주소를 말하자, 차는 한산한 거리를 달렸다.

지금은 작물이 없는 논밭이 끝없이 계속되는 논두렁길을 달려간다. 앞 유리창 너머로 눈발이 연기처럼 피어올라 시야를 가렸다. 미터기만 담담하게 올라간다.

하얀 나무숲 저 너머에 해묵었지만 세련된 민가가 서 있었다. 택시가 검은 문 앞에 서자, 여기일 겁니다, 하고 쓰지 씨가 집을 가리켰다.

인터폰을 누를 새도 없이 문이 드르륵 정겨운 소리를 내며 열렸다.

그 문으로 나온 사람은 무늬 있는 셔츠에 검은 카디건을 걸친 청년이었다. 청년, 이라고 할 수 있을 만큼 구불구불한 검은 머리카락과 맑은 눈동자의 인상이 젊었다.

"처음 뵙겠습니다. 난바입니다. 이렇게 먼 곳까지 일부러 찾아 주셔서, 정말 고맙습니다."

그는 밝은 목소리로 그렇게 말하고 몇 번이나 머리를 숙였다.

실내는 천장까지 뚫려 있었다. 천장을 받치는 굵은 대들보가 과연 눈이 많이 오는 지방다웠다.

거실로 사용하는 마루방에는 요즘 보기 드문 이로리(바닥을 사각형으로 파내어 불을 피우는 장치)가 있었다. 파란색 카펫은 페르시아 분위기를 물씬 풍겼다. 벽 앞에 있는 장식장에는 석고상과 도기 그릇이 진열되어 있다. 창가에서 석유스토브가 타올랐다.

그가 방석을 꺼내 주어, 이로리를 둘러싸듯 앉았다.

난바 씨는 안쪽에 있는 부엌에서 찻주전자를 가져오고, 나와 쓰지 씨 앞에 잔을 내려놓았다.

"오래된 집이라 좀 춥습니다."

"아니요, 아주 멋져요."

세월이 깃든 나무의 색감에 서양식과 전통식을 절충한 인테리어가 무척이나 조화로웠다.

"지금 이곳을 이 지역 도예가와 셋이서 운영하고 있습니다. 나는 접시와 찻잔을 디자인하고 그림 그리는 일을 담당하고 있죠."

"그렇군요. 세 분이 원래부터 친구였습니까?"

"아니에요. 여기는 그 도예가의 할아버지 집이었습니다. 그분이 돌아가신 후에 아무도 사용하는 사람이 없어서, 동거인을 모집한다고 페이스북에 올렸죠. 나도 그래서 소개를 받은 겁니다. 여기 내려온 지가 벌써 삼 년이 되는군요.

모두가 예술을 하다 보니, 외국에서 훌쩍 찾아오는 지인이 묵어 가기도 하고, 비교적 자유롭습니다."

그러고 보니 가몬 씨도 결혼하기 전에는, 외국에서 돌아온 사진가를 간혹 집으로 초대했던 기억이 났다.

이로리에서 타닥타닥 장작이 타오르는 소리가 울리고, 빨간 불꽃에 눈이 약간 따끔거렸다.

"지금은, 그림을 안 그리시나요?"

내가 물었다.

그는, 아, 그게, 하고 잠시 말을 더듬었다.

"그리기는 합니다. 다만, 음, 내 실력을 알아 버렸다고 할까. 대형 캔버스에 대범하게 그리는 그림은 적성에 안 맞더군요. 접시나 찻잔처럼 작은 쪽이 맞는 것 같습니다."

그는 그렇게 설명하면서 일어나, 장식장의 유리문을 열고 작품을 몇 점 꺼냈다.

조르륵 놓은 접시에 넝쿨무늬와 얇은 꽃잎이 겹겹이 겹쳐진 그림이 그려져 있었다.

"와우, 예쁘네요."

그는 쑥스러운 듯이, 아직 멀었습니다, 하면서 고개를 저었다.

"가마에서 나와 봐야 결과를 알 수 있다는 점이 재미있기도 하지만. 가마에 불 때는 일도 거들고 있는데, 며칠 동안 교대로 밤을 새기도 합니다. 그런데 나는 아직 초보라

적응이 안 돼서 힘들어요. 올 가을에는 이 지역 화랑에서 첫 개인전도 열었고, 조금씩은 발전하고 있다고 생각합니다만."

"미대에 다녔던 시절에는 주로 어떤 그림을 그리셨는데요?"

쓰지 씨가 아주 자연스럽게 중요한 부분을 건드리는 질문을 했다.

"풍경화가 많았죠. 인물은, 잘 그리지 않았어요. 반대로 인물을 많이 그리는 친구도 있었지만, 나는 처음부터 추상화를 좋아해서."

"어느 쪽을 선택할 수 있는 건가요? 양쪽 다 배우는 게 아니라."

난바 씨가 쓸쓸하게 웃으면서 대답했다.

"과제는 양쪽 다 해야 했어요. 솔직히 고전을 면치 못했습니다. 그래서 인물화를 배우러 다니기도 했어요. 데생 교실에도 가 보고."

그런 말이 나와, 나는 찻잔을 천천히 무릎 앞에 내려놓았다.

"친구인 시마즈 씨에게, 난바 씨가 히지리야마 나오토 씨의 데생 교실에 참가하셨다고 들었는데요."

그는 눈을 깜박거리더니, 그렇습니다, 하며 고개를 끄덕였다.

"저, 하지만, 나는 두 번밖에 참가하질 않아서. 두 분은 히지리야마 선생 사건을 책으로 만든다고 하셨죠. 과연 참고가 될 만한 얘기가 있을지."

나는, 그 두 번이 어땠는지 들을 수 있어도 충분히 참고가 된다고 말했다.

"예를 들어서 히지리야마 나오토 씨의 독자적인 지도 내용이나, 그 외에도 기억나는 게 있으면 들려주셨으면 하는데요."

그는 잠시 눈썹을 찡그리고 침묵했다가 대답했다.

"만약 지금 자신이, 대상을 제대로 보고 있다고 생각한다면, 지금 이 순간부터 그 열 배를 보도록 하라고 했던 말이 인상에 남아 있습니다. 학생들은 대부분, 이 정도 보면 충분하겠지, 하는 그 기준이 너무 낮다고 하면서 말이죠. 그렇게 세상을 보니, 그렇게 정밀한 그림을 그릴 수 있는 거구나, 하고 납득이 갔던 기억이 나는군요."

쓰지 씨가, 10배라, 쉽지 않군요, 하는 소박한 감상을 털어놓았다.

"그 교실에 참가한 남녀 학생의 비율은 어땠는지 기억하세요?"

나는 질문을 계속했다.

"남자뿐이었습니다. 전원이 남자."

그는 그렇게 대답하고, 히지리야마 선생이 개인적으로

남자만 지도하는 방침이었을 겁니다, 아마, 하고 덧붙였다.

"여학생은 뭐가 되었든 신경을 써야 하니까 귀찮다고 했거든요."

난바 씨가 그렇게 말하면서 철제 찻주전자의 뚜껑을 열었다가 다시 닫았다. 묵직한 쇠가 부딪치는 소리가 났다. 그가 뉘였던 무릎을 다시 세우고 일어섰다.

"차를 따라 드리죠."

돌아선 그의 등에 대고 물었다.

"혹시 그때 데생 교실에서 그린 그림을 아직도 갖고 계신가요?"

"아, 그림이요. 음, 그게 있는지 모르겠군."

그는 고개를 갸우뚱하고는, 정말 생각에 잠긴 표정을 보였다.

"내가 그림을 끝까지 완성한 게 아니라서, 캔버스에 유화 물감으로 그린 작품은 몇 개 남아 있습니다. 당시의 스케치북은 창작에 참고가 될까 하고 갖고 왔지 싶은데……. 죄송합니다. 열 권이 넘어서, 찾는 데 시간이 좀 걸릴 텐데 괜찮겠습니까?"

나와 쓰지 씨는 고개를 끄덕였다.

그는 2층으로 계단을 뛰어 올라갔다.

눈길이 마주치자, 쓰지 씨가 과연 어떨지, 하는 표정을 지어 내 표정까지 굳고 말았다. 데생 교실에 지나친 선입견을 가졌는지도 모른다는 반성이 짙어져 간다.

발소리가 천천히 내려오고, 눈앞에 나타난 난바 씨는 손에 베이지색 커다란 스케치북을 들고 있었다.

난바 씨가 표지에 묻은 먼지를 툭툭 털어 내면서, 있더군요, 하고 말했다.

"정말 남에게 보일 만한 게 못 돼서 부끄럽습니다. 학생 시절이었으니, 그러려니 하고 보세요."

자신의 미숙함을 순수하게 부끄러워하는 말투로 봐서도, 우리가 혹시나 하고 의심하는 일은 없었을 게 거의 확실했다.

그런데도 일단 스케치북을 받아 든 쓰지 씨가, 그럼 좀 보겠습니다, 하면서 펼쳤다.

"야, 이거 상당한데요."

그렇게 말하면서 몇 페이지를 넘기던 쓰지 씨가 동작을 멈췄다.

"이건."

쓰지 씨가 갑자기 묘하게 동요하기 시작했다.

왜 그러는데요, 하고 난바 씨가 이상하다는 표정으로 물었다. 나도 옆에서 스케치북을 들여다본다.

거기에는 칸나인 듯한 소녀가 몸의 라인이 희미하게 비쳐 보이는 원피스를 입고 기대어 있는 모습이 그려져 있었다.

그런데 그녀가 기댄 것이 의자 등받이도 아니고 벽도 아닌, 실오라기 하나 걸치지 않은 남자의 등이었다.

둘은 등을 맞대고 앉아, 서로를 등받이 삼고 있었다.

면회 때 칸나가 했던 말이 되살아났다. 생각해 보니, 조금씩 묘한 표현이라고 느껴지는 부분이 있었다. 무의식중에 감지했던 위화감이 나를 여기까지 데려왔다는 것을 깨닫는다.

칸나는 이렇게 말했다.

'몸이 무거워서, 피곤해지면······.'

그림 속에서 멍하게 허공을 올려다보는 칸나의 눈은, 구치소에서 유리창 너머로 본 눈과 아주 똑같았다.

쓰지 씨가 간신히 마음을 가라앉힌 듯 조심스럽게 물었다.

"저, 이 남자는 전라인 거죠. 팬티 같은 거······."

"누드모델은 보통, 가리지 않습니다. 하지만 그 소녀 모델의 눈에는 보이지 않게 구도를 고려했어요. 덕분에 몸의 세부까지 비교할 수 있어, 각 부분의 크기 차이라든지 큰 공부가 되었습니다."

그렇게 대답하는 난바 씨의 말투는 조금 전과 다르지 않았다. 조금 전까지 훤칠한 청년이라고 여겼던 그의 윤곽까지 갑자기 일그러진다.

"저, 이런 일이 종종 있었나요? 제가 잘 몰라서 그런데, 좀 이상하다 싶은······ 그런 생각이 드는군요."

우회적인 비난이라는 것을 눈치챘는지, 그가 놀란 듯이 반론했다.

"아니, 이 소녀는, 그냥 아이가 아니라, 히지리야마 선생님의 딸입니다. 당시에는 모두 예술이란 그런 것이라고 생각했어요. 특히 히지리야마 선생님 정도 되는 화가는."

"칸나 씨 역시, 그렇게 믿었을지도 모르겠네요. 이렇게 모델까지 한 걸 보면."

내가 그렇게 중얼거리자, 그는 난감한 듯 스케치북을 덮었다.

"죄송합니다. 기껏 협력해 주셨는데, 기분 상하는 말씀을 드려서."

쓰지 씨가 정중하게 머리 숙이며 사과했다. 나도 사과를 하고서, 난바 씨를 똑바로 쳐다보았다.

"괜찮으시면, 이 스케치북을 좀 빌려 주실 수 있을까요? 재판에 증거물로 제출할 수 있을지, 담당 변호사를 통해 교섭해 보고 싶어서요."

재판이라는 말을 들은 그는 갑자기 겁이 난 것처럼 우물쭈물했다.

"장기간 데생 교실에 참가했던 사람들에게 부탁하는 건, 아마 어려울 거예요. 그래서 당시를 아는 제삼자로서 난바 씨가 사건 해명에 협력해 주시면."

"죄송하지만, 그건 사양하겠습니다."

난바 씨가 의외일 정도로 단호하게 거절해서, 나는 속으로 약간 놀랐다.

　"히지리야마 선생이 살해되었다는 뉴스를 보고 정말 놀랐습니다. 그 아이가 범인이라는 것도 충격이었어요. 나는 솔직히, 선생님 부인이 가여워서. 겨우 두 번이었지만, 수업이 끝나면 차와 손수 차린 음식을 대접해 주셔서. 내 얘기도 잘 들어주셨습니다. 아름답고 친절한 사람이었죠. 그런데 남편을 잃고 딸은 살인범이 되다니, 정말 딱한 일입니다. 그래서 더욱이, 시시콜콜 파헤쳐서 일을 크게 확대하고 싶지 않습니다……."

　나는 반사적으로 숨을 크게 들이쉬었다. 머릿속에서 들은 얘기의 그림이 연결된다.

　알몸인 남자 옆에 몇 시간이나 앉아 있는 딸을 평소의 열 배나 집중해서 관찰한 젊은 남자들에게, 친절하게도 손수 만든 음식을 대접하는 어머니.

　이렇게 그로테스크한 그림이 또 있을 수 있을까.

　어색한 침묵이 계속되자, 쓰지 씨가 침묵을 털어 내듯 스마트폰을 꺼냈다.

　"이제 그만 돌아가 보겠습니다. 택시를 부르죠."

　그 말을 들은 난바 씨가 다시 여유로운 말투로 돌아와 가르쳐 주었다.

　"저, 나가서 바로 오른쪽으로 돌면 버스 정거장이 있습니다. 거기서 버스를 타면 역까지 갈 수 있어요."

현관에서 부츠를 신고 있을 때, 그가 무거운 입을 열고 말을 흘렸다.

"내 데생이 무슨 도움이 될까 싶군요."

나는 얼굴을 들고 조용히 말했다.

"난바 씨가 그때 그린 소녀를 구하게 될지도 모르는, 중요한 증거예요."

다시 말을 잃은 그에게 연락처를 건네고, 우리는 마지막 인사를 나눈 다음 눈발이 휘날리는 밖으로 나갔다.

사람 하나 없는 버스 정거장에 우두커니 서 있자니, 몸속까지 얼어붙었다. 온천에 피어오르는 김처럼 하얀 숨을 내쉬고 있는데, 저편에서 버스가 다가왔다.

올라타고 잠시 후에야, 버스가 아까 왔던 길과 반대 방향으로 가고 있다는 것을 알았다. 눈 때문에 시야가 흐려 그냥 봐서는 비슷한 길 같은데, 어느 틈에 산을 넘고 있는 듯했다. 옆에 앉은 쓰지 씨가 초조한 듯, 죄송합니다, 하고 사과했다. 그 역시 아까 본 데생에 정신이 팔려 있는 것이다.

나는 고개를 젓고, 부연 유리창 너머로 눈 쌓인 산길을 보면서 말했다.

"관광지로 가고 있는 것 같네요. 거기서 내리죠 뭐. 그럼 틀림없이 돌아가는 버스가 있을 거예요."

기침이 나오려고 해서 가방을 열고 목사탕을 꺼낸다. 버스 안이 건조해서, 몹시 목이 마르다.

벌꿀 맛이 나는 사탕이 어언 녹아 없어졌을 때, 버스가 종점에 도착했다.

버스에서 내린 나는 가는 숨을 내쉬면서 눈앞에 펼쳐진 새하얀 경치에 넋을 잃었다.

산간에 자리한 마을은 수백 년 전의 시간이 그대로 멈춰 있는 것처럼 여기저기 갓쇼즈쿠리(재목을 못을 사용해 고정하지 않고 합각으로 어긋매긴 건축 양식)의 가옥이 있었다. 제설된 길 양쪽 군데군데에 늘어서 있다.

저 멀리 눈 덮인 산은 구름과 뒤섞여 한없이 부옜다. 얼어붙을 듯한 추위만이 현실 같았다.

식당과 자료관으로 들어가는 관광객이 더러 보였다.

"이런 곳이 있었네요. 전혀 몰랐습니다."

쓰지 씨가 다운재킷 주머니에 두 손을 푹 쑤셔 넣은 채 중얼거렸다. 나도 그래요, 하고 대답한다.

스케치북 속의 칸나가 단번에 멀어지고, 우리는 적막 속에 서 있었다.

"마을에 버스나 택시가 없는지 알아보겠습니다."

쓰지 씨가 하얀 숨을 토하면서 눈길을 뛰어갔다.

나는 그 언저리를 슬렁슬렁 걸었다.

끝없이 눈의 절벽으로 단절된 길을 걷다 보니, 모든 것이 하얗게 지워져 가몬 씨도, 마사치카도, 가쇼도, 이 세상에 없는 듯한 기분이 들었다.

어린 칸나의 멍한 표정만 눈 속에 각인되어 있었다.

아까 그 버스가 역으로 돌아간답니다, 하는 쓰지 씨의 목소리에 정신을 차렸다.

돌아가는 차 안에서는 침묵이 계속되었다. 눈 속을 걸은 피로와 졸음이 약간의 불쾌함과 섞여, 몸이 나른해졌다.

그때, 쓰지 씨가 조심조심 입을 열었다.

"마카베 선생님, 좀 궁금한 게 있는데요."

네, 하고 나는 고개를 들고 옆을 쳐다보았다.

그는 긴장한 표정으로, 어느 정도일까요, 하고 중얼거렸다.

"아까 난바 씨가 얘기한 데생 교실의 상황, 그건 윤리적이라 할 수 없고, 나도 충분히 문제라고 생각합니다. 다만."

"다만?"

"어느 정도, 일까요? 그녀에게는 남자 모델의 알몸이 보이지 않게 배려를 해서 등만 접촉했다고 하는데, 성적 포즈를 취하거나 누가 더듬거나 하는 일은 없었고, 엄밀하게 말해서 학생들이 봤을 뿐인데……. 그게, 어느 정도 마음의 상처가 될까요. 아까 우리가 본 걸, 세상 사람들이 얼마나 중요하게 받아들일지 판단이 안 됩니다."

이내 대답하려 했지만, 사고가 가라앉은 앙금처럼 탁했다.

"잠깐 눈을 붙일게요. 밤에 얘기해요."

나는 리셋하듯 그에게 말했다.

도야마 시내로 돌아오자, 눈이 내렸다. 어두운 거리에는 가게 문이 드문드문 열려 있고, 알전구의 불빛마저 부옜다. 추위가 한층 심해졌다.

간판에 불이 켜진 음식점에 들어가 카운터 자리에 앉아서야, 겨우 한숨 돌릴 수 있었다.

"수고 많으셨습니다."

쓰지 씨가 물수건으로 손을 닦으면서, 이제 안심이라는 듯이 말했다.

나도 똑같은 말로 답하고서, 종업원이 가져다준 맥주를 마셨다. 목이 말라서 그런지 정말 맛있었다.

칸나에 대해 바로 언급하지 않고, 갓쇼즈쿠리 얘기를 하며 안주를 먹고 있을 때, 전화가 울렸다. 확인해 보니 알지 못하는 번호였다.

쓰지 씨에게 양해를 구하고, 전화기를 귀에 댄다. 들려온 목소리는 다소 의외였다.

"불쑥 전화 드려서 죄송해요……. 고야마 유카리입니다."

나는 자리에서 일어나면서, 네, 마카베예요, 하고 대답했다. 가게 안쪽에 있는 화장실 앞에 가서, 벽에 기대어 물었다.

"갑자기 무슨 일이에요?"

"안노 선생님이, 없어졌어요."

나는 몇 초 동안 허공을 쳐다보았다. 그러고는, 없어졌다니? 하고 되물었다. 그녀는 울먹이며 말했다.

"정말 죄송합니다. 저, 주변에 약혼자를 다 아는 친구들밖에 없어서, 약혼했는데 바람피우고 있다는 걸 알면 친구들에게 절교 선언을 당할지도 몰라서 아무 말도 못하고 혼자 껴안고 있었는데. 만약 안노 선생님에게 무슨 일이 있으면."

죄의식과 자책감으로 혼란스러워하는 그녀를, 괜찮아요, 하고 위로한다. 쟁반을 나르는 종업원들에게 살짝 고개를 숙이고, 목소리를 죽인다.

"나도 두 사람 일이 좀 마음에 걸렸어요. 그러니까 안심하고 말해 봐요."

그녀는 맥없이, 죄송합니다, 하고 또 사과했다.

"그래서 가쇼 씨는?"

"제 연락을 일절 받지 않아요. 제가 퇴직을 했기 때문에 상황을 알 수 없어 사무소로 전화를 걸었더니, 며칠 쉰다는 연락만 있었대요. 혹시 정말 몸이 아픈지도 모르지만, 안노 선생님은 일에 열심인 사람이니까, 사무소를 쉰다는 자체가 잘 없는 일이라 갑자기 불안해졌어요."

"그렇게 불안해질 만한 무슨 일이라도 있는 거예요?"

유카리는 잠시 말이 없다가, 사실은, 하고 말을 꺼냈다.

"그제 밤에 약혼자가 집에 왔을 때, 안노 선생님이 전화를 걸었어요. 저, 받을 수가 없었어요. 그때 문득 베란다 너머를 내다봤는데, 제가 잘못 본 걸 수도 있지만, 안노 선생님 비슷한 남자가 저쪽으로 걸어가는 모습이……."

아아, 하고 나도 모르게 소리가 나왔다.

"걱정되겠네요. 나도 연락해 볼게요."

"죄송합니다. 여기저기 연락하면 안노 선생님에게 누가될까 봐 망설였어요."

"아마 사람과 얘기하고 싶은 기분이 아니라서 그냥 연락을 끊었을 거예요. 그러니까 너무 걱정하지 말아요."

나는 슬며시 그렇게 조언했다.

"네. 사실 안노 선생님을 만나고부터, 잠을 잘 못 자서……. 안노 선생님을, 잘 부탁드립니다."

연락이 닿으면 전화하겠다고 약속하고, 전화를 끊었다.

가쇼에게 문자를 보내고 자리로 돌아오니, 쓰지 씨가 마침 따끈한 정종을 잔에 따르려는 참이었다.

내 모습을 보자, 앗, 미안합니다, 하고 말했다.

"술을 거의 못 마시는데, 오늘은 왠지 마시고 싶은 기분이라서."

"나도 한잔 줘요. 그러고 보니까 같이 마시는 거 처음이네요."

"그렇네요. 참 신기한 인연이죠. 아, 전화, 중요한 일은 아니었습니까?"

나는 고개를 끄덕이고서, 분위기를 좀 띄우자 싶어 말

했다.

"사실은 가쇼 씨가 사귀는 여자가 있는데, 마음고생이 심한 모양이에요. 상담을 받았어요."

쓰지 씨도 이내 관심을 보였다.

"정말요? 역시, 안노 선생님은 인기가 많다니까."

"네. 하지만 그녀에게는 약혼자가 따로 있어요. 그런데 갑자기 가쇼 씨와 연락이 안 돼서, 그래서 불안해서 내게 전화를 걸었나 봐요."

쓰지 씨는 고개를 갸우뚱하고서, 그렇다면 어쩔 수 없는 거 아닌가요? 하고 물었다.

"그 여자가 결혼한다면, 안노 선생님은 순순히 물러날 생각일 테고."

"물러나는 게 아니라, 애당초 어떻게 할 마음이 없었을 거예요. 가쇼 씨는 그런 사람이니까."

실내에 스토브가 활활 타오르고 있었지만, 간혹 손님이 문을 열고 드나들 때마다 바깥의 찬바람이 휙 들어온다. 밖에는 아직도 눈이 내리고 있을까.

"저, 말이죠. 사실은 저도 좀 눈치가 있어서."

쓰지 씨가 머뭇거리며 입을 열었다.

"마카베 선생님이 혹시, 그, 안노 선생님과 여러 가지로…… 얽힌 사정이 있지 않나, 하는. 억측이면 죄송합니다. 때로 두 사람 거리가 너무 가깝게 느껴져서."

나도 모르게 씁쓸한 웃음이 나왔다. 쓰지 씨가 당황했는지 내 표정을 살폈다.

　"안노 선생님이 여자에게 인기가 많다는 건 압니다. 그런데 누군가를 아주 좋아하거나 집착하는 일은 없는 것 같아서. 그래서 더욱이 마카베 선생님과 특별히 사이좋게 보였는지도 모르겠군요. 그런데 그 여자는 좀 이기적이군요. 안노 선생님에게 상처를 줘 놓고."

　"가쇼 씨가 아마, 그녀가 자기를 좋아하도록 만들었을 거예요."

　취기가 약간 돈 머리로, 십 몇 년 전의 일을 돌아본다. 처음 가쇼를 만났던 날을.

　그러다 나는 불쑥, 아까 그 얘기, 하고 중얼거렸다.

　"시선 얘기했죠? 칸나 씨 데생과 관련해서. 그게 어느 정도 상처가 되겠느냐고."

　쓰지 씨는 깜박했다는 듯이 말했다.

　"아아, 그렇죠. 꼭 물어보고 싶었습니다."

　"본인이 성적인 시선을 일상적으로 느꼈다면 트라우마가 될 수 있겠죠. 다만 증명하기는 무척 어려워요. 예를 들어서 일반적인 상담이라면, 분명하게 느꼈다는 내담자의 말만으로도 충분합니다. 그 말을 긍정해 주고, 공감하고, 한 가지씩 정리하면서 앞으로 살아가다가 생길 수도 있는 불안감과 혼란, 불행을 최대한 피할 수 있는 쪽으로 유도하면 되니까요. 그러나, 재판에서 증명하는 건…… 어렵겠죠."

"애당초 성적인 시선을 받았다는 인식 자체가 착각일 수 있는 가능성도 있고 말이죠."

"착각이고 뭐고, 어린아이는 성적인 시선을 받았다는 자각이 거의 없어요. 말은 못하고, 그저 불쾌하고, 기분 나쁘고, 위험이 느껴져 안심할 수 없을 뿐이죠. 그래서 늘 긴장하고요. 그러다 성장해서 실제로 성을 경험하면서 그 감각이 이런 거였구나, 하고 비로소 인식하게 되는 거죠. 그때 시선이 이런 의미였구나, 하고 말이에요."

말을 끝내고 나자 손가락이 약간 저려 왔다.

"정말 실감 나는 얘기군요. 역시 실제로 그런 여성을 접하기 때문인가 봅니다."

"어렸을 때, 우리 아버지는 해외 출장으로 아시아를 자주 다녔어요. 그야말로 칸나 씨 아버지처럼. 한 번에 한 달이나 두 달쯤."

"그래서요."

"그곳에서 미성년인 여자아이를 샀죠. 아동 매춘이요."

쓰지 씨는 놀란 듯이 눈을 한 번 깜박거렸다.

"아까 시선 얘기는 나의 실제 체험이었어요. 지금도 기억하고 있어요. 어렸을 때, 아빠가 귀국하면 그대로 방에 숨었어요. 나 자신도 왜 그러는지 몰랐는데, 아침이 될 때까지 계속 이불을 뒤집어쓰고 있었죠. 목욕할 때도, 초등학교 고학년 때부터는 욕실 앞에서 옷을 벗을 때, 불을 껐어요. 아빠가 한 번 갑자기 문을 확 연 적이 있었는데, 그때 팬티는 벗지 않은 상태였지만, 사과를 하는 것도 아니고, 놀라는 것도 아니고, 어둠 속에 있는 나를 보고서, 불은 왜 안 켜고 그래, 하는 말만 남기고 다시 문을 닫았죠."

"그때 감정이⋯⋯ 그냥 거북한 정도는 아니었겠죠."

"아니죠. 지금 생각해 봐도."

어둠 속에서, 느꼈다. 드러난 온몸으로.

복도의 역광 속에 숨은 아버지의 표정, 눈길을.

'불은 왜 안 켜고 그래' 하는 말을 할 때까지의 짧은, 그런데도 유난히 길었던 몇 초간의 침묵을.

"마카베 선생님이 아동 매춘에 대해서 안 건 언제였는데요?"

쓰지 씨는 또 신중하게 질문했다.

"성인식 날 아침이었어요. 그리고 그 일 년 후에 대학 캠퍼스에서 가쇼 씨가 내게 말을 걸었고요. 쓰지 씨가 절반은 맞게, 그리고 절반은 틀리게 봤어요. 나와 가쇼 씨 사이에는 아무에게도 말할 수 없는 사정이 있기는 합니다. 그러나, 그건 연애가 아니었기 때문에 오히려 생긴 일이었어요. 지금도 후회스러워요. 그렇게 서로가 너무 깊이 상대에게 관여한 게."

창문이 없어 모르겠다.

바깥에는 아직도 눈이 내리고 있을까.

어린 시절에 왜 그렇게까지 엄마에게 혼나야 했을까. 어른이 될 때까지 줄곧 수수께끼였다.

노력하면 노력할수록, 어떻게든 잘 보이려고 하면 할수록 그녀의 요구는 더욱 커졌다.

꽃무늬 짧은 치마를 사 달라고 조르면 천박하다고 혼을 내면서, 그런 옷을 사 달라고 하다니 남자를 좋아하나 보다고 어이없어 했다. 순정소설을 엄청 좋아했는데, 조숙하고 징그럽다는 이유로 없애 버렸다. 빈 책꽂이에 세계 명작 전집이 죽 꽂혔다.

엄마는, 앞으로는 여자다움 따위 아무 도움이 안 되니까 아무튼 지식과 체력을 우선하라고 나를 세뇌했다. 영어 회화 학원을 다니는 것만 해도 부담스러웠는데, 가라테를 배우라고 했을 때는 싫다고 애원했지만, 다음 날 입회 신청서가 식탁에 놓여 있었다.

초등학교 고학년 때부터, 이상한 꿈을 자주 꾸게 되었다. 비늘이 너덜너덜 벗겨진 거대한 뱀이 쫓아오는 꿈이었다.

언제는 교실 벽을 뚫고 따라오고, 또 언제는 역의 선로 위를 꿈틀거리며 쫓아왔다. 어떻게든 도망치려고 버둥거리다 뱀이 내 몸을 휘감을 즈음 아침이 왔다.

한번은 양호실에 가서 상담을 했다. 아직 젊은 양호 선생님은 난처한 듯이, 그렇구나, 하고 중얼거리고는 이렇게 조언해 주었다.

"도망치지 말고, 한 번 맞서 보지 그러니?"

나는 고개를 끄덕이기는 했지만, 그 뭐라 말할 수 없이 끔찍한 것과 어떻게 맞서라는 말인지, 내 심정이 전해지지 않은 것에 실망하고는 더는 타인이 이해해 주기를 바라지 않게 되었다.

전자제품을 만드는 대기업의 연구소에서 일했던 아빠가 해외 출장을 가면 소녀를 산다는 것은, 만으로 스무 살이 되던 해에 알았다.

성인식 날 아침에 폭설이 내려, 역 앞에 있는 미용실에서 기모노 차림으로 회장까지 갈 수가 없었다. 그래서 엄마가 차를 가지고 미용실에 데리러 왔다.

제8순환도로가 정체가 심해서 천천히 운전하고 있을 때, 갑자기 엄마가 아빠 얘기를 꺼냈다. 너도 이제 어린애가 아니니까 알아 둬, 하면서.

왜 엄마가 그때 그런 얘기를 했는지는 모른다. 덕분에 나는 성인식도, 늦은 밤까지 이어진 동창회 기억도 거의 없다.

유일하게 기억하는 것은, 다음 날 아침에 그렇게 좋아하지도 않은 고등학교 때 동기와 러브호텔에 있었다는 사실 정도다.

체크아웃 시간인 오전 10시가 다 되도록 격렬하게 섹스를 해서 마지막에는 둘 다 허리가 아플 정도였다.

"야, 그 머리 좋은 유키가 이렇게 열렬할 줄은 몰랐어. 땡잡은 기분이다."

그 동기는 히죽거리면서 계산을 치르고는, 재빨리 사라져 갔다.

집에 돌아온 나는 바닥에 엎드려 엉엉 통곡했다. 그리고 눈물이 겨우 그치자, 바로 짐을 싸서 엄마가 집에 돌아오기 전에 집을 뛰쳐나왔다.

대학을 1년 휴학하고, 친구와 그때그때 사귀는 남자 친구 집을 전전하면서 아르바이트만 했다.

처음 클리닉에서 일하게 되었을 때, 원장에게 그때 일을 얘기한 적이 있다.

"성적인 것을, 어지간히 별거 아니라고 생각하고 싶었나 보군."

원장은 그렇게 말했다. 이제야 이해하는 사람이 생겼다고 안도했다.

아빠의 그 어두운 이면은 겨우 스무 살 된 나로서는 도저히 받아들일 수 없는 것이었다. 그 충격을 무마하고 완화하고 경감하기 위해 나는 그저 손쉽게 남자들과 교제했다. 그리고 끝에 가서는 상처와 피로감만 남았다.

그래도 대학에 들어간 지 4년째 되던 해 봄, 나는 겨우 홀로서기를 시작하고, 대학 3학년으로 캠퍼스에 돌아갔다.

가쇼를 만난 것은, 벚꽃 잎과 동아리에 들어오라고 권유하는 전단지가 휘날리는 캠퍼스였다.

그 아침에, 오랜만에 학교에 간 나는 마치 이방인이 된 기분으로 정문을 지나 중정에서 멍하니 건물을 바라보았다.

그 얼빠진 모습을 보고 신입생이라고 착각한 학생들이 다가와 동아리 전단지를 건넸다. 난감해서 거절하지도 못하고 받아 들었을 때, 누가 카드라도 뒤집는 것처럼 내 왼쪽 어깨를 잡았다.

놀라서 돌아본 나를, 한 남자가 내려다보고 있었다. 딱 맞는 셔츠와 청바지. 팔다리가 길었다.

"미안. 신입생인 줄 알았는데, 어째 아닌가 보군."

그가 먼저 말했다.

"……삼 학년인데."

"우와, 그럼 동기네. 그런데 왜 그렇게 불안한 표정이냐, 너."

그가, 너라는 호칭을 사용한 것이 너무 의외여서, 그제야 그의 얼굴을 똑바로 쳐다보았다.

좌우 크기가 다른 눈에 애교와 의심이 같이 담겨 있었다. 친근감을 보이는 동시에 깔보는 것 같기도 했다. 날카로운 콧대 덕에 외모가 더 단정해 보이기는 하지만, 거의 눈을 덮다시피 한 앞머리 때문에 표정은 읽을 수 없었다.

"내가 그렇게 불안해 보이니?"

내가 그렇게 묻자, 거의 동시에 그가 오른팔을 내밀었다.

머리에 닿기 직전에 손을 다시 당겨, 머리칼이 불어온 바람에 흩날렸다. 가려진 시야 너머에서, 가쇼는 뭔가를 꿰뚫어 본 듯한 눈빛으로 엉뚱한 말을 했다.

"우선 머리 좀 자르지 그러냐? 너무 길어. 그리고 밥 먹으러 가자."

아닌 게 아니라 절약하려고 거의 넉 달이나 미용실에 가지 않았던 기억이 떠올랐다. 당황스러워 반격에 나섰다.

"그게 너랑 무슨 상관이니. 아는 사람도 아닌데."

"아, 네네. 그럼, 자기소개 타임. 법학부 삼 학년, 안노 가쇼입니다."

"가쇼?"

"그래. 이상한 이름이지. 성으로 부르는 거 싫으니까, 이름으로 불러."

평소 같으면 잘 알지도 못하는 사람을 대뜸 이름으로 부르지 않는다. 하지만 순간적으로 알아 버리고 말았다. 성으로 부르는 거 싫다는 그 한마디로, 그 말투로, 그 역시 부모를 포기할 수밖에 없었던 사람이라는 것을.

남들은 과도한 착각이라고 할 수도 있지만, 거울 앞에서 자기 얼굴을 보는 거나 다름없다. 지금도 나는 내담자의 얼굴을 보는 순간, 비슷한 트라우마를 지닌 사람을 가려낼 수 있다. 그래서 의도적으로 말을 유도하지 않게 주의하고 있지만, 틀렸던 적이 거의 없다.

말을 빠르게 뱉어 내는 그는 철저하게 가벼움을 가장하고 있었지만, 사람을 멀리하는 긴장감이 섞여 있는 것처럼 보였다. 이상한 남자라고 생각하는 반면, 절실한 친근감을 느꼈다.

위험을 느끼면서도 그에게 끌린 나는, 마지못해 알았어, 하고 대답했다.

"그럼, 가쇼라고 부를게. 하지만 머리는."

"음, 내일 세 시에 시간 있냐? 역 앞에 있는 거대한 미용실 앞에서 만나자. 아 참, 네 이름은 뭐야? 이름만 가르쳐 줘."

유키, 하고 조그만 소리로 말하자, 가쇼는 휴대전화에 얼른 입력하면서, 한자로는 어떻게 쓰는데? 하고 당연한 일인 것처럼 물었다.

"이유의 유[由]에 실 사 변의 키[紀]. 너, 언제나 이런 식으로 여자에게 말 거니?"

"그런 건 아니야. 유키, 네가 좀 튀어서 그런 거지. 어차피 너, 친구 없잖아."

무례한 남자라고 생각하면서도 뭐라 받아칠 말이 없었다.

"그럼, 가쇼 너는 친구 있어?"

분한 마음에 그렇게 되물었더니, 그가 태연하게 대답했다.

"아주 많지. 아무도 믿지는 않지만."

인상은 조금도 좋지 않았다. 그런데도 나는 가쇼와의 약속을 깰 수 없었다.

유복한 가정의 학생들이 웃는 얼굴로 와글거리는 캠퍼스 안에서, 가쇼와 나만 유독 고독 속에 있었기 때문이라고 생각한다.

다음 날 오후 3시, 전면이 유리창인 미용실 앞에 나타난 가쇼는 주춤거리는 내 손을 잡고 미용실 안으로 발을 들여놓았다.

안내 받은 소파에 앉아 기다리고 있었더니, 다가온 젊은 여자 미용사가 조금 당황한 눈치로, 어, 하면서 우리 얼굴을 번갈아 보았다.

"이쪽이 머리를 자를 겁니다."

가쇼가 얼른 나를 가리키고는, 펼쳐져 있던 잡지의 한 페이지를 보이면서 미용사에게 뭐라고 설명했다.

"이런 느낌으로. 앞머리를 너무 짧지 않게 약간 흘려서, 어른스러운 분위기로 해 주세요."

"아니, 잠깐, 안 돼요. 나, 보브 스타일, 한 번도 해 본 적 없어서. 안 어울릴 거야."

"지금도 그냥 적당한 스타일인데, 어울리고 안 어울리고가 어딨어. 잠자코 예쁘게 하고 와. 끝날 때까지 옆에 있는 도토루에서 기다릴 테니까."

예쁘게, 하고 내가 퉁명스럽게 중얼거리자, 여자 미용사는 웃음을 참으면서 이쪽으로 오세요, 하고 안내했다. 나는 어쩔 수 없이 소파에서 일어났다.

미용실에서 나왔을 무렵, 해가 서쪽으로 기울어 역 앞 거리가 약간 어둑어둑했다. 기운 햇살에 그림자를 늘어뜨리며 오가는 사람들을 멍하니 바라보았다. 이른 봄의 바람이 아직 싸늘해서 목덜미가 썰렁했다.

도토루의 유리창을 톡톡 두드리자, 안에서 참고서를 보고 있던 가쇼가 얼굴을 들었다. 옆 의자에 놓인 가방이 그냥 열려 있고, 판례집과 참고서로 불룩한 게 의외로 느껴졌다.

가쇼가 도토루에서 나오자, 오호, 하고 소리를 지르고는 진지한 표정으로 칭찬했다.

"잘 어울리는데."

둘이서 인파를 헤치고, 복작복작한 뒷골목에 있는 내장구이 집에 들어갔다.

연기가 자욱한 실내에서 맥주 잔을 한 손에 들고 있는 가쇼의 태연한 얼굴을 보고, 왜 내가 어제 처음 만난 남자와 이렇게 고기를 먹고 있을까, 하고 생각하면서도 젓가락을 움직였다. 그렇게 배가 부르도록 뭘 먹어 보기는 정말 오랜만이었다.

가쇼는 얘기를 잘 들어주는 사람이었다. 알고 보니 나도 모르게 1년 동안 휴학했을 때의 일이며 자립해서 혼자 살고 있는 얘기를 하고 있었다. 그는 감탄스럽다는 듯이, 야,

대단하네, 하고 칭찬했다.

식사를 하는 도중에, 가쇼는 술 취한 근처 자리의 아저씨들에게 슬쩍 말을 건넸다.

"저, 제가 마술을 배우고 있거든요. 좀 봐 주실래요?"

아저씨들은 걸걸한 목소리로, 형편없으면 가만 안 있을 거야, 하고 놀렸다. 가쇼는 씩 웃고는, 선언했다.

"테이블에 있는 게, 전부 사라질 겁니다."

"무슨 엉터리 같은 소리. 메뉴판도 있는데."

아저씨들이 껄껄거리며 웃는 사이에, 가쇼가 테이블 위에 쓱 손을 얹었다. 그다음 순간, 손에 가렸던 젓가락이 사라졌다. 아저씨들이 탄성을 지르자, 그가 갑자기 두 팔을 쫙 벌리고 윗몸으로 테이블을 덮었다.

천천히 윗몸을 일으킨 가쇼의 검은 셔츠와 청바지에는 아무것도 붙어 있지 않았다. 그런데도 조금 전까지 이쑤시개와 메뉴판이 버젓이 있던 테이블에는 아무것도 남아 있지 않았다.

박수갈채가 터졌다. 아저씨들이 신기해 하며 맥주와 고기를 사 주다 못해 가쇼에게 돈까지 쥐어 주었다. 야, 이거 감사합니다, 감사합니다. 가쇼는 능청스럽게 머리를 꾸벅거리고는 깨끗하게 먹어 치웠다.

내장구이 집에서 나오자 나는 기가 차서 말했다.

"안노, 너 지금까지 어떻게 살아온 거니?"

"성 부르는 거 금지."

가쇼는 담배를 꺼내 불을 붙였다. 담배를 피우는 가쇼 모습이 밤인데도 어질어질할 정도로 환한 번화가에 신기하게 잘 어울렸다.

"아, 우리 저기 가자."

담배를 다 피운 그가 데리고 간 곳은, 복합 빌딩 안에 있는 외국인 펍이었다.

"뭐야."

놀라서 어쩔 줄을 모르겠는데, 가쇼는 너저분한 건물 안쪽으로 성큼성큼 걸어갔다. 그리고 어두운 복도 끝에 있는 문을 열었다. 안에서 짙게 화장한 여자들이 놀란 듯이 호들갑을 떨었다.

"어머나, 아주 젊은 애들이 왔네."

그녀들이 손뼉을 치며 맞아 주자, 가쇼는 오랜만입니다, 하고 거들먹거렸다.

"우리, 사천 엔밖에 없습니다. 어떻게든 사회 공부를 하고 싶어서. 괜찮겠죠?"

가쇼가 그렇게 말하고는 외국인인 듯한 여자와 손을 마주 잡았다.

"할 수 없지, 뭐! 출세하면 갚아."

그녀는 큰 소리로 그렇게 말하고는, 구석에 자리를 마련해 주었다.

나는 기가 죽어 움츠리고 있는데, 가쇼는 테이블에 턱을 괴고 미즈와리(독한 술에 물을 타서 옅게 만든 것)를 만드는 여자에게 익숙한 표정으로 물었다.

"언니, 어디서 왔어?"

그녀는 잔을 휘휘 저으면서, 필리핀, 하고 대답했다.

"그런데, 일본에 와서 처음 사귄 남자가 완전 꽝이어서, 힘들었어."

"정말? 도망쳤어?"

"그럴 리가 있나! 이렇게 좋은 여자를 두고 왜 도망을 가겠어. 내가 걷어찼지."

"아아, 아깝게 왜 그랬대, 그 다나카 씨는."

"다나카 아니야! 그 사람, 구로누마였어. 오빠, 젊은 사람이 아주 대충대충이네."

어이없어 하는 나를 제쳐 놓고 둘은 깔깔 웃었다.

그녀가 나를 보면서 말했다.

"오빠도 귀여운 그녀에게 차이지 않게 해."

"아, 이 아이, 내 동생이야. 차인 건 우리죠. 부모에게."

가쇼가 난데없이 그런 소리를 했다. 웃을 수 없는 농담이라, 나는 그만 동요해서는 잔을 들어 올렸던 손이 그 자리에 얼어붙고 말았다.

그녀가 불붙은 담배를 입에 물고, 가쇼의 어깨를 툭툭 치면서 미소 지었다.

"살아 있어서 다행이네. 술도 마실 수 있고, 사랑도 할 수 있고."

여자들이 다른 자리로 옮겨 간 후에, 나는 가쇼에게 작은 소리로 물었다.

"이런 데 자주 드나드니?"

"설마. 돈도 없는데. 아르바이트하는 데 옆 건물에 있는 가라오케 바에는 간혹 가지만. 마술 보여 주고 거저 얻어 마시고."

가쇼는 미즈와리 잔을 한 손에 들고 설명했다.

"솔직히, 네 나이에 이런 가게 드나드는 건, 좀 이르지 않니?"

"내면만 빨리 나이 먹는 사람도 있잖아. 내 눈에는 유키도 그렇게 보이는데."

내가 표정을 지우자, 잔 속에서 얼음이 녹는 소리만 들렸다. 가쇼는 마이크를 들고 노래하는 호스티스를 향해 손뼉을 치면서 말했다.

"때로, 심각한 일은 다 흘려 버리고, 무슨 얘기를 해도 웃어 주는, 그런 장소에 있고 싶을 때가 있어. 나, 엉망으로 자랐거든."

"왜 부모에게 차였다고 말했어."

"가까운 곳에 집이 있는데 혼자 사는 건, 뻔하잖아, 무슨 사정이 있다는 게. 부모는 보통 다 큰 여대생 딸을 집에서 내보내고 싶어 하지 않는다고."

아무 대답도 할 수 없어 물을 마셨다. 술기운이 핑 돌았다. 울고 싶기도 하고, 웃고 싶기도 한 기분이었다. 가슴이 메고 이상하게 슬퍼졌다.

펍에서 뛰쳐나와 달렸지만, 마지막 전철을 놓쳤다.

캄캄한 플랫폼에서 힘이 다한 우리는 자판기에서 녹차를 사 들고 벤치에 앉아 마셨다.

"야, 이거."

가쇼가 워크맨의 이어폰 한쪽을 내밀었다.

추천곡이라도 들려주려나 싶어 귀에 꽂았더니, 목소리가 흘러나왔다.

'그리고 여자는 헤어질 때, 내게 말했어요. 꿈에서 나온 대로 죽지 않아서 다행이네, 하고요. 그리고 복도에서 쓱 사라졌습니다.'

나는 놀라서 이어폰을 뺐다.

"무섭잖아! 왜 이런 걸 들어."

"아하하. 뭐야. 유키, 너 의외로 겁쟁이구나."

가쇼는 웃으면서 양팔을 옆으로 쫙 벌리고 벤치에 기댔다.

어둠 속에서 선로가 저쪽으로 이어져 있었다. 우리 목소리 외에는, 귀에서 뺀 이어폰에서 심령 얘기가 담담하게 흘러나올 뿐이었다.

그 후에도 우리 둘은 매주 강의가 끝나면 엉뚱한 가게에 드나들면서 놀았다. 그러다 연인 사이냐고 누가 물으면, 오누이라고 늘 거짓말을 하는 패턴이 굳어졌다.

그것은 지금 돌이켜 보면, 뭐라 분명하게 정의할 수 없는 관계를 유지하기 위한 수단이었다. 아주 짧은 기간, 성별에 관계없이, 서로가 필요로 하는 상대를 만난 행복이 둘을 포근하게 감쌌다.

여름방학이 시작되자, 학생들은 바다로 간다느니 합숙 등으로 흥분했다. 아르바이트 때문에 바쁜 나와 가쇼와는 어느 쪽이나 인연이 없는 세계였다. 그 무렵에는 가쇼가 8살때 친엄마 곁을 떠나 큰이모 부부에게 맡겨졌다는 과거도 알고 있었다.

아르바이트를 하고 돌아오는 길에 만난 선술집에서, 큰이모 부부와 그 아들에게 귀여움을 받았던 얘기를 했을때, 나는 웃으면서도 웬일로 표정이 밝은 그에게 질투를 느꼈다. 그가 육친의 애정을 알고 있다는 것에.

가쇼가 딱 한 번 얘기한, 친엄마에게 받은 혹독한 학대를 제쳐 놓고라도, 버팀목이 되어 주는 어른이 한 명도 없는 나보다 그는 그나마 축복 받은 인간이라고 생각했다.

그날도 술에 취해 가게에서 나왔다. 역 앞에 있는 육교 밑의 어둠 속을 지날 때, 발소리가 낮은 천장에 왕왕 울렸다.

"별이 보고 싶다."

가쇼가 어두운 콘크리트 천장을 향해 말했다.

백화점 옥상의 놀이공원은 한산했다. 폐관 10분 전인데, 가쇼는 아무 상관 않고 걸어갔다. 그리고 동물 모양 놀이기구 앞을 지나 인공 잔디 위에 벌렁 드러누웠다.

나도 따라 옆에 누웠다.

"아 참. 우리 형, 얼마 전에 상 탔어. 사진으로."

기뻐하는 그의 옆얼굴을 보면서 나는 말했다.

"축하해. 대단하네. 아직 이십 대라면서."

도시의 여름치고는, 손가락으로 별자리를 더듬을 수 있을 만큼 밤하늘이 선명하고 예뻤다. 숨을 들이쉬자 기분이 아득해졌다.

"옛날부터 이십 대에 외국에 나가서, 사진 찍어 와 상 받을 거라고 했어. 가을에 화랑에서 사진전도 한다지, 아마. 유키도 가 봐. 유키 너, 우리 형이 좋아하는 타입이거든."

그렇게 부추겨서, 나는 피식 웃고는, 그러니, 하고 적당히 대답했다.

"응, 태평하고 천진난만한 스타일은 별 느낌이 없대. 형은 가녀리고, 머리가 좋고, 그늘이 있는 느낌이라고 하나, 그런 여자를 좋아해. 전에 형이 영화를 보여 준 적이 있는데, 거기 나온 여자가 이상형이라고 했어. 아주 딱 맞는 검은 원피스를 입고, 호리호리하게 말랐고. 아, 영화 제목 기억났다."

그리고 그는 영화 제목을 말했다.

나는 일단 고개를 끄덕였지만, 안면이 없는 형의 취향보다는 가쇼가 말하는 내 인상에 관심이 있었다.

"마카베 가몬으로 검색해 보면 나올 거야. 엄청 좋아, 우리 형 사진."

나는 뭐라 대꾸하는 것도 잊은 채 가쇼의 얘기를 듣고 있었다. 그가 그렇게까지 무턱대고 누군가를 칭찬한 적이 없었기 때문이다.

"형을 좋아하는구나."

겨우 그렇게만 말했다.

"내가 법학부에 들어간 것도, 형이 권했기 때문이고."

가쇼가 그렇게 대답해서, 더욱 놀랐다. 그런 얘기는 처음 들었다.

"형 집에서 살 때, 둘이서 보드게임이나 장기 같은 거 자주 했어. 그런데 형이 얼마나 허술한지. 그러면서도 매번 하자고 했어. 이 인간, 착하기는 해도 진짜 멍청하네, 하고 생각하면서 다 이겨 버리면 또 화를 내는 게 웃겨서."

목소리가 그답지 않게 밝아서, 그에게는 가장 행복한 추억이라는 것을 알았다.

"가쇼는 머리가 좋으니까, 의사나 변호사가 되면 좋을 거라고. 참, 단순하지. 그래서 내가 그만, 사람 돕는 건 별 관심 없다고 했더니, 그래서 좋은 거라고, 갑자기 역설하는 거야."

"뭐라고."

"남을 돕고 싶어 하는 사람은 대개 동정이 가는 사람만 돕고 싶어 한다. 돕고 싶지 않은 사람까지 도와야 하는 것이 의사와 변호사다. 그러니까 가쇼 정도로 사람을 멀리하는 사람이 적합하다. 솔직히, 형을 멍청하다고 생각했는데, 그 말 듣고 나 정말 놀랐어. 그때 처음, 이 인간 못 당하겠는데 싶은 생각이 들었어. 그런데 그게 오히려 기뻤어. 이상할지 모르겠지만."

왜였을까. 나는 그때의 가쇼를 생각하면, 왠지 지금도 가슴이 아리다.

거리를 무작정 걸어 다니기에는 쌀쌀했던 초가을에, 곤드레가 되어 마지막 전철을 놓친 가쇼가 처음으로 내 아파트에 왔다.

살금살금 계단을 올라온 가쇼는 좁은 부엌과 침실을 돌아보고는 난처하게 웃었다.

"새삼스러워서 괜히 긴장되는데."

그가 그렇게 말할 때, 나는 가스레인지에 주전자를 올려놓고 있었다. 새삼스럽다는 표현은 쑥스러움을 숨기기 위한 것이었는지도 모른다. 하지만 왠지 다른 의미가 담긴 것처럼 들렸다.

벽에 기대어 주전자에서 김이 오르는 소리를 들으면서

가쇼의 키스를 받아들였을 때도, 그 위화감은 사라지지 않았다. 그런데도 남녀가 단둘이 있으니 섹스를 한다는 선택지밖에 없었다.

불을 끄고 침실로 옮겼다.

가슴과 허벅지를 더듬는 그의 손길이 다소 거칠었던 것은 문제가 아니었다. 어둠 속에서 티셔츠를 벗었을 때, 그 어깨와 팔도 섹시했다. 이쪽을 내려다보는 눈길도.

그런데도 내 몸은 아무 반응을 보이지 않았다. 별 좋아하지도 않는 남자와 잤을 때보다도. 손가락이 그곳을 들락거리자 아프기만 해서, 바로 그만두어야 했다. 가쇼도 마찬가지였다. 만져 볼 것도 없이 몸이 닿은 감촉으로 알 수 있었다.

조그만 전구 불빛에 드러난 가쇼의 얼굴이 그야말로 거북해 보였다.

"아, 이거, 너무 마셨나 보다. 둘 다."

나는, 그런가 보네, 하고만 대답하고 이불을 뒤집어썼다. 자려고 했다.

그런데 가쇼가 옷을 입으면서 농담을 하듯 중얼거렸다.

"두 자릿수 훌쩍 넘을 정도로 경험을 쌓았는데도, 이런 일이 있네."

그 순간, 심장이 뭐에 찔린 것처럼 아팠다.

"그렇게 많구나. 많겠다 싶기는 했지만."

나는 감정을 죽이고 말했다.

"그럼. 그래도 한 번도 없었는데, 오늘 같은 일은."

그 말이 결정타였다. 나는 몸을 일으키고 이불로 가슴을 가렸다.

이쪽을 보는 가쇼에게 말했다.

"그런 거, 그냥 섹스 의존증이잖아. 엄마 사랑을 못 받아서."

가쇼가 다가와 나는 얼른 몸을 움츠렸다.

이불로 가릴 새도 없이 어깨를 짓눌렀다. 내 몸에 올라탄 가쇼가 오른손으로 내 목을 잡았다.

어둠 속에서 그 눈동자는 겁날 정도로 투명했다. 드러난 가슴에는 눈길도 주지 않고, 그는 도려낼 것처럼 내 눈만 내려다보았다.

그래서 또 상처를 받아, 공격적인 기분이 고개를 쳐들었다. 나는 천천히 눈을 감고, 입을 약간 벌렸다. 조이고 싶으면 조여 봐.

가쇼는 손을 떼고, 오른손으로 벽을 쳤다.

몸을 움츠린 나를 등지고, 그는 이불 속으로 파고들어 갔다. 그의 널찍한 등에 지금 와서 욕망이 싹트려 했지만, 도피 같은 잠에 이끌려 나는 기절하듯 눈을 감았다.

새벽 5시쯤에, 가쇼가 현관에서 신발을 신는 소리에 눈을 떴다.

눈을 살짝 뜨고, 가쇼, 하고 불렀다. 가는 거야? 대답은 없었다.

어제는 미안해, 말이 지나쳤어.

그런데도 가쇼는 아무 말 없이 나갔다.

복도의 난간 너머로 어렴풋이 밝아 오는 하늘이 보였다가 이내 가렸다.

그다음 주 월요일, 내 눈에 대학 캠퍼스는 어디를 보나 무료하게 비쳤다. 가쇼가 떠나가고, 나 혼자 남았다는 것을 깨달았다.

대강의실 강의에 들어가려고 복도를 걸어가면서, 그 강의를 가쇼도 듣고 있다는 생각을 했다. 어떻게 하면 자연스럽게 말을 걸 수 있을까 하고 생각하고 있는데, 조용한 복도 뒤쪽에서 와글와글 웃는 소리가 울려왔다. 돌아보고는, 눈을 부릅떴다.

갈색 머리 여학생과 가쇼가 즐겁게 떠들면서 이쪽으로 오고 있었다. 안쪽으로 예쁘게 만, 반짝거리는 세미 롱 스타일. 새하얀 폴로셔츠에 버버리 주름치마. 오동통한 몸매에 커다란 눈망울.

가쇼와 눈이 마주쳤다.

인사를 하려던 내 입을 틀어막듯, 가쇼는 눈길을 피했다. 그리고 갈색 머리 여자애의 귀에 입술을 바짝 대고 뭐라고 속삭였다. 그녀는 난감한 듯이 눈을 내리깔고 웃었다. 가쇼도 푸훗 웃고는 내 옆을 그대로 지나갔다.

수치심에 온몸이 화끈 달아오르고, 다리가 움츠러들었다. 내 말을 속닥였다는 확증은 없었다. 그러나, 그 둘의 표정.

대강의실 한구석에서, 강의가 끝날 때까지 계속 몸을 떨었다.

그리고 가쇼는 눈에 잘 띄는 여학생들과 같이 자주 어울려 다녔다. 거의 미모의 여대생이라는 간판이 붙은 여자들이었다. 학내에서 마주칠 때마다 모욕을 당하는 듯한 기분에, 나는 과제에만 몰두했다.

조용한 도서관에서 자료를 훑다 보면, 페이지를 넘기는 소리 사이사이로 가쇼의 기척이 스며들었다.

밤거리의 네온사인. 별이 총총 돋은 파란 밤하늘. 무방비하게 웃는 얼굴.

분하지만, 돌아가고 싶다고 몇 번이나 생각했다. 왜 남자와 여자 사이가 되려 했을까. 내가 그렇게 못된 짓을 한 것일까. 애당초 내 속을 긁는 말을 한 것은 가쇼인데. 그런 반박을 마음속으로 늘어놓으면서도, 사실은 알고 있었다.

가쇼가 한 말은, 남자의 허세에서 비롯된 가벼운 농담에 지나지 않았다. 하지만 나는 자각하고 있었다. 내가 하는 말 한마디에 그가 깊게 상처 입는다는 걸. 어렸을 때부터 이래저래 상처가 많은 가쇼가 그걸 인식하지 못할

리 없었다.

학생 식당에서 카레를 먹고 있던 내 바로 앞에, 가쇼가 된장라면이 담긴 쟁반을 내려놓았을 때는, 이제 겨우 화해할 수 있겠다고 생각했다.

얼굴을 들자, 가쇼 옆으로 뛰어온 사람은 여전히 미모의 여대생이었다. 순간적으로 우아한 긴 머리에 홀린 나를 무시하고, 가쇼는 그녀를 향해 웃었다.

"음, 다녀왔구나."

그러고는 의미심장한 말을 했다.

나는 고개 숙이고 다시 카레를 먹었다. 맵다는 것만 겨우 알 뿐, 맛을 거의 느낄 수 없었다.

"응. 전문 사진가는 역시 대단하더라. 보도 사진이라서 좀 무서웠지만, 색감이 너무 예뻐서 괜찮았어."

나도 모르게 내 귀를 의심했다. 거의 숨도 쉬지 않고 둘의 대화에 귀를 곤두세웠다.

"그치. 그런데 점심은 안 먹어?"

"점심시간 중에 교수님 찾아야 돼. 오늘까지 제출하는 과제가 있어서. 그럼 토요일에 보자."

"그래, 수고."

가쇼가 한 손을 들었다 내리고는 젓가락을 집었다.

그녀가 사라지자, 시끌시끌한 식당 안에서 우리가 앉은 테이블 주위만 몹시 고요했다.

컵을 내려놓고 시선을 들자, 겨우 가쇼와 눈이 마주쳤다.

"오랜만이다. 유키, 너 살 빠졌냐?"

그런 말에, 온몸에서 힘이 쭉 빠졌다. 그럴지도, 하고 나는 냉담하게 대답했지만, 조급한 마음에 감정의 균형을 잡을 수 없었다.

"조금 전에, 사진전 얘기하던데."

나도 모르게 말이 나오고 말았다.

그 순간, 가쇼가 아아, 하고 밋밋하게 대꾸했다.

"전해 말했던 우리 형 사진전. 내가 얘기했더니 가 보고 싶다고 해서."

그가 어딘지 모르게 거리를 두는 투로 설명했다.

"흐음. 그렇구나. 벌써 하고 있구나. 장소가 어딘데?"

"아사쿠사바시. 아, 홍보지 줄게."

가쇼가 가방에서 홍보지를 꺼내고는, 혼자서 뭐라고 중얼거렸다.

뭐라고, 하고 나는 차분하게 물었다. 나는 위가 더부룩하고 거의 토할 것처럼 긴장하고 있는데, 가쇼는 턱을 괴고 시큰둥하게 말했다.

"너 혼자일 줄 알았어? 내가 가족 얘기 한 사람. 표정이 좀 미묘하더라."

할 말을 잃은 내게, 그럼 또 보자, 하고 가쇼는 쟁반을 한 손에 들고 일어섰다.

멀어지는 그를 쳐다볼 수가 없었다. 나도 모르게 눈물을 흘리고 있었다. 테이블에 덮인 비닐 탁보에 눈물이 고였다. 지나가던 학생들이 멀찍이서 힐금거렸다.

며칠을 방에 틀어박혀, 이불을 둘둘 감고 잠만 잤다. 제대로 먹지도 않아 끝내는 갈비뼈가 툭 튀어나올 정도로 살이 빠졌다.

새벽에 샤워를 하려고 잠옷을 벗었을 때, 흐릿한 거울에 비친 몸이 애처로웠다. 싸늘한 바닥에 누워, 그 딱딱한 감촉을 친근하게 느끼며 눈을 감았다. 희망이, 버팀목이 필요했다.

반드시 출석해야 하는 강의가 있어서, 옷을 갈아입고 통학용 가방을 열었더니, 안에서 홍보지 한 장이 나왔다. 환한 빛이 넘치는 사진전 홍보지. 손에 든 채, 한참을 움직일 수 없었다.

왜 가몬 씨의 개인전을 보러 가려 했는지, 지금도 잘 설명할 수 없다.

가쇼가 모르는 일을 한 가지라도 만들어 앞지르고 싶었는지. 아니면 공통의 아군이 필요했는지. 그저 자포자기였는지. 모른다.

다만, 누군가에게 당당히 얘기할 수 있을 만큼 순수한 동기가 아니었다는 것만은 분명하다.

전시장에서 만나고 그다음 날, 가몬 씨에게서 연락이 왔다. 그리고 일주일 후에 우에노 공원에서 데이트를 했다.

단풍이 들기 시작한 공원에 사람들이 꽤 많았다. 가을 하늘이 시원하리만큼 넓었다.

가몬 씨는 아주 자연스럽게 내 걸음에 보조를 맞췄다.

벤치에서 뜨거운 커피를 마시고 있는데, 싸늘한 바람이 휭 불었다. 가몬 씨가 당연한 일인 듯 목도리를 풀어 내밀었다.

"괜찮으면, 이거 해."

나는 고맙다고 하고서 받았다. 촘촘하게 짜인 갈색 목도리는 따스했다. 조금 전에 보고 온 미술전에 대해 즐겁게 늘어놓는 감상을 들으면서, 나는 자신이 그에게 호감을 느끼고 있다는 걸 깨달았다.

가몬 씨는 이틀마다 규칙적으로 문자를 보내 주었다. 그리고 데이트를 하면서 저녁을 먹고 살짝 취하면, 가까운 역까지 바래다주었다.

만날 때마다 믿을 수 있는 사람이라고 실감하면서도, 한편으로는 그를 의심하고 있었다. 어쩌면 가몬 씨는 모든 것을 알고 있으면서, 가쇼와 손잡고 내게 상처를 주려는 건지도 모른다. 당시 나는, 그런 망상이 끊이지 않을 정도로 아무도 믿지 못하는 상태였다.

그런데도 그가 만나자고 하면, 망설이면서도 화장을 하고, 얼마 남지 않은 알바비로 산 원피스를 입고 하이힐을 신고 만나러 나갔다.

털어놓을 기회가 한 번 있었다. 둘이서 그렇게 고급스럽지 않은 와인 바에서 꼬치구이를 먹으면서 웃고 있는데, 그가 어쩌다 대학 이름을 물었다. 얼떨결에 그대로 대답하고 말았다.

"오? 유키가 그 대학에 다니는 거야. 우리 동생도 거기 다니는데. 성은 다르지만. 안노 가쇼라고, 법학부라서 접점은 없으려나."

나는 숨을 삼켰다. 몇 가지 선택지가 뇌를 스쳤지만, 결국은 무난한 거짓말을 했다.

"아, 알 것 같아요. 같은 강의를 들은 적도 있을지 모르고. 가몬 씨와 성이 달라서, 전혀 몰랐어요."

"그렇군. 그 녀석, 늘 여자들이랑 같이 다니지. 얘기한 적은 있어?"

"몇 번은……. 아, 하지만 자기 형이 동기랑 만난다는 걸 알면, 그쪽으로서는 기분이 묘할지도 모르겠어요."

"아, 그렇군. 그야 물론 본인에게는 말 안 하지. 미안해, 우연이지만 좀 신기해서."

웃는 가몬 씨에게 왜 사실대로 말하지 못했을까.

그날 밤에는 와인을 너무 마셔서, 역에서 태연하게 헤어진 직후에 화장실에 달려가 토하고 말았다.

몇 번째 데이트를 하고 전철을 타고 돌아가는 길에, 가몬

213

씨가 기억났다는 듯이 말했다.

"저번에 보려다 놓친 영화를 재상영해서 보러 갈까 하는데, 유키 씨가 관심이 있나 모르겠군."

"무슨 영화인데요?"

나는 손잡이를 꼭 잡고 되물었다.

"〈처음 만나는 자유〉라는 영화인데, 심리학을 공부하니까 관심이 있을까 하고."

대학 근처에 있는 영화관 앞에서 포스터를 본 적이 있었다. 자살을 시도했지만 미수에 그친 소녀가 회복해 가는 스토리였을 것이다.

"관심, 있어요. 가몬 씨는 그런 영화도 보는군요."

"뉴욕에 있는 사진작가인 여자 친구가 정말 좋더라고 해서."

그는 그렇게 설명했다. 나는 고개를 끄덕이면서, 이 사람은 남녀 불문하고 친구가 많겠지, 하고 생각했다. 조금은 소외된 듯한 기분이 들었다.

그날은, 이케부쿠로에 있는 한 영화관 앞에서 만났다. 하얀 니트에 격자무늬 치마와 검은 코트를 입고 부츠를 신은 모습으로 벽에 기대어 기다리고 있으려니, 인파 속에서 키가 큰 남자가 쑥 튀어나와 하얀 숨을 토하면서 말했다.

"좀 늦었지. 미안해. 유키, 많이 기다렸어?"

나는 고개를 끄덕이려다, 깜짝 놀랐다. 그가 트레이드마

214

크인 안경을 끼고 있지 않았다.

"안경은, 어떻게 된 거예요?"

"아침부터 일기예보에서 비가 온다고 해서, 렌즈 꼈어. 좀 어색하지만."

나는 상상했던 것보다 윤곽이 뚜렷한 눈과 콧대를 보면서 놀랐다. 그래도 눈가의 선한 인상은 다르지 않아, 창구에서 티켓을 두 장 구매하는 그의 옆얼굴을 보면서 불쑥 물었다.

"가몬 씨, 눈동자 색이 좀 엷은 건가요?"

그는 거스름돈을 받으면서 쑥스러운 듯 웃고는, 약간 그런가 봐, 하고 말했다.

팝콘과 진저에일 컵을 손에 들고 뒤쪽 좌석에 나란히 앉자, 잠시 후 영화가 시작되었다.

젊은 여자들이 좋아할 영화였다. 사춘기의 터질 듯한 긴장감과 고독이 계속해서 스크린을 메웠다. 상처 받은 소녀들 사이에 우정이 싹트고, 서로 충돌하고, 공격하고, 그러면서 어른이 되어 간다. 하지만 오래 살지 못한 소녀도 있다.

영상은 담담하고 아름다웠지만, 외침 소리 하나하나가 너무 노골적이었다. 상처투성이 소녀들의 육체에, 얼마 전까지 비쩍 말랐던 자신의 몸이 겹쳐졌다.

점차 몸이 떨려 와, 얼굴을 숙였다. 그걸 알아차린 가몬 씨가 걱정스러운 듯이 작은 소리로 물었다. 괜찮아? 나는 얼른 괜찮다고 대답하고 자리에서 일어났다.

밝은 로비로 나오자, 바로 뒤에서 걸음 소리가 들려 돌아보았다.

"미안해. 영화, 게다가 자리도."

가몬 씨의 커다란 손이 내 이마에 닿았다. 깜짝 놀라서, 떨림이 멈췄다.

그는 보호자가 어린아이의 열을 재듯 가만히 내려다보고는 이마에서 뗀 손을 살며시 내 등에 대었다.

"일단 여기서 나가자. 어디 가서 좀 쉬면서 차를 마셔도 좋고, 집에 가고 싶으면 데려다줄게."

돌아가는 전철 안에서, 가몬 씨는 옆에 앉아 있었다. 커다란 몸이 바로 옆에 있어 안심이 되었다. 기분은 무거웠지만, 규칙적인 흔들림을 느끼다 보니 점차 마음이 차분해졌다.

역에 도착한 다음, 가몬 씨와 둘이 옛 상점가를 지나 붉게 물든 주택가를 걸었다. 나란히 몇 대 서 있는 자동판매기와 특징 없는 아파트가 보였다.

계단 아래에는 자전거가 서 있고, 몇몇 우편함에는 전단지가 밖으로 비어져 나와 있었다. 평소 같으면 적막하게 느꼈을 저녁 풍경인데, 오늘은 따뜻하게 느껴져서 이상했다.

"여기."

나는 내가 사는 아파트를 가리켰다.

"오, 상점가에서 가까워 편리하겠는데."

"그 대신, 역에서는 좀 멀지만. 그래서 집세가 싼 것치고는 인테리어를 새로 해서 방도 깨끗해요. 주인이 지주라서 돈에 쪼들리지 않는 것 같아요."

"그렇군. 보고 싶은데."

가몬 씨가 그렇게 말하고는 스스로 퍼뜩 놀라면서, 이상한 말을 해서 미안, 하며 웃었다.

나도 당황해서 머리를 풀 가동해, 누가 봐서 곤란할 만큼 지저분하지 않다는 것을 확인하고, 제안했다.

"괜찮으면, 들러서 차라도 마시고 갈래요?"

가몬 씨는 놀란 듯이, 괜찮겠어? 하고 되물었다.

물론, 하고 대답하고 계단을 올라가려는데, 가몬 씨가 허둥거리며, 유키, 하고 불렀다.

걸음을 멈추자, 그가 얼른 말했다.

"잠깐만 기다려 줘. 당연히 아무 일도 없을 거지만, 그래도 집에 들어가기 전에 반듯하게 하고 싶어."

"아, 네."

나는 어리둥절해서 애매한 대답을 했다.

"처음 봤을 때부터 멋진 사람이라고 생각했어. 너랑 사귀고 싶어."

시야가 부옇게 흐려지고, 꿈속에 있는 것만 같은 기분이 들었다. 뭐라 말은 못 하고, 겨우 고개만 끄덕였다.

217

"다행이다. 거절하면 어쩌나 했어."

가몬 씨는 숨을 길게 내쉬면서 크게 웃었다. 온갖 감정이 끓어올라 나는 고개를 약간 숙인 채 그와 손을 마주 잡고 계단을 올라갔다.

가몬 씨가 방 한가운데에 앉자, 덩치 있는 남자 특유의 존재감이 커서 순간적으로 긴장했다. 그걸 숨기려고 냉장고를 열면서 물었다.

"배고프면, 뭐라도 만들게요."

"정말? 고마워. 이제 좀 괜찮아진 거야?"

"네. 간단한 것밖에 만들지 못하지만."

나는 대답하면서 냉동 돼지고기와 양배추와 홍당무와 우동 국수를 조리대에 꺼냈다. 그에게는 콜라와 잔을 건넸다.

프라이팬에다 볶음우동을 만들었다. 고명이 많지 않아, 얇은 가다랑어포를 듬뿍 뿌린 다음 큰 접시에 담았다.

타인에게 음식을 만들어 주는 일이 처음이라 정신이 없었지만, 가몬 씨는 열심히 젓가락질을 하며 왕성한 식욕을 보여 주었다.

"이 볶음우동, 간이 아주 잘 배어서 맛있는데. 간장으로 맛을 낸 거야?"

나는 고개를 젓고서, 국수장국을 사용했다고 대답했다.

접시가 비자, 샐러드 맛 감자칩을 오독오독 씹으면서 콜라를 마셨다.

가몬 씨가 아주 편하게 다리를 뻗고 있어, 잠자코 쳐다보았다.

"왜 그렇게 보는데?"

그가 턱을 괴고 이상하다는 듯이 물었다.

"이 방에, 남자가 이렇게 자연스럽게 있는 게, 왠지 낯설어서요."

그렇게 대답하고, 나는 살며시 가몬 씨에게 다가갔다.

옆에 앉아 몸을 기대자, 그가 웃으면서 어어, 하고 머쓱해 했다. 나도 모르게 눈을 치켜뜨고 올려다보았다.

"아직 몸이 안 좋을 텐데, 이거 마시면 돌아갈게. 편히 자."

나는 불현듯 불안한 기분이 들었다. 혼자 남겨지는 순간, 시커먼 파도에 휩쓸리고 말 듯한 기분이었다.

"가지 마요."

돌발적으로 매달리자, 가몬 씨는 놀란 듯이, 어어, 하고 말했다.

"그래도 방해가 되는 거 아냐?"

가몬 씨는 고개를 세게 흔드는 나를 잠자코 쳐다보았다.

"유키."

"네."

"오늘 기분이 안 좋아진 거, 혹시 유키 자신에게 이유가 있지는 않나 해서."

순간, 팔에 소름이 돋았다. 어떻게, 하고 말하려고 했는데, 그가 신중하게 말을 골라 가며 말했다.

"사실은 내 동생도 조금 섬세하다고 할까, 복잡한 부분이 있어서, 비슷한 느낌이 들었어. 그래서. 미안해, 이상한 말을 했군."

가몬 씨가 말을 끝내기 전에, 나는 그 몸을 꼭 안았다. 그는 말없이 내 등을 쓰다듬었다.

가몬 씨, 라고 부른다.

"정말 좋아하는 남자와 손을 잡은 거, 처음이었어요."

가몬 씨가 왠지 난처한 것처럼 웃는 기색이어서, 나는 얼른 사과했다.

"이상한 말 해서 미안해요."

도망치듯이 손을 떼었는데, 그가 내 어깨를 끌어안았다. 주저 없이 얼굴을 들자, 온화한 성품에 어울리지 않게 뜨거운 입술이 기다리고 있었다. 나는 입술을 살짝 벌리고 키스를 받았다.

입술을 떼자, 눈이 마주쳤다.

"벗겨 줘요."

그렇게 부탁했다.

"유키, 아무래도 그건 좀 이르잖아. 몸도 안 좋은데."

부탁이에요, 하고 몇 번이나 애원하자, 가몬 씨는 잠시 아무 말 않고 나를 쳐다보았다.

"그럼, 한 가지만 물어볼게."

"뭔데요?"

"나는 진지하게 사귀고 싶은데, 그래도 되겠어?"

나도 모르게 웃음이 터져 나와, 왜 그런 걸 확인해요? 하고 웃으면서 되물었다.

"미안. 외국에 가면 아주 쿨한 여자를 만나게 되는 일도 있어서."

그가 쓸쓸하게 웃어서, 겨우 이해가 되었다. 외국에서 사랑에 빠지는 일도 있는 것이다. 갑자기 그가 어른으로 느껴졌다. 이제껏 가쇼의 형으로 보는 마음도 있었는데, 비로소 한 남자로 마주하게 된 기분이었다.

"잠깐, 편의점에 좀 다녀올게."

가몬 씨가 일어나 말하면서 테이블에 놓아둔 지갑을 들고 현관으로 나갔다.

아파트 계단을 내려가는 발소리가 들렸다. 그러고 보니 성인식 날 호텔에 같이 갔던 고등학교 동기도, 가쇼도, 피임 따위는 안중에 없었다는 것을 깨달았다. 얼굴도 기억나지 않는 예전 남자 친구들도.

가몬 씨는 바로 돌아왔다. 구두를 벗을 때, 한 손에 든 편의점 봉투가 흔들거렸다.

어색해질까 봐 걱정했는데, 가몬 씨의 품에 포근히 안기자 몸에서 힘이 순순히 빠져나갔다. 그가 오른손을 뻗어 불을 껐다.

태어나서 처음 느끼는 감각이었다.

소중하게 아껴 주고 사랑해 주고 있다는 안심이 온몸을 감쌌다. 마치 기분 좋은 잠 속에 있는 것 같았다. 여유롭고, 어디를 어떻게 만져도 행복했다.

몽롱해져 가는 내 머리를, 가몬 씨가 말없이 껴안았다. 눈을 감고 깊은 침입을 받아들이면서 실감했다. 아무 데도 아프지 않다. 정말 신뢰할 수 있다.

끝나고 나서도 한동안 그의 거친 숨소리만 귓가에서 울렸다.

그 몸을 꼭 껴안고 천장을 올려다보고 있는데, 갑자기 현실이 밀려왔다.

두서없는 얘기를 나누고, 가몬 씨가 겸연쩍게 샤워를 좀 하겠다며 욕실로 사라지자, 나는 얼른 이불 속으로 기어들어 갔다. 온몸이 바들바들 떨리고 눈물이 줄줄 흘렀다. 모든 것을 알면, 하고 생각했다. 싫어하게 된다. 사라지고 만다.

가몬 씨가 젖은 몸에 타월을 감고 돌아올 때에야 겨우 눈물이 그쳤다.

그의 품에 안겨, 그의 실팍한 가슴에 얼굴을 기대고 있자니, 또 눈물이 흘러나왔다.

"몸은, 괜찮아?"

나는 겨우, 괜찮다고 대답할 수 있었다.

서로에게 잘 자라고 말하고 눈을 감으니, 그의 몸이 따뜻해서 안심이 되는 동시에 죄책감이 가슴을 짓눌러 뼈가 으스러질 것 같았다.

사귀기 시작한 지 두 달이 좀 지난 늦가을 밤에, 가몬 씨가 내 방에서 편히 쉬면서 말했다.

"내 다운재킷을 가쇼에게 주기로 했거든. 그래서 다음에 학교에 갈 거야."

순간적으로 경계하면서, 그래요? 하고 대꾸했다.

가몬 씨가 이쪽을 보며 말했다.

"이거 내 제안인데, 슬슬 가쇼에게 소개하고 싶어서. 놀래 주고 싶거든. 그 녀석, 언제나 시니컬하게 굴어서."

거부할 수 없었다.

나는 울고 싶었지만 꾹 참으면서, 기대해야겠네요, 하면서 그를 향해 웃어 보였다.

가몬 씨가 학교로 오는 날 점심시간, 식당으로 간 나는 허둥지둥 가쇼의 모습을 찾았다.

그는 창가 테이블에 턱을 괴고 있었다. 빈 접시에 카레가 군데군데 묻어 있어, 나는 그가 음식을 아주 깨끗하게 먹지는 않는다는 걸 처음 알았다.

테이블 건너편에 서자, 그가 어어, 하고 밋밋한 목소리로 반응했다.

"오랜만이다. 점심 이제 먹는 거야?"

"응. 오후 강의, 휴강이라서."

"흠. 아 참, 우리 형이 학교에 오기로 했어. 다운재킷 주겠다고. 다음에 기분 내키면 또 한잔하러 가자."

눈도 마주치지 않은 채 얘기하던 가쇼가 무슨 일 있느냐는 식으로 나를 올려다보았다. 나는 얼른 입을 열었다.

"가쇼, 생각해 봤는데."

나는 조심스럽게 말했다.

"우리, 아무 일도 없었던 것으로 하고 싶어. 봄에 만나서 밤중까지 놀러 다닌 일도, 이런저런 얘기를 나눴던 것도, 전부. 부탁이야."

공격적인 분위기가 느껴진 것은 아주 짧은 순간이었다. 아마도 내가 머리를 깊이 숙였기 때문일 것이다. 껴안고 있던 것의 무게로 이마가 바닥에 닿을 것만 같았다.

일렁이던 공기도 오가는 학생들도 멀어지고, 우리 사이에는 침묵만 흘렀다.

얼굴을 들자, 가쇼가 손가락으로 숟가락을 만지작거리면서 다소 어색하게 말했다.

"아, 그래. 네가 그러고 싶다면, 그래야지. 원래 사귄 것도 아니니까."

예전 같으면 상처가 되었을 말을, 나는 조용히 받아들였다. 그리고 진심을 담아 말했다.

"고마워."

"할 얘기가 그거뿐이야? 이제 형이 슬슬……."

가쇼가 더는 관심이 없다는 듯이 그렇게 말하다, 내 어깨 너머로 시선을 돌렸다. 나도 돌아보았다.

식당에 들어선 가몬 씨가 이쪽을 향해 한 손을 번쩍 들었다. 가쇼가, 오오, 하고 그답지 않게 밝은 목소리로 대답했다.

가몬 씨가 똑바로 이쪽으로 걸어왔다. 그리고 가쇼가 아니라, 내 얼굴을 보면서 말을 건넸다.

"벌써 말한 거야? 아직인 건가."

나는 고개를 저었다.

가쇼의 얼굴에서 표정이 천천히 사라졌다. 좌우 크기가 다른 눈이 빛을 잃어 간다. 가몬 씨가 테이블에 커다란 종이봉투를 툭 내려놓았다.

"이거, 약속한 노스페이스 다운재킷. 그리고 이쪽은 나의 그녀인 유키 씨. 너와 같은 대학에 다닌다고 해서 놀래 주려고 아무 말 안 했어. 놀랐지?"

어린애처럼 놀리는 가몬 씨를 향해 가쇼는 간신히 살가운 미소를 띠고는, 놀랐지, 하고 같은 말을 되풀이했다. 그리고 내게로 시선을 돌렸다.

그때 가쇼의 눈빛을 지금도 잊을 수 없다. 그때 과연 그는 농담 삼아 우리를 오누이라고 했던 나날들을 떠올렸을까.

하지만 나는 가쇼가 모든 것을 털어놓지 않으리란 것을

알고 있었다. 별을 보면서 즐거운 표정으로 가몬 씨 얘기를 했던 그가, 그렇게 좋아하는 형에게 상처가 될 말은 할 리가 없다는 것을.

그리고 우리는 다시 얘기할 기회를 영원히 잃어버렸다. 칸나 씨 사건이 발생하기 전까지는.

28일에 클리닉에서 한 해 업무를 정리하고 있는데, 긴장이 풀어졌는지 열이 펄펄 끓었다.

점심때가 지나 눈을 뜨니 온몸은 땀에 푹 젖었고, 목이 몹시 말랐다.

거실에 가자, 테이블에 노트북을 펼쳐 놓고 있던 가몬 씨가 얼굴을 들고, 안녕, 하고 말했다.

"어때, 몸은 좀?"

"열은 안 내렸지만, 조금은 나은 것 같아. 마사치카는?"

"친구 집에 놀러 갔어. 먹을 것 좀 만들게. 앉아."

그가 일어나, 냉장고에서 우동 국수며 닭고기를 꺼냈다.

앉아서 기다리자, 조그만 질냄비를 들고 왔다. 뚜껑을 여니, 달걀을 떨군 우동에서 김이 모락모락 올랐다.

"와, 정말 고마워."

나는 잠긴 목소리로 말하고는 젓가락을 들었다. 달짝지근한 국물이 식욕을 자극해, 절반이나 먹었다.

아 참, 하고 나는 커피를 마시는 가몬 씨에게 말했다.

"전에 당신이랑 같이 한 번 만난 적이 있는데, 우리 클리닉의 리사 씨, 기억해?"

"아아, 인상이 밝던 아가씨 말이지?"

"응. 그 리사 씨가 결혼을 한대. 그래서, 결혼식 사진을 당신에게 부탁할 수 있겠냐고 하는데. 식장 사진사에게 맡기면 비싸기도 한데다, 샘플 사진 봤는데, 별로였대. 결혼식은 5월 예정이라는데, 어떻겠어?"

"음, 좋아. 일정만 그 정도 미리 알면, 얼마든지 조정할 수 있어."

검은 테 안경 너머 부드러운 눈을 가만히 쳐다본다.

그는 커피 잔을 내려놓고 조용히 물었다.

"왜?"

"5월이면 전부 끝나 있겠다 싶어서."

"예의 그 사건?"

응, 하고 짧게 고개를 끄덕인다.

테이블 위에는 먹다 남은 우동 냄비. 거실 바닥에는 잔물결처럼 아른거리는 햇살. 너무 평화로워서 자신이 어느 쪽 인간인지 알 수 없어진다.

"오랜만에 감정이입을 너무 심하게 했나 봐. 좋지 않네. 막 임상 심리사가 되었을 때는, 그야말로 내담자들의 심리에 끌려가서 뒤죽박죽이었지만."

가몬 씨가 잠깐 틈을 두고서, 아니지, 하고 부정했다.

"그래도, 상대가 이렇게까지 당신 마음속에 들어온 경우는 처음 아닐까."

나는 조그맣게, 그런가, 하고 대꾸했다.

또 머리가 어질어질해서, 침실로 돌아갔다.

저녁때 다시 눈을 떴더니, 옆에서 잠든 숨소리가 들렸다. 가몬 씨가 베개를 껴안고 곤히 잠들어 있었다.

어처구니가 없어서, 감기 옮겠네, 하고 중얼거리면서 평화롭게 잠든 얼굴을 쳐다보고는 나도 이불을 끌어올렸다.

새해 초사흘이 지나자 일상이 돌아왔다.

슈퍼마켓 앞의 소나무 설 장식도 치워지고, 아침의 역사는 출근하는 사람들로 북적거렸다.

일을 끝내고 집에 돌아와, 식구 셋이 전골을 먹고 있을 때 전화벨이 울렸다.

"여보세요. 네, 쓰지 씨, 웬일이에요?"

내 물음에, 쓰지 씨는 민망한 듯이, 이런 시간에 죄송합니다, 하고 본론을 꺼냈다.

"실은 난바 씨에게서 메일이 왔는데…… 혹시 괜찮으시면, 제가 지금 그쪽 역으로 갈 테니 좀 만나 뵐 수 있을까요?"

약 1시간 후, 뒷정리를 끝낸 나는 다운코트를 입고, 자전거 페달을 힘껏 밟으며 어두운 길을 달렸다.

가쁜 숨을 토하면서 네거리 건너편에 있는 패밀리 레스토랑의 불빛을 쳐다보았다.

가게 안으로 들어가, 안쪽 테이블에 앉아 있는 쓰지 씨에게 말을 건넸다.

"오래 기다렸죠?"

그리고 마주 앉았다. 쓰지 씨는 웬일로 감색 양복 차림이었다.

"일 끝나고 오는 길인가요?"

"아, 네. 이런 시간에 불러내서, 죄송합니다. 메일로 얘기해도 되는데, 제가 내일 아침부터 출장이라서. 가능한 한 빨리 의논하고 싶었습니다."

쓰지 씨는 그렇게 말하면서 가방을 열었다. 그리고 클리어파일에서 출력한 종이를 꺼냈다.

"우리가 다녀간 후에 난바 씨가 여러 가지로 생각이 많았던 모양입니다."

종이에는 다음과 같은 글이 쓰여 있었다.

쓰지 겐타 씨에게

며칠 전에는, 이 먼 곳까지 찾아 주셔서 고마웠습니다.

도야마의 인간이 다 되었다고 생각했는데, 오랜만에 도쿄의 바람을 느끼니, 그 옛날의 자극적인 시간이 그립더군요.

히지리야마 선생 건으로 계속 생각해 봤습니다. 역시 저의 그 어중간한 데생을 증거물로 제출하는 것은 위험한 일이 아닐까 합니다.

괜히 세상의 오해를 사서 상처를 입는 것은 히지리야마 선생의 이름만이 아니라, 그에 관계된 모든 사람과 또 따님이 아닐까 하고 판단했습니다.

데생 교실에서 히지리야마 선생의 따님이 누드모델과 함께 모델을 선 것에 대해, 모두가 아무렇지 않게 여겼던 데에는 다소 이유가 있습니다.

데생 교실에 이가라시라는 학생이 있었어요. 몸집이 크고 외설적인 농담을 자주 하고, 분위기 파악을 못하는 미대생이었습니다. 다만 실력에 있어서만은 히지리야마 선생의 칭찬이 대단했던 터라, 누구도 대놓고 무시하지 못한다는 인상을 받았습니다.

두 번째로 참가했던 날입니다.

수업이 끝나고 화장실에 가려고 복도에 나갔더니, 이가라시가 히지리야마 선생의 따님에게 뭐라고 큰소리로 말하면서 웃고 있더군요.

내가 화장실에서 나왔을 때, 따님은 없고 이가라시만 휴대전화를 만지작거리고 있었습니다.

그리고 내게 전화번호를 땄다고 자랑스럽게 말했죠.

나는 놀라서, "요즘 중학생들은 휴대전화도 있는 모양이지"하는 말을 했습니다.

　그리고 이가라시에게 "그 아이에게 눈독을 들이고 있는 거냐?" 하고 묻기도 했습니다. 농담이었지만 "중학생인데, 롤리타 콤플렉스 아냐" 하는 말도 했던 것 같습니다.

　그런데 이가라시는 오히려 흥분해서, 이런 말을 하더군요.

　"중학생이니까 귀엽고 에로틱하고 희소가치가 있는 거죠. 계속 들이댔는데, 이제 겨우 뭐가 될 것 같습니다."

　나는 솔직히 좀 불쾌했습니다.

　"이상한 망상 하지 마."

　위험할 수도 있다는 예감이 들어서 그런 주의를 주기도 했죠. 그런데 이가라시가 이렇게 말하더군요.

　"본인이 그러던데요, 뭐. 예전 남친이랑 할 건 다 했다고."

　내가 기억하는 대화는 거기까지입니다.

　히지리야마 선생의 부인이 손수 준비한 음식을 먹는 동안에도, 이가라시는 따님 옆에 앉아 있었습니다. 둘이 즐겁게 얘기를 나눴어요.

　이가라시가 한 얘기를 전부 그대로 받아들인 것은 아닙니다만, 나중에 따님이 좀 조숙하다고 할까, 어른스러운 면이 있어서 데생 교실에도 거부감이 없는 건가, 하고 생각하니 수긍이 갔습니다.

　쓰지 씨와 마카베 선생님이 돌아가고 난 다음에, 그 기억이 불쑥 떠올랐습니다.

당시의 분위기를 정확하게 전달하기 위해, 이 얘기도 전해
드리는 편이 좋을 듯해서 메일을 보냅니다.

괜한 내용이었다면, 죄송합니다.

선물로 주신 과자, 맛있었습니다.

또 언젠가 도야마를 찾아 주십시오.

난바 스미토

내가 다 읽을 때까지, 쓰지 씨는 커피에 입을 대지 않은
채 말없이 기다렸다.

얼굴을 들자, 그가 곤혹스러운 표정으로 속내를 드러냈다.

"그 메일을 읽고, 앞으로 취재를 어떻게 하면 좋을지 혼
자 판단하기 어려워서, 마카베 선생님의 의견을 듣고 싶었
습니다."

"데생 교실이 교육에 좋지 않은 환경이었던 건 분명하
네요."

쓰지 씨는 그 말에 안도한 것처럼, 그렇죠, 하면서 고개
를 끄덕였다.

"그리고, 데생 교실에 다니던 미대생이 칸나 씨에게 치근
덕댔다는 얘기도 증명이 되었고요."

"아, 히지리야마 씨 친구의 증언 말이죠?"

"네. 그리고."

나는 종이를 내려다보면서, 예전 남친, 하고 중얼거렸다. 칸나에게 비슷한 얘기는 한 마디도 들은 적이 없다.

그녀는 딱히 좋아서 사귄 상대는 없었다고 단언했지만, 한편으로 마음에 걸리는 말도 한 적이 있다.

'저, 사람을 신뢰한 건…… 그때뿐이었으니까.'

인상적이어서, 똑똑히 기억하고 있다. 그 예전 남친이 '그때'에 해당하는 사람인지는 확신할 수 없지만, 나이를 고려하면 적어도 첫 교제 상대였을 가능성은 있다.

가게 안은 혼자 노트북으로 작업하는 손님이 군데군데 있을 뿐이라 조용했다. 쓰지 씨가 소리 없이 커피를 마셨다.

"시간도 별로 없으니까, 칸나 씨에게 직접 물어볼게요."

나는 그렇게 말했다. 쓰지 씨는, 부탁드립니다, 하면서 머리를 숙이고 중얼거렸다.

"그런데 이 얘기가 사실이라면…… 대체 뭔가 싶군요."

"네?"

"난바 씨에게는 아마 이상한 흑심이 없었겠죠. 하지만 다른 학생들은 어땠을까요……. 그 교실에 참가했던 전원이 어디까지 자각이 없었고, 또 어디까지 자각이 있었는지, 거기가 어떤 공간이었는지. 난 도무지 상상이 안 됩니다. 거기 있었을 때 칸나 씨의 기분이 어땠을지도."

"우리가 타임머신을 타고 그 데생 교실에 참가할 수 있는 건 아니니까. 하지만 지금도 눈에 보이는 게 하나 확실하게 남아 있어요."

"그게 뭐죠?"

쓰지 씨가 허를 찔린 것처럼 놀라서 되물었다.

"자해 행위의 흉터요. 처음 시작한 계기가 뭐였는지는 아직 모릅니다. 그러나 시기를 고려하면, 지속적으로 자해 행위를 했던 원인에, 그 데생 교실에서 받은 스트레스도 포함되지 않나 생각해요."

각각 따로 떨어진 단편적인 얘기를 머릿속에서 하나로 죽 엮어 간다. 생각하고, 정리한다. 남은 수수께끼와 문제는 무엇일까.

칸나는 초등학생 때부터 데생 교실의 모델로 참가했다.

그리고 초등학교를 졸업했을 때, 어머니가 하와이로 여행을 떠나 집을 비운 틈에 첫 자해 행위를 시도했다.

중학생 때는, 치근대는 이가라시에다 예전 남친까지 있었고, 육체관계도 있었다고 말했다.

칸나와 이가라시가 어디까지 간 사이였는지는 분명하지 않지만, 교코 얘기로는 칸나가 이가라시를 싫어했다고 한다. 그렇게까지 신뢰하는 관계였다고는 볼 수 없다.

그리고 칸나는 점차 모델 일을 빼먹게 되었고, 급기야 아버지에게 그만두라는 소리를 들었다.

사춘기 이후에는 불안정한 연애를 계속하면서도 대학에 진학, 아나운서를 지망했다. 전국에서 모여든 재능과 미모를 갖춘 여대생들 사이에서 뽑혀 2차 면접까지 치르게 되었으니, 본인도 나름 뿌듯했을 것이다.

그렇다면, 여전히 알 수 없는 것은 아버지를 살해한 동기다. 스트레스가 심한 사춘기 전후라면 그나마 설명이 된다. 그러나, 왜 지금일까.

아버지가 아무리 취업 활동에 반대했다 해도, 아예 원서를 내지 못하게 하거나 면접장에 가지 못하게 한 정도는 아니었다. 실제로 당일, 칸나는 면접 장소에 나타났다.

그런데도 스스로 면접을 포기하고, 구입한 칼을 들고 한두 번밖에 가 본 적 없는 아버지의 직장을 찾아갔다. 게다가 범행 당시에도 동기를 제 입으로 설명하지 못해, 마치 순식간에 인격이 뒤바뀐 것처럼—거기까지 생각하다가, 나는 경악했다.

"쓰지 씨, 잠깐 실례할게요."

양해를 구하고 스마트폰에서 번호를 찾았다. 밤 9시 5분이라는 시간을 확인하면서, 아직 괜찮겠지, 하고 전화를 걸었다.

가쇼가 금방 전화를 받았다. 전화기 안에서 시끌시끌한 소리가 흘러나오는 것으로 보아 술집에 있는 듯하다.

"웬일입니까? 지금 오랜만에 기타노 선생과 단둘이 오붓하게 마시고 있는데."

"가쇼 씨, 확인하고 싶은 일이 좀 있어요."

쓰지 씨가 눈치를 살피듯 내 얼굴을 쳐다보고 있다.

"칸나 씨가, 처음부터 살의가 있었다고 인정했나요?"

"그럼요, 인정했지. 아버지와 둘이 있을 수 있게 화장실로 불러내서, 찔렀다고 했습니다."

가쇼가 대답했다.

"정말 칸나 씨가 화장실로 오라고 했을까요? 두 사람, 칸나 씨가 그런 말을 할 수 있는 사이였나요?"

"그야 뭐, 부자연스럽지만, 아무튼 검사 측 진술서에는 분명히 그렇게 쓰여 있고, 나도 사건 직후에 본인을 만났을 때, 그렇게 들었어."

그때, 가쇼가 이제야 알았다는 듯이 물었다.

"혹시, 유키, 지금 밖에 있는 거야?"

"네. 쓰지 씨와 만나고 있는데. 왜요?"

잠시 생각하는지, 침묵이 흘렀다.

"이리로 올래? 중요한 얘기 같은데."

"어딘데요?"

"신주쿠 산초메."

이동 시간을 계산해 봤다. 지금 바로 나가 역 앞에 자전거를 묶어 놓고 전철을 타면, 약 1시간 정도 얘기하고 마지막 전철을 타고 돌아올 수 있다. 나는 건너편의 쓰지 씨를 힐끔 쳐다보았다.

"알았어요, 갈게요. 가게 이름 문자로 보내 줘요."

알았어, 하는 한마디 후에 전화가 끊겼다.

나는 홍차 잔을 비우고, 쓰지 씨에게 상황을 설명했다. 그는 아쉽다는 듯이, 내일 출장만 아니면 저도 같이 가고 싶은데, 하고 말했다.

"오늘은, 난바 씨 메일을 전해 줘서 고마웠어요. 중요한 단서가 될 것 같아요."

"다행입니다. 저야말로, 계속해서 잘 부탁드릴게요."

쓰지 씨가 머리를 숙이며 말했다.

밤늦게 도심으로 향하는 전철은 텅 비어, 밝은 불빛만 괜히 더 두드러졌다. 양옆에 아무도 없는 자리에 앉아, 가몬 씨에게 문자를 보낸다.

'알았어. 우리 먼저 잘게. 가쇼에게 안부 전해 주고.'

그런 답장이 와서, 나는 짧은 한숨을 쉬면서 얼굴을 들었다. 맞은편 자리에 손거울을 들여다보는 젊은 여자가 앉아 있었다. 열심히 화장을 하고 있다. 그 옆으로 시선을 옮기니 정신없이 자고 있는 회사원. 나까지 잠이 솔솔 쏟아지려는 때, 마침 신주쿠 산초메 역에 도착했다.

계단을 올라가자, 밤거리의 번잡함에 잠깐 현기증이 났다. 플랫 슈즈를 신은 발을 세상으로 내디디는 순간, 자신이 동네에 나가는 차림이라는 것을 깨달았다.

드르륵 문을 열고 포렴을 들췄다. 고풍스러운 선술집이었다. 안쪽에 있는 방에서 가쇼가 얼굴을 쏙 내밀고 한 손을 들었다.

신발을 벗고 방으로 들어간다. 가쇼가 신기한 표정을 하고 이쪽을 보았다.

나도 그의 얼굴을 보고는 깜짝 놀랐다.

"머리 그렇게 긴 거, 오랜만입니다. 대학 시절 후로 처음인 것 같은데."

"그럴지도 모르겠네. 기타노 선생님도 오랜만이네요."

넥타이를 느슨하게 풀고 술병을 손에 들고 있는 기타노 선생에게 인사하자, 그는 웃는 얼굴로, 이렇게 뵈어서 반갑습니다, 하고 말했다.

나는 다시 가쇼에게 시선을 돌렸다.

"가쇼 씨야말로, 그 얼굴 어떻게 된 거예요?"

가쇼는 테이블에 턱을 괸 채 씁쓸하게 웃었다. 그의 왼쪽 눈 아래가 시퍼렇게 멍들어 있었다.

"뭐라고 할지, 치정 싸움?"

"설마, 유카리 씨에게 맞은 거예요?"

순간적으로 고야마 유카리의 얼굴이 떠올랐는데, 가쇼는, 아닙니다, 하고 일축했다.

"유카리 씨와는 탈 없이 헤어졌어요. 형수님에게 누를 끼쳤군요."

역시, 하면서 마음속으로 한숨을 쉬었다. 헤어지자는 말을 먼저 꺼낸 쪽은 보나마나 가쇼가 아니라, 유카리였을 것

238

이다. 가쇼가 먼저 그랬다면, 상처 받은 유카리가 내게 전화라도 걸었을 법하니까.

"당신을 사랑하지만, 옆에서 뒷받침을 해 줄 수 있을 만큼 내가 강하지 못해서 미안해요, 그러더라고요. 뭐, 뒷받침을 해 주는 남자가 있다면, 그리로 가는 편이 행복하겠죠. 나는 그런 약속 할 수 없으니까."

가쇼는 속마음인지 오기인지 모를 말을 했다.

"오호라, 치정 싸움이라니, 그럼 벌써 다른 여자와?"

"어허, 내가 아니라 칸나 씨 때문이라고. 가가와 씨와 아직도 연락을 하고 있는 줄은 몰랐어."

"뭐요?"

"칸나 씨가 가가와 씨에게 편지를 보냈어요. 그걸 보고 역시 칸나를 이해할 수 있는 사람은 나밖에 없다고 확신한 가가와 씨가, 내가 변호인이라는 위치를 이용해서 칸나 씨를 정신적으로 지배하고 있다고 착각해서는 사무소 앞을 지키고 있었던 거죠. 그래서 우연히 마주쳤는데, 아무것도 모르는 채 그냥 적당히 말을 건넸더니, 갑자기. 그래서 이 꼴이 된 겁니다. 내일부터 사람들을 어떻게 만나라는 건지. 이 얼굴로 어떻게 믿어 달란 말을 할 수 있겠어요."

"안됐네요."

하지만 기타노 선생이었다면 이런 꼴은 당하지 않았을 텐데, 하고 생각하면서도 수난을 당한 것은 틀림이 없어서 나는 그렇게 대꾸했다.

"그 대신, 이거 전리품."

가쇼가 가방에서 눈에 익은 봉투를 꺼냈다. 가늘고 매끄러운 글자. 구치소에서 내게 보낸 편지와 필체가 똑같았다.

"그거 혹시, 칸나 씨가 가가와 씨에게 보낸 편지? 설마 가쇼 씨, 협박해서."

"그럴 리가 있습니까. 변호사를 한 방 갈겼는데, 이유가 없을 리 없겠지, 하고 온건하게 말했을 뿐이지. 싸움이 서툰 사람이라, 주먹을 휘두른 걸 나중에 후회합디다. 기가 죽어 있기에, 그 틈에 정중하게 협력을 요청했죠."

"흠, 그렇군요."

나는 봉투에서 편지를 꺼냈다.

요이치 씨에게

오랜만이에요. 잘 지내고 있나요?

요이치 씨는 감기에 잘 걸리니까, 추운 계절에는 특히 걱정이 되네요.

편지, 잘 읽었어요. 주간지에 실린 기사가 오해라는 것은 이해했어요. 하지만, 나는 어느 쪽이든 어쩔 수 없다고 생각해요. 내가 요이치 씨에게 상처를 준 것은 틀림없잖아요.

그래도 요이치 씨가 오해라고 설명해 줘서 정말 기뻤어요.

나는 지금까지 오해를 받아도, 반박해 봐야 변명이라고 여겨질 게 무서웠어요. 두말 않고 받아들이는 수밖에 없다고 생각했습니다.

그래서 처음 알았어요. 오해라고 말해 주는 정열과 용기가 상대에게는 기쁜 일이라는 것을요.

요이치 씨도 나를 크게 오해하고 있는 것이 한 가지 있어요.

지금 와서 말해 봐야 소용없는 일이라고 생각했습니다.

하지만 편지를 받고, 나도 말을 했어야 한다는 걸 깨달았어요. 그게 진정한 성의라는 걸요.

그래서, 용기를 내어 씁니다.

안노 선생님에게, 내가 요이치 씨에게 강압적으로 당했다고 말했다고 들었을 거예요. 하지만 그건 오해입니다.

기사가 실렸을 때, 안노 선생님이 '사귀던 대학 졸업생'이라고만 말했기 때문에, 나는 그만 다른 사람을 떠올렸어요.

그래서 나는,

"사귀었다고는 하지만, 처음에는 억지로 그런 거였으니까."

하고 대답했던 거예요. 요이치 씨가 주간지 인터뷰에 응했을 거라고는 생각지 못했으니까요.

이제 누군지 알겠죠.

요이치 씨가 작년 가을에, 바람을 피웠다고 내게 화를 냈잖아요. 바로 그 다테바야시 선배였어요.

그때 나는 충격이 커서 사실을 말할 수 있는 상태가 아니었고, 다테바야시 선배 집에서 술을 마시고 잠든 내 잘못이라고 생각했기 때문에 정정하지 않았어요.

무엇보다, 그렇게 비참한 일을 아무에게도 알리고 싶지 않았고요.

그게 내가 풀고 싶었던 오해입니다.

안노 선생님을 통하지 않고, 내 입으로 분명하게.

안노 선생님은 좋은 변호사라고 생각하지만, 솔직히 나는 때로 그 사람이 무서워요. 내가 하지도 않은 말을 한 것처럼 여기는 것 같아서요.

하지만 국선 변호인은 바꿀 수가 없고, 그런 말을 해서 화를 돋우면 재판에서 불리해지니까, 말할 수 없습니다.

그러니까 나와 요이치 씨만의 비밀로 해 주세요.

마지막까지 읽어 줘서 고맙습니다.

몸조심하세요. 일 때문에 마시더라도 과음하지는 말아요.

언젠가 직접 얘기할 수 있는 거리에서 만나고 싶네요.

히지리야마 칸나

가쇼가 은행 껍데기를 접시에 까 놓고 물었다.

"어떻게 해석하면 좋겠습니까?"

"이 편지에 대해서, 칸나 씨에게는?"

"말했죠. 온건하게, 친절하게. 불만이 있으면 나도 성의껏

대처할 테니 무슨 말이든 하라는 말도."

"그랬더니, 뭐라고 하던가요?"

그는 나를 쓱 외면하고는, 그 얘기는 상관없으니까, 하고 말을 흐렸다. 어쩌 말하고 싶지 않은 소리를 들은 모양이다.

"음. 언뜻 보기에는 논리적이랄까, 앞뒤가 맞지만. 아닌 게 아니라 가가와 씨에 대해서는 내게도 말을 분명하게 하지 않았어요. 다만, 이 편지도 가가와 씨에게 용서를 받고 싶어 쓰지 않았나 싶은 느낌이 드는데."

또다시 육체관계를 강요했다고 주장한 점이 마음에 걸린다. 본인은, 누구에게도 알리고 싶지 않았다고 하지만, 내게는 오히려 그녀가 필요 이상 강요당했다고 강조하고 싶어 하는 듯이 느껴졌다.

칸나는 가가와 요이치 때나 다테바야시라는 대학 졸업생 때나, 거의 자신의 의지와는 무관하게 육체관계를 가졌을 것이다.

다만, '알리고 싶지 않았다'고 할 만큼의 상대 이름을 착각하고 변호사에게 전했는데, 그 후에 정정하지 않았다는 점은 아무래도 좀 부자연스럽다.

"그 졸업생을, 유키 씨가 일단 만나 보렵니까?"

"아…… 그쪽은 됐어요. 그보다 찾고 싶은 사람이 생겼어요."

243

둘이 동시에 이쪽을 보았다. 나는 미술학교에서 오늘에 이르는 흐름을 설명했다.

"데생 교실이 그런 상황이었나요? 야, 그거, 가벼운 학대 아닙니까."

기타노 선생이 눈썹을 찡그렸다. 나는 고개를 끄덕이고, 같은 생각이에요, 하고 말했다.

"유키 씨, 그 옛 남친이라는 사람, 당시의 칸나 상황을 그대로 들었을 가능성이 높은 거죠?"

"아마, 그럴 거예요."

가쇼가 입가에 손을 대고, 그래서 어쩔 생각이죠, 하고 물었다.

"어떻게든 찾아내서 얘기를 들어 봐야죠. 다만, 우선은 칸나 씨에게 먼저 말한 후에. 그러니까 가쇼 씨는 이 건에 대해서는 그녀에게 아무 말 하지 않았으면 해요. 우리가 사전에 정보를 공유했다는 걸 알면, 기분이 좋지는 않겠죠. 이유는 모르지만, 지금 그녀는 가쇼 씨를 약간 삐딱하게 여기는 것 같으니까."

가쇼는 눈 아래에 손가락을 대고, 알겠습니다, 하고 말했다.

"그 대신, 최대한 서둘러 줬으면 좋겠는데. 정말 시간이 별로 없어요. 아직까지 이런 조사를 하는 것도, 진짜 예외니까."

알았어요, 하고 나는 대답했다.

"그리고, 칸나 씨 살의에 대해서 말인데."

그 말에 두 사람이 동시에 동작을 멈췄다.

"가령 만약, 칸나 씨 자신이 살의를 부정하면 어떻게 되는 거죠?"

가령 만약, 하면서 가쇼가 입을 열었다.

"죽일 마음은 없었다고 쳐도, 지금부터 재판에서 주장을 바꾸면 이쪽이 아주 불리해지는데."

"기타노 선생님도 같은 의견인가요?"

기타노 선생 쪽을 보자, 그는 다소 불그스름한 얼굴로, 그렇죠, 하며 고개를 끄덕였다.

"최초 진술과 백팔십 도 다른 주장을 하면, 오히려 형량이 늘어날 가능성이 있습니다. 그러나 피고인이 그렇게 주장한다면, 살의는 없었다는 방향으로 싸워야겠죠."

나는, 하지만 불리해진다는 거죠? 하고 거듭 물었다.

"우리는 경기를 하고 있는 게 아닙니다. 물론 피고인에게 유리한 판결이 내리도록 최대한 열심히 하죠. 그러나 무엇보다 진실을 밝히는 것이 우리 일이니까. 그런 전제하에, 피고인과 피해자와 유족의 타협점을 찾아서, 최대한 납득할수 있는 결론을 이끌어 낼 수 있다면 좋은 거죠."

"반대로 질문하겠는데, 유키는 왜 지금 그런 말을 하는 거지? 무슨 근거라도 있는 거야?"

가쇼가 끼어들었다.

"근거라고 할 수 있을지 모르지만, 아무래도 마음에 걸려서 그래. 가쇼도 처음부터 줄곧, 무슨 이유가 있을 거라고 했잖아."

"그건 동기를 얘기한 거지, 살의 자체에 대한 언급이 아니었다고. 만에 하나, 지금 뒤집으면, 검사 측도 발끈할 텐데, 가장 괴로운 건 칸나 씨 본인이라고. 그런데 유키는 그걸."

"아니까, 지금 이렇게 가쇼에게 의논하는 거잖아."

기타노 선생이, 양쪽 의견 모두 일리가 있으니까, 하고 중재하고서야, 이목을 꺼리지 않고 서로를 유키, 가쇼라고 불렀다는 것을 깨달았다.

"죄송해요."

나는 사과했다. 가쇼도, 미안, 하면서 한 손을 들었다.

나는 천천히 숨을 고르고, 내일 일하는 중에 시간을 내서 칸나를 찾아가 보겠다고 말했다.

"나는 역시, 칸나 씨가 아직 하고 싶은 말이 있지 않나 싶어요. 다만, 그녀의 행복이 우선이라는 생각은 나도 같으니까, 집필에 필요한 사항이 아니면 묻지 않을게요. 그 점은 믿어 줘요. 재판에 대해서도, 잘 알겠어요."

그렇게 전하고 자리에서 일어나는 동안, 가쇼는 잠자코 고개만 한 번 끄덕이고는 그 가슴속을 다시는 드러내지 않았다.

246

면회실에 들어가면서, 앞으로 몇 번이나 여기 오게 될까, 하고 생각했다. 칸나를 만날 수 있는 시간도 얼마 남지 않았을지 모른다. 갑자기 그 사실이 생생하게 느껴졌다.

여전히 자그마한 몸에, 나는 말을 건넨다.

"가쇼 씨와, 무슨 일 있었어?"

칸나는 천천히 얼굴을 들었다.

"제가, 무례한 말을 했어요. 미안합니다."

"내게 사과하지 않아도 돼. 그런데, 왜 그랬는데?"

그녀는 귀 뒤로 자꾸 머리를 넘기면서, 전 역시 남자가 싫어요, 하고 중얼거렸다.

"얘기하다 보면, 믿어도 좋을지 애매해지고, 무서워서."

고개 숙인 칸나에게, 믿지 못할 일이 있었던 거야? 하고 나는 물었다.

그녀가 다시 이쪽을 쳐다보았다. 엷은 분홍색 앙상블. 유난히 귀엽다는 느낌에 누가 넣어 준 것일까 하고 의문을 품었다. 교코? 가쇼? 아니면.

"남자 정신장애자."

잠시, 무슨 말을 한 건지 알지 못했다.

"그렇죠, 안노 선생님."

칸나는 똑같은 표정으로 말했다.

"그런 말, 함부로 하면 안 되지."

"왜요? 여자만, 그런 말을 듣는 건 불공평하잖아요. 남자도 마음을 앓는 사람이 많은데."

"가쇼 씨의 어떤 부분이 그렇게 보였어?"

물으면서, 가쇼가 입을 다문 이유를 이해했다. 그 옛날의 가쇼였다면 손을 쓸 수 없을 만큼 불같이 화를 냈을 것이다. 피차 나이를 먹었다는 것을 실감했다.

"커프스 버튼."

그 말에 나는 의식을 칸나에게 되돌렸다.

"그 사람, 언제나 다른 커프스 버튼을 하고 와요. 취향도 가지가지. 딱 한 번, 남자가 선물했겠다 싶은 검은 돌이 박힌 걸 해서, 물어봤더니, 사법 고시에 합격했을 때 자기 손으로 샀다고 하더라고요. 그 말은 패셔너블하거나 귀여운 다른 커프스 버튼은 여자가 선물한 거라는 뜻이겠구나 하고. 게다가 여러 개. 그런 걸 매일 바꿔 가면서 하고 다니고, 아무도 좋아하지 않으면서, 사랑 받는다는 증거만 무슨 수집품처럼 하고 다니고. 그런 거 애정 결핍이고, 마음이 병든 사람이 보이는 행동이잖아요."

칸나의 눈이, 심하게 상처 입은 사람의 눈이었다. 근친 증오인가, 아니면 질투인가. 자신도 그의 놀이 상대의 한 명이라고 착각하고 있는지도 모른다.

그래서 실망과 분노가 뒤죽박죽이 된 칸나는 가가와 요이치에게 편지를 보냈다.

그에게는 아직 자신이 특별한 존재라는 걸 확인하기 위

해서.

"칸나 씨, 누가 마음이 병들었다고 한 적 있어?"

"없지만, 그래도, 그렇다고 생각해요."

칸나는 성의 없이 대답하고는, 시답잖다는 듯이 자기 손톱을 보았다.

"커프스 버튼은 모르겠지만, 적어도 가쇼 씨는 칸나 씨를 돕고 싶은 진심에서 사건을 다루고 있어. 그러니까 그렇게 의심하지 않아도 될 것 같은데."

"그래도 안노 선생님은, 마카베 선생님을 저랑 같은 부류라고 했어요. 농담이든 진담이든, 그런 말을 하는 사람을 믿는 게 좋다고, 정말 그렇게 생각하나요?"

나는 칸나를 똑바로 쳐다보았다.

그녀는 겁에 질린 듯 입을 꾹 다물었다.

순간적으로 호흡을 가다듬는다. 같은 부류. 가쇼가 입에 담을 만한 말이다. 자칫 잘못 반응하면 칸나에게 상처를 줄 수도 있다. 그러나 받아들이면 그녀 쪽에서 내 약점을 파고들 수도 있다. 게다가 면회 중에 정말 그런 말을 했을까. 알고 있지만 판단이 흐려진다. 왜 갑자기 나와 가쇼에게 공격적인 말을 하게 되었을까.

퍼뜩 짚이는 게 있어, 물어보았다.

"혹시 어머니에게 연락이 왔었니?"

칸나가 약간 긴장하는 기색을 보였다.

"왔는데, 그냥 저를 걱정하는 편지였어요."

"만나러 온 건, 아니고?"

"아니요. 엄마는 아직 요양 중이라서. 저, 때문에."

"어머니 건강이 나빠진 원인은 사건일지 몰라도, 그 사건
의 계기는 집 안에 있었지······?"

칸나는 고개를 옆으로 획획 흔들었다.

"아니, 에요. 결국은, 제가 약했을 뿐이에요. 제가 이상했
고, 거짓말만 해서. 구치소에 와서, 계속 생각하다 보니까,
그런 걸 저 스스로 조금씩 객관적으로 이해하게 되었는데,
엄마나 아빠 탓을 하면, 비겁하고, 또 원점으로 돌아가게
되니까, 조금씩, 제가 저지른 일들을 직시하고, 어른으로서
책임을 져야 하니까."

옳은 말을 하는 것처럼 들리지만, 실제로는 속마음을 스
스로 은폐하려는 것처럼 느껴졌다. 추측에 불과하지만, 어
머니 편지에는 나와 가쇼를 나쁜 사람으로 모는 내용이 적
혀 있었을 것이다.

피로감을 느끼면서 마음속으로 외친다. 나는 전문가야.
이렇게 멋대로 말하게 놔두지 않겠어.

"칸나 씨."

나는 그녀의 사고를 잘라 내듯 화제를 바꿨다.

"내가 몇 가지 질문을 할게. 칸나 씨의 그 팔에 있는 흉
터, 어머니에게 자해를 했다는 말을 한 적은?"

칸나의 안색이 변했다. 떨쳐 내는 듯한 말투로 부정한다.

"아니요."

"왜?"

"왜고 뭐고. 무슨 말인지 모르겠어요."

"그럼 다르게 질문할게. 데생 교실에 다녔던 이가라시라는 사람에게 옛 남친 얘기를 했다고 하던데, 옛 남친이 누구야? 이름, 아직 기억해?"

이번에는 과연 놀란 듯했다. 나는 시간을 힐끔 확인했다. 앞으로 7분.

"그건, 열두 살 때 사귀었던 사람인데."

"꽤 빨랐네. 상대는 같은 학년 학생이었어?"

"아니에요. 대학생, 이었어요. 다쳐서…… 제가 길에서 다쳤는데, 도와줬어요."

"길?"

나는 차분하게 되물었다. 칸나의 표정이 누그러졌다.

"네. 도와줘서, 몇 번 아파트에 놀러 갔는데, 엄청, 재미있었어요. 제가 미스터도넛을 좋아한다고 하니까, 도넛을 여섯 종류나 사다 주기도 하고, 시간이 늦어지면 위험하다고 역까지 꼭 데려다줬어요. 누가 그렇게 친절하게 대해 준 적이 없어서. 연애하면서 가장 좋은 추억이에요, 저의."

"얼마나 사귀었는데?"

칸나의 표정이 약간 흐려졌다. 나는 안색을 살피면서 대답을 기다렸다.

"석 달 정도, 예요. 제가 아직 어린애여서, 주위의 이목도 있고. 어쩔 수 없었어요. 그대로 계속 사귀면 유지 오빠가 경찰에 잡힐지도 모르니까."

유지 오빠, 하고 나는 마음속으로 따라 했다.

"유지 오빠?"

칸나는, 편지 쓸게요, 하고 말을 끊었다.

"마지막으로 한 가지만 더 질문할게. 부탁이야."

"오늘은 질문이 많네요."

그녀가 조그만 소리로 중얼거렸다. 나는 힘차게, 응, 하며 고개를 끄덕인 다음 질문을 던졌다.

"칸나 씨, 정말 아버지를 살해할 생각이었어?"

몇 초, 몇 십 초, 침묵은 따분함의 신호였다.

나는 교도관이 재촉해서 일어난 칸나를 계속 관찰했다.

스케치북 속의 소녀와 현실의 그녀가 다시 겹쳐진다. 현실에서 도피할 때의 눈동자.

나는 확신했다. 저 아이는 아직 사실을 말하지 않았다.

칸나에게서 편지가 오려면 시간이 걸릴 거라고 생각했는데, 의외로 사흘 후 저녁때 직장으로 배달되었다.

마카베 선생님

지난번에는 도중에 입을 다물어서 죄송합니다.

유지 오빠 얘기를 쓸게요. 저의 첫사랑이었고, 첫 연인입니다.

열두 살 때 봄방학에 엄마가 하와이에 가서, 아빠와 단둘이 집에 있었어요.

아빠가 지인의 홈 파티에 가서, 늦게 돌아온 밤이었습니다.

동네 아파트에서 어떤 여자가 수상한 사람에게 습격을 당한 일이 있어서, 온 동네에 문단속을 철저히 하라는 소식지가 뿌려졌습니다.

그런데도 문을 잠글 수 없어 새벽녘까지 아빠를 기다렸는데, 좀처럼 들어오지 않았어요. 문을 잠그고 잠시 눈을 붙이려고 자명종을 한 시간 후로 세팅하고 누웠습니다.

그런데 눈을 떠 보니 대낮이었어요. 집 안을 돌아보았지만, 아빠의 모습은 없었습니다. 자명종이 꺼져 있는 걸 보고 겁에 떨고 있는데, 아빠가 들어왔어요.

아빠가 엄청나게 화를 냈어요. 내 말은 듣지도 않은 채 일방적으로 혼을 내고, 내 집인데 쫓겨나다니 말이 되는 일이냐고 고함을 지르고, 약속을 지키지 않았으니 네가 나가라고 호통을 쳤습니다.

참을 수 없었던 저는 지갑만 들고 집을 뛰쳐나왔어요.

그대로 전철을 타고 친가 쪽 할머니 집으로 향했습니다. 아라 강 근처의 공장 지대 어귀에 있는, 커다란 단독주택입니다.

그런데 할머니 할아버지가 입을 모아, 네 아빠는 예술가라서 좀 별난 거다, 아빠를 집에서 쫓아낸 것은 사실이니 돌아가서 사과해라, 고 하더군요.

그리고 욕실 청소를 하고 구두를 닦으라고 했습니다.

나는 파란 타일과 검은 가죽 구두를 반짝거리게 닦아놓고, 저녁을 먹고 가라는 걸 거절하고 할머니 집에서 나왔어요.

바람이 몰아치는 강가를 하염없이 걸었습니다. 하늘에는 두꺼운 구름이 잔뜩 끼어 있고, 그러다 눈이 올 계절이 아닌데 눈이 오기 시작했어요. 너무 추워서 오그라든 팔다리만 살아 있다는 증거였습니다.

어디로 가면 좋을지 모르는데다, 돈도 별로 없어서, 그냥 눈과 함께 사라지고 싶은 심정이었습니다.

잘 보이지 않는 제방을 오르려다, 굴러서 무릎이 까졌습니다.

피를 보니까 왠지 슬퍼서 도로 한쪽에 쪼그리고 앉아 울고 있는데, 언제 왔는지 눈앞에 구급상자를 든 편의점 점원이 서 있었어요. 검은 머리는 부스스하고, 수수하지만 친절해 보이는 남자였습니다.

점원은 울고 있는 제 발치로 몸을 굽히고, 무릎을 처치하기 시작했어요.

나는 몽롱한 정신으로, 점원이 반창고를 붙이는 걸 보고 있었어요. 아마 나는 그때 벌써 그를 좋아하게 되었다고 생각합니다.

점원이 구급상자를 한 손에 들고 일어나, 조심스럽게 물었어요.

"집에 못 가겠어?"

가슴에 고이즈미라는 명찰이 달려 있었어요.

그 사람이 유지 오빠입니다.

저는 고개를 끄덕였습니다.

"삼십 분 기다릴 수 있겠니?"

저는 또 고개를 끄덕였어요.

유지 오빠가 유니폼 주머니에서 지갑을 꺼내, 제게 천 엔짜리를 건네면서 근처에 있는 패밀리 레스토랑에 가서 기다리라고 했습니다.

그 밤의 일은 꿈이었는지 현실이었는지, 지금은 저도 잘 모르겠어요.

좁지만 깔끔하게 정리된 방에서, 달달한 커피를 마셨던 일. 책꽂이에 만화가 많이 꽂혀 있어서 그걸 읽었던 일. 게임을 하면서 즐겁게 웃었던 일. 이불이 하나밖에 없다고 해서 같이 자게 된 일. 오빠가, 꼭 안고 싶다고 해서, 사귀면 괜찮다고 대답했던 일.

눈은 그치고, 고요한 밤이었어요.

유지 오빠의 손바닥이 컸던 기억이 납니다.

편지를 길게 써서 좀 피곤하네요. 오늘은 여기까지 쓰겠습니다.

히지리야마 칸나 드림

편지를 다 읽은 나는 바로 노트북을 켜고, 고이즈미 유지라는 이름을 검색했다.

하지만 동명의 남자가 너무 많은 데다, 죽 훑어만 봐서는 칸나의 편지에 있는 아라 강 근처에 사는 사람을 찾을 수 없었다.

나는 손가락으로 미간을 살짝 눌렀다. 10년 가까이 지났으니, 벌써 이사를 갔어도 이상할 게 없다. 아직 도내에 있다면 그나마 괜찮은데. 그러나 난바 씨처럼 아예 다른 현으로 이사를 갔다면. 과연 찾아낼 수 있을까, 하고 생각하는 데서 막히고 말았다.

고민 끝에, 가쇼에게 연락했다.

"사람을 찾아. 우선 그 편의점에 연락해 볼까. 그때 바로 그만두었다면, 추적하기가 힘들겠지만."

나는 노트북 화면을 스크롤하면서, 부탁할게, 하고 말했다.

"이름이라도 좀 색다르면, 좋았을 텐데."

"그러게. 하지만, 아무리 서로가 좋아했어도 그렇지, 열두 살 난 어린애를 사귀다니, 이거 경범죄잖아. 만나게 되더라도, 얘기를 해 줄지는."

"아아, 그건, 다른 건이 잘 풀렸어. 그 데생 교실에 참가했던 미대생이 증거물로 유화를 제출하게 되었어."

"뭐, 정말?"

나는 놀라서 되물었다.

"혹시나 해서 접촉해 봤는데, 오히려 꿈자리가 사나울 것 같다면서 가져가라고 하더군."

"뭐야. 그럼 처음부터 가쇼에게 부탁할걸 그랬네."

내가 피식거리자, 그쪽에서 거기까지 조사해 준 덕분이지, 하고 가쇼가 웬일로 친절함을 보여, 며칠 전에 티격태격했던 일을 사과하려는 참에, 그가 먼저 말했다.

"그래도, 십 년 전 연인이 증인이나 증거로 채택될 가능성은 높지 않아."

"그런 거야?"

나는 그렇게 되물었다.

"아마 사건과의 관련성은 없다고 간주되겠지. 그래도 사실을 알 수 있다면 찾아볼 가치는 있을 거야."

고마워, 하고 말하고 전화를 끊었다.

나는 천천히 실내를 돌아보았다. 처음 이곳을 찾았을 때와 변함없는 진찰실 풍경. 무성하게 자란 관엽식물 이파리, 가습기에서 뿜어내는 수증기. 수족관 속에서 지느러미를 살랑거리는 열대어들.

나는 일어나 책장 앞으로 가서 책 한 권을 꺼냈다. 고등학생 때 처음 읽었던 원장의 저서.

그 속에서 처음 '서바이버'라는 말과 조우했다.

소녀 시절부터 별다른 이유 없이 지하 수로를 헤매는 듯한 감각을 느꼈던 나는 왠지 그 단어에 무척 끌렸다. 그 이유를 안 것은 훨씬 시간이 흐른 후였다.

이름을 지어 주는 것은 존재를 인정한다는 것. 존재를 인정받는다는 것.

원장의 저서에서 그 말과 만나고서야, 자신이 존재한다는 것을 인정받은 듯한 기분이 들었다.

그러니 이번에는 우리가 칸나의 마음속에 있는 어둠에 이름을 지어 주어야 한다. 거슬러 올라가 원인을 찾아내는 것은 책임 전가도 아니거니와 도피도 아니다. 지금을 바꾸려면 단계와 정리가 필요하다. 보이지 않는 것에 뚜껑을 덮은 채 앞으로 나아가는 척 처신해 봐야, 등에 들러붙은 것의 지배가 계속될 뿐이다.

왜냐하면 '지금'은 지금 속은 물론이고, 과거 안에도 있기 때문이다.

고이즈미 유지를 찾아낼 수 있기를, 하고 바랐다. 칸나가 유일하게 마음을 열었다는 상대이니만큼 분명히 뭔가를 알고 있을 것이다.

일주일이 채 지나지 않아 가쇼에게 전화가 걸려 왔다.

"고이즈미 유지 말이야, 찾았어."

"정말?"

나는 퇴근길에 역의 계단을 오르는 중이었다.

"일했던 편의점에 문의했더니, 운 좋게 야근 경력 십오 년의 고참 아르바이트생이 있더라고. 고이즈미 그 사람, 지금은 와코 시에 있는 게임 센터에서 점장으로 일하는 모양이야. 이제, 어떻게 할 거야? 본인에게는 아직 연락하지 않았으니까, 그쪽에 넘길까?"

나는 부탁해, 하면서 고개를 끄덕였다.

"알았어. 그럼 맡길게."

가쇼의 전화를 끊고 난 다음, 바로 쓰지 씨에게 연락했다.

다음 날, 쓰지 씨는 전화 속에서 우는소리를 했다.

"본인에게 곧바로 연락을 했는데, 옛날 일이고 지금은 가정도 있는 몸이라 취재에 응할 수 없다고…… 합니다. 다시 한번 부탁은 해 보겠지만, 힘들 것 같아서."

나는 잠시 생각했다.

"알겠어요. 그럼 칸나 씨 편지를 복사해서 쓰지 씨에게 건넬 테니까, 그걸 고이즈미 씨에게 보내세요. 이쪽이 거기까지 파악하고 있다는 걸 알면, 이름을 밝히지 않는다는 조건으로 취재에 응하는 편이 좋겠다고 본인 스스로 생각할지도 모르니까."

"알겠습니다. 그러죠."

전화를 끊은 후에, 왠지 자신이 지금 하고 있는 방식이 가쇼를 닮아 가고 있는 듯한 기분이 들었다.

칸나의 편지를 읽은 고이즈미 유지의 반응은 예상했던 대로였다. 절대 이름은 밝힐 수 없다는 본인의 희망을 최대한 존중한다는 약속을 하고, 만날 날을 정했다.

"와코 시로 찾아가겠다고 했는데, 그쪽에서 오겠다고 하더군요. 가게도 좀 그렇다고 해서, 결국 당시 살았던 아파트 근처에 있는 구민회관 회의실을 한 시간가량 빌리기로 했습니다."

나는 쓰지 씨에게 고맙다고 말했다.

칸나에게 편지로 그 사실을 전하자, 바로 답장이 왔다. 유지 오빠에게 면회를 와 줬으면 한다고 전해 달라는 내용이 적혀 있었다.

그날은 아침부터 비가 내렸지만, 차 안에서 큰 강이 보였을 때는 그쳤다. 구름 사이로 희미하게 햇살이 비쳤다.

구민회관은 역에서 조금 떨어진 주택가 안의 숲속에 있

었다.

안에 들어가 절차를 밟고 회의실 문을 열었다. 커다란 테이블과 철제 의자가 죽 놓여 있었다.

문이 열려, 돌아보았다.

강한 경계심을 보이는 남자에게 살며시 다가가, 고이즈미 유지 씨 되시죠, 하고 물었다.

"처음 뵙겠어요. 히지리야마 칸나 씨의 책을 집필하고 있는, 임상 심리사 마카베 유키라고 합니다."

그는 그 자리에 선 채, 안녕하세요, 하고 조그만 소리로 말했다.

스프레이를 뿌려 굳힌 머리가 먹처럼 까맣다. 쌍꺼풀진 눈에 동그란 얼굴. 검은 가죽 점퍼를 입은 모습이, 다소 촌스럽다. 아담한 체격이라기보다 살집이 약간 있고, 잘생긴 것은 아니지만 젊은 여자들 눈에는 귀엽게 보일 수도 있는 얼굴이다. 칸나가 처음 만났는데, 마음을 허락한 심정도 이해가 갔다.

"갑자기 부탁을 드렸는데, 이렇게 시간을 내주셔서 감사드립니다. 정말 감사합니다."

그는 여전히 기어 들어가는 조그만 소리로, 아닙니다, 저야말로, 하고 말했다.

그리고 겁먹은 표정으로 물었다.

"이거, 정말 취재만 하는 거죠? 나를 고소하거나 협박하려는 거 아니죠?"

나는 신중하게 대답했다.

"칸나 씨는 고소할 마음이 없어요. 얘기하고 싶지 않은 일은 얘기하지 않으셔도 됩니다."

"그럼 빨리 얘기하고 끝내죠."

그는 불안한 기색으로 서둘러 본론에 들어가려 했다.

나는 잠시 틈을 두고서, 그리고, 하고 덧붙였다.

"걱정되시는 일이 있으면, 먼저 말씀하셔도 됩니다. 혹시 절대로 써서는 안 되는 내용이 있거나 하면."

"솔직히…… 전부 다 쓰지 않았으면 좋겠습니다. 그 옛날 일을, 지금 와서."

좀 봐주십시오, 하고 그가 꺼져 들어가는 목소리로 중얼거렸다.

"결혼해서 아내도 있습니다. 가령 그쪽에서 고소를 하지 않더라도, 인터넷에서 개인정보가 퍼져 나가 밝혀지지 않으란 법도 없지 않습니까."

"그 점은 충분히 배려하겠습니다. 장소와 상황을 특정할 수 없도록 할게요. 우리도 칸나 씨의 편지를 보고야 고이즈미 씨의 존재를 처음 알았을 정도입니다. 그녀의 부모님도 파악하지 못한 일일 거예요. 그러니까 고이즈미 씨는, 그녀의 세계에는 없었던 사람입니다."

"깨끗이 잊어도 상관없습니다. 나 같은 사람 기억에서 싹

지워 버려도.”

나는 표정을 약간 풀고서, 물었다.

“칸나 씨를 좋아했나요?”

그는 떨리는 목소리로, 그런 건, 하고 말했다.

“뭐라고 대답해야 할지.”

“하지만, 연인 사이였죠?”

그는 참지 못하겠다는 듯이 그게 참, 하고 말을 막았다.

“나이만 봐도 그냥 안 되는 거잖아요? 연애였든 연애가 아니었든. 연락 받고 나서 나 나름으로 조사해 봤습니다.”

쓰지 씨가 눈치를 살피듯 나를 보았다.

“법적인 문제는 차치하고, 저는 임상 심리사로서, 칸나 씨의 내면에 무슨 일이 있었는지를 알기 위해 이렇게 여쭈러 온 거예요. 고이즈미 씨가 칸나 씨와 처음 만난, 그 눈 내리던 밤에 무슨 일이 있었는지. 그걸 알면 조금이라도 칸나 씨의 회복에 도움이 될까 하고요. 여기 앉으세요.”

“회복이라니, 칸나 상태가 그렇게 안 좋은가요?”

그는 거기까지는 생각지 못했다는 듯이 되물었다. 10년이라는 세월이 흘렀는데도, 그 이름을 그렇게 자연스럽게 부르는 점이 애처로웠다.

일단은 마주 보고 앉는다. 쓰지 씨가 사 온 차를 종이컵에 따랐다.

“정신 상태는 그다지 좋지 않습니다. 그래도 여러 상황을 고려하면, 안정적인 편이라고 생각해요. 다만 그녀의 기억에 몇 군데 구멍이 있습니다. 그걸 메우기 위해서 왔어요. 고이즈미 씨에 대해서는, 첫사랑이고 첫 연인이라고 들었습니다."

그는 난처한 듯이 말했다.

"그렇게 말하던가요?"

그리고 조그맣게 중얼거렸다. 참, 옛날 일이군.

"칸나 씨를 기억하고 있었나요?"

나는 최대한 부드럽게 물었다.

"잊을 수가 있나요."

"그녀를 처음 만난 밤부터 헤어질 때까지의 일을, 얘기해주실 수 있을까요?"

"십 년이나 지난 일이다 보니, 나도 기억이 희미하지만. 애당초, 그날 눈이."

나는 눈이, 하면서 약간 고개를 기울였다.

"그날, 눈이 오지 않았더라면, 그런 일이 아예 생기지 않았을지도 모르……."

문이 열리고 편의점에서 손님이 나갔을 때, 길가에 쪼그리고 있는 여자애가 보였습니다.

가게 안도 추운 밤인데, 게다가 어디를 다친 것 같았어요. 그래서 다른 아르바이트생과 의논해서, 내가 편의점 유니폼 위에 다운재킷을 걸치고, 구급상자를 들고 밖으로 나갔습니다.

말을 걸었다가, 깜짝 놀랐어요.

연예인처럼 얼굴이 귀엽게 생겨서.

무릎에서 피가 철철 흘러서, 길가에 앉혀 놓고 별생각 없이 처치를 했습니다. 말을 걸어 봤더니, 존댓말도 하고 머리도 좋아 보여서, 중학생인 줄 알았어요.

아빠가 쫓아내서 집에 갈 수 없다고 하면서 벌벌 떨기에, 일단은 돈을 건네고 패밀리 레스토랑으로 가게 한 다음에 편의점으로 돌아왔습니다.

혹시나 자살을 하면 어쩌나 걱정돼서, 일찍 계산기를 정리하고 야근하는 아르바이트생과 교대했어요.

패밀리 레스토랑에서 같이 밥을 먹고 조금씩 얘기를 나누게 되었을 때는, 그녀 안색도 조금 좋아졌습니다.

농담이었지만 연예인 기획사에 소속돼 있느냐고 물었더니, 그렇지는 않지만 그림 모델은 하고 있다고 해서. 그렇다면 어른이 하는 말도 이해할 테고, 스스로 판단도 할 수 있을 테니까, 어떻게 하고 싶으냐고 물었습니다. 그랬더니 우리 집에 같이 데리고 가 달라고 해서.

그렇게 귀여운 아이를 밤거리에 그냥 내버려 둘 수도 없고, 깊이 생각하지 않고 그냥 사람을 돕는다는 생각으로 아파트에 데리고 왔습니다.

게임을 하면서 과자를 먹을 때 처음 나이를 알고 깜짝 놀랐지만, 나는 술을 마시고 좀 취했던 터라 오토바이에 태워 데려다줄 수도 없고, 무슨 일 있으면 본인에게 연락을 하라고 하면 되지 싶은 생각에.

잘 때가 되었는데 이부자리가 한 채밖에 없다는 걸 알았습니다. 난방을 해도 바닥은 차갑지, 남자애라도 되면 그냥 내버려 둘 텐데.

같이 자도 되냐고 물으니까, 괜찮다고 아무렇지도 않게 명랑하게 말해서.

이불 속에서도 처음에는 거의 장난이었어요. 발이 차갑다고 해서 다리에 끼고 비벼 주고. 거의 장난이었는데, 서로 껴안고 하다 보니까 점점 도가 지나쳐서, 그만 옷 속까지 손이 들어가고 말았어요.

하지만 그때 나를 보는 눈빛이, 유혹하는 것처럼 보였어요.

그리고 날이 밝을 때까지 서로 만지다 말다가를 계속했습니다.

그러는 동안, 저항하거나 도망치려는 기색이 전혀 없어서, 나도 이래서는 안 된다는 감각이 점차 마비되는 바람에, 성욕도 참을 수 없는 지경이었고.

그래도 끝까지 가는 건 못할 짓인 것 같아 내가, 아침 되면 집에 가라고 했더니, 칸나 쪽에서 갑자기 이런 말을 했습니다.

"모르는 거, 아닌데."

깜짝 놀랐지만, 요즘 아이들은 엄청 조숙하다는 말을 들은 적이 있어서, 그런가 보다 하고. 하지만 끝까지는 안 갔습니다. 정말이에요.

그랬더니 그녀가, 지금까지 한 건 다 뭐냐고 따지고 들었습니다. 나도 어떻게 하면 좋을지 몰라서, 오히려 물었어요. 어떻게 하면 좋겠느냐고요.

"사귀면, 괜찮아요."

칸나가 그렇게 대답해서, 죄책감도 있던 터라, 좋다고 했습니다.

그리고 몇 달간, 아빠와 싸웠을 때면 우리 아파트가 피난 장소가 되었어요. 언제나 방에서 게임을 하고, 그다음은…… 적당히.

솔직히, 사고를 정지시켰다고 할지, 만에 하나라도 일이 커지면 위험하니까 생각을 안 하려고 했습니다.

그러다 어느 날 아침에 쓰레기를 버리러 나갔다가 아파트 주인과 마주쳤는데, 늘 놀러 오는 아이가 여동생이냐고 캐물어서.

대충 얼버무렸지만, 역시 이대로 관계를 계속하는 건 안 되겠다 싶어, 초조함을 느꼈습니다.

그래서 그다음에 칸나를 만났을 때, 헤어지고 싶다고 했어요.

울고불고 매달리면서 이런 말까지 하더군요.

"유지 오빠랑 헤어지면, 평생 아무도 믿지 않을 거야."

아무리 그래도 설마 평생은 아니겠지, 나를 대신할 사람
은 얼마든지 있을 거다, 그리고 무엇보다 헤어지지 않으면
내가 경찰에 붙잡혀 간다고 했더니, 겨우 이해해 줬습니다.

해 질 무렵에, 둘이 강가를 걸어서 역까지 바래다주었습
니다.

몇 번 돌아보기에, 내가 손을 흔들었더니, 포기하고 개찰
구 안으로 사라졌어요. 그게 마지막입니다.

그 후로 반년 정도는, 그녀 부모가 고소라도 하는 게 아
닐까 하고 제정신이 아니었습니다. 밤에 잠도 잘 못 잤어요.

하지만 결국, 그게 끝이었습니다.

평소에 뉴스를 잘 안 보기 때문에, 사건에 대해서는 조
금밖에 몰랐습니다.

솔직히, 그녀 이름을 보는 순간에 설마 했어요. 그다음에
는 가능한 한 뉴스를 안 보려고 했습니다.

10년이 지나, 이런 식으로 얘기하게 될 줄은 정말 몰랐습
니다.

얘기가 끝나자, 그는 숨을 몰아쉬었다.

나는 비난하는 말투가 나오지 않도록 주의하면서, 그에

268

게 질문을 시작했다.

"고이즈미 씨는 원래 또래 여자보다, 나이 어린 여자에게 관심이 있었나요?"

"……그 무렵에는 솔직히, 또래 여자들이 좀 무서웠습니다. 내가 고등학교 다닐 때, 같은 반 여자애들에게 이유 없이 놀림을 당하기도 하고, 성형 돼지라는 말도 듣고, 바보 취급을 당한 터라. 게다가 초등학생이나 중학생쯤 된 아이돌이 텔레비전에 나와서 아무렇지 않게 노출하는 포즈를 취하기도 하니까, 정말 어른스럽게 보이잖아요. 칸나도 그런 느낌이어서, 그녀 나이가 실감이 없었어요."

"고이즈미 씨는 칸나 눈빛이 유혹하는 것 같았다고 했어요. 그러나 그런 눈빛으로 먼저 그녀를 본 사람은, 그쪽일 가능성이 없는지요?"

그는 애매하게 얼버무리고 싶은 기색을 보이고는, 자기변호를 했다.

"하지만, 억지로 강요하지는 않았습니다. 그건 정말."

"칸나 씨가, 모르는 거 아닌데, 라고 말한 것은 확실한가요?"

"네. 분명히 그렇게 말했습니다."

"고이즈미 씨가 그녀와 사귀었을 때, 다른 남자에 대해 어떤 말을 털어놓은 적은 있는지요? 또는 성적으로 학대 받았다든지 하는 얘기."

"학대……라고."

그의 입술이 움직였다.

"학대라고 할 수 있을지 모르겠지만, 좀 이상하다 싶은 눈치는, 있었을지도."

"어떤 걸 말하는 거죠?"

"사귀기 시작한 다음에 둘이 교환 일기를 썼어요. 칸나가 그동안 생긴 일을 쓰면, 내가 그걸 읽고 감상을 쓰는 식이었는데. 그 일기에 가끔 이상한 말이 쓰여 있었습니다. 오늘도 그림 모델을 섰다, 옷을 사 줘서 좋았지만, 끝난 후에 누구누구가 치근거려서 싫었다, 그런 말이 쓰여 있었던 것 같습니다. 다만, 그게 어디까지 사실인지는 몰랐습니다."

나는 신중하게 다음 질문을 했다.

"그 일기는, 마지막에 어느 쪽이?"

"칸나였을 겁니다."

"그 내용에 관해서, 고이즈미 씨는 그녀에게 물어본 적이 있나요?"

그는 뒤가 켕기는 것처럼, 물어보려고 했는데, 하고 대답했다.

"물으면 안 될 것 같아서. 칸나는 집 얘기를 별로 하고 싶어 하지 않았어요."

고이즈미라는 사람은, 타인에게 마음을 열거나 또 타인이 자신에게 마음을 여는 일에 익숙하지 않은 것이다. 궁지

270

에 몰린 사람처럼 몇 번이나 코를 비비는 모습에, 그를 비난할 마음조차 사라지고 말았다.

한편, 또 마음에 걸리는 게 있었다.

"고이즈미 씨. 조금 전에, 억지로 강요하지는 않았다고 하셨죠. 그 말을 믿고 싶습니다. 다만, 한 가지 확인해 주셔야 겠어요. 칸나 씨와 관계를 가진 것은 정말 동의가 있어서였나요? 물론 동의가 있었다 해도, 그녀 자신이 실제로는 아직 성행위의 의미 자체를 이해하지 못했을 거라고 생각되지만요."

그는 뭐라 말하면 좋을지 모르겠다는 표정을 짓고는 입을 꾹 다물고 말았다.

나는 잠시 기다렸다가, 알겠습니다, 하고 말했다.

"감사합니다. 칸나 씨의 심리를 이해하는 데 상당히 참고가 되는 말씀이었어요."

그렇게 말하고 머리를 숙이고 끝내려는 순간.

"난, 아무래도 이해가 안 갑니다……."

놀라서 돌아보았다. 쓰지 씨가 힘이 잔뜩 들어간 표정으로 고이즈미 씨를 쳐다보고 있었다.

쓰지 씨, 하고 부르는 내 쪽은 쳐다보지도 않은 채, 그가 말을 이었다.

"상대가 어린아이였어도, 서로 사귀자고 하고서 방에도 자주 왔다면, 가령 연애는 아니었더라도 정이 들었을 텐데……. 그렇게 나이 어린 여자애가, 다른 남자에게 이상한 짓을 당했다고 털어놓으면, 남자라면 오히려 내가 나서서 구하겠다는 기분이 들어야 하는 거 아닙니까?"

쓰지 씨의 다그침에, 고이즈미 씨는 어쩔 바를 모르는 것처럼 눈썹을 찡그리고는, 사실은 무서웠습니다, 하고 대답했다.

나는 일단 들었던 엉덩이를 의자에 다시 내려놓고, 질문했다.

"관계가 발각될까 봐 무서웠다는 뜻인가요?"

그는 고개를 옆으로 저으며, 칸나가 무서웠어요, 하고 어색하게 덧붙였다.

"계속 만나다 보니까, 분위기가 점점 변해서. 하는 말이 진짜인지 거짓말인지 분간이 안 가는 일도 있었고, 한번 울기 시작하면 아무리 달래도 울음을 그치지 않고, 얌전한가 싶다가도 갑자기 버럭 화를 내고 난동을 부리고. 같이 죽자면서 칼을 들이댄 적도 있었습니다. 또 기분이 좋을 때는 몸을 들이대면서 행위를 하고 싶어 하는 일도 있었지만, 그 모습이 전혀 어린애 같지 않았어요. 불쌍하다는 생각이 들었지만, 감당할 수가 없었습니다. 그래서 도망칠 수밖에. 그리고 솔직히, 칸나도 집에 돌아가고 싶어 하지 않았으니까, 나를 이용한 면도 있지 않았나 생각합니다."

욕망과 죄책감에 무릎 꿇고, 세상의 이목에는 겁을 먹

272

은 나머지 소녀 하나를 구하지 못하고 도망쳤다. 지금 와서 그런 사람을 비난해 봐야 시간이 거꾸로 돌아가는 것도 아니다.

"그건 대등한 어른끼리였을 경우에 할 수 있는 말이죠."

나는 그렇게 말했다.

"칸나 씨가 성적 행위 때문에 불안정해진 건 당연한 일이에요. 몸도 마음도 미숙한 어린아이에게, 고이즈미 씨와의 관계는 이해의 범주를 넘어선, 심신에 아주 큰 부담을 주는 일이었을 겁니다. 그런데도 고이즈미 씨를 의지할 수밖에 없을 정도로 그녀는 고독했던 거예요. 아, 그리고, 칸나 씨가 면회 한 번 와 달라고 하더군요. 어떻게 하시겠어요?"

나는 확인하는 차원에서 물었다.

그는 당황했는지, 내가 어떻게 면회를 갈 수 있겠습니까, 하고 바로 대답했다.

"내 얼굴을 보아 봐야 괴로운 일만 떠오를 텐데. 해 줄 수 있는 게 있는 것도 아니고."

"이건, 혹시나 해서 드리는 말씀인데, 만약 필요한 경우 법정에 증인으로 출두하든지, 그게 힘들면 편지 형식으로 증언을 해 주실 수는 있을까요. 나는 변호인이 아니니까, 이건 부탁이 아니라, 어디까지나 가능성을 말하는 거예요."

"……그것도 곤란합니다. 증인은, 절대 못 합니다. 편지도. 아니지, 지금이라도 체포되는 거 아닙니까?"

"조금 전에 하신 말씀에 비춰, 고이즈미 씨가 한 행위는 강제 추행죄에 해당합니다. 다만 공소시효는 칠 년이니까, 이제 그녀가 당신을 고소할 수 없습니다. 뒤집어 말해서, 고이즈미 씨가 어떤 형태로든 그녀에게 보상하고 싶어도, 이제 그럴 수 없는 것이죠. 그런 상황에서 유일하게 도움을 줄 수 있는 부분이, 내달부터 시작되는 재판입니다. 하지만 그러기 곤란하다는 것도 이해합니다. 오늘은 정말 고마웠습니다. 만약 연락하고 싶은 일이 생기면, 언제든 연락 주세요."

그에게 한 소녀에게서 도망친 기억을 남겨 놓고, 우리는 그 자리를 떴다.

추운 하늘 아래, 한산한 상점가를 걸었다. 파랗게 염색한 포렴이 내걸린 건어물상과 두부 가게가 줄지어 있다. 쓰지 씨는 한기가 드는지 등을 구부리고 코트 깃을 바짝 여몄다.

그 모습을 보면서 말했다.

"쓰지 씨가 그런 말을 해 줘서 고마웠어요."

그는 당황한 기색으로 뭐라고 중얼거리더니 그 자리에 서서 머리를 꾸벅 숙였다.

"부끄러운 모습을 보여서 죄송합니다."

나는 고개를 저었다.

"얘기를 듣다 보니까, 제가 상상했던 것과는 아주 다른

274

것 같아서. 히지리야마 칸나 씨는 왜 지금도 고이즈미 씨를 소중한 연인인 것처럼 말할까, 하는 의문이 들었습니다."

나는 잠시 생각하고서, 구원이 사라지니까 그런 거 아니겠어요, 하고 대답했다.

"어머니가 없을 때 아버지가 집에서 쫓아냈는데, 도와 준 남자가 믿음을 뒤집었다면 구원의 여지가 없으니까 말이에요. 그래서 다르게 썼을 거예요, 이야기를. 그건 틀림없는 연애였다, 자신도 상대가 좋아서 동의했고, 애정도 있었다고요. 없는 장소에서 없는 것을 추구한 것이죠."

"애정은 없었……을까요."

쓰지 씨가 말했다.

이부자리가 한 채밖에 없었다. 남자아이처럼 바닥에 대충 자게 할 수는 없었다. 그래서 같이 자게 되었다.

일단은 말이 되는 소리처럼 들린다. 하지만 정말 흑심이 없고 순수한 청년이었다면, 이렇게 제안하지 않았을까.

"고이즈미 씨는, 내가 바닥에서 잘 테니까 이불에서 자라는 말을 하지 않았어요. 내 생각에는, 그가 처음부터 그렇게 될 가능성을 조금은 염두에 두고 기대하지 않았을까 해요. 어쩌면 칸나 씨는 그걸 감지하고, 무의식적으로 상대의 뜻에 따랐는지도 모르죠."

따라야 해.

어른의 기대에 따라야 해.

나의 불쾌함과 공포는 없는 것으로 치고.

고이즈미의 얘기를 듣는 내내, 그런 칸나의 목소리가 들렸다.

땡땡 종소리가 나는 건널목 앞에 멈춰 선다. 굉음을 울리며 지나가는 전철을 눈으로 쫓았다.

저녁 어둠 속에서 반짝거리는 빨간 램프를 보면서, 헤어지던 날 칸나도 이 광경을 보았을까, 하고 상상했다.

마주 앉은 칸나에게, 나는 불쑥 말했다.

"머리, 잘랐네."

그녀는 짧아진 검은 머리를 귀 뒤로 넘기고, 네, 하면서 고개를 끄덕였다.

"안노 선생님이, 재판 전에 상큼하게 자르는 편이 좋겠다고 해서."

가쇼에 대한 의심이 이제는 풀린 듯하다. 나는 안도하면서 말했다.

"편지에도 썼지만, 고이즈미 씨를 만났어요. 그 나름으로 칸나 씨 상황을 걱정하고 있었어."

칸나의 표정에 기대감이 어렸다. 뜨거운 눈길을, 안됐다고 생각하면서 받아들인다.

"하지만 아쉽게도 면회는 올 수 없대요."

그녀가 멍해지고 있었다. 그러다 이내 표정을 가다듬고,

그렇군요, 하고 밋밋하게 말했다.

"그런데…… 이유는 말하던가요?"

"아니. 하지만 칸나 씨를 마주할 용기가 없어서 그럴 거야. 해 줄 수 있는 일이 없다고."

"그 말은 살인범과 관계하고 싶지 않다는……."

말을 해 놓고 당황했는지, 다음 말이 이어지지 않았다. 나는 짧게 한숨을 쉬고는, 굳이 분명하게 말했다.

"사회적인 입장도 있고, 가정을 생각해서 내린 판단이겠지."

가정, 하고 이번에야말로 칸나는 얼이 빠진 것처럼 말을 되풀이했다.

"유지 오빠가, 결혼을 했나요?"

"응."

"아니, 그런 짓을 한 사람이 평범한 여자와 사귀고, 결혼하고, 의미를 모르겠네. 이상하지 않아요?"

서서히 말투가 거칠어지는 칸나에게, 나는 물었다.

"칸나 씨, 사실은 알고 있는 거지? 고이즈미 씨와의 일이 첫사랑의 기억이 아니라는 거?"

그녀 얼굴에서 표정이 사라졌다.

"뭐였지."

그녀가 중얼거렸다.

"거기에 무슨 의미가 있기를 바랐어?"

"의미, 있지 않나요? 보통 그런 걸 하면."

"보통은 그렇지."

칸나가 뭔가를 깨달은 듯한 표정을 지었다.

"내가 보통이 아니라서?"

"왜 자기 마음의 소리를 들어주지 않는 거지?"

자기? 하고 맥없는 목소리로 되묻는다. 눈동자에도 여느 때의 나약한 흔들림이 어린다. 과거와 현재가 뒤바뀌는 것을, 나는 차단했다.

"칸나 씨가 당한 일이 옳았다고 생각해?"

"옳았는지 어떤지는 모르지만, 동의한 제게도 책임은 있다고 생각해요."

"칸나 씨, 그가 한 이불에서 같이 자자고 했을 때, 정말 그러고 싶었어? 한밤중의 밀실에서 초등학교 여자애가 다 큰 남자에게 그런 말을 들었는데, 만약 싫었어도 싫다고 할 수 있었겠어?"

"하지만, 싫지는, 않았다고 생각해요. 게다가 끝까지는 안 간다고 해서."

칸나는 혼란스러운지 손톱을 깨물면서, 그쪽에서, 하고 중얼거렸다.

"그쪽에서, 역시 그만두자고. 위험하다고."

"그건 내 느낌에, 칸나 씨의 몸과 마음을 위해서가 아니라 자기 보호를 위해서이지 않았을까. 칸나 씨가 정말 육체관계를 강요했다고 주장하고 싶은 상대는, 가가와 씨도 아니고 다른 대학 선배도 아니고, 고이즈미 씨 아니야? 당시, 그 일에 대해 누구와 의논한 적 있어?"

칸나가 어깨를 떨기 시작했다. 나는 그 상황을 지켜보았다.

겨우 고개를 든 칸나의 눈에서, 커다란 눈물이 뚝뚝 떨어졌다.

"하와이에서 돌아온 엄마에게 한 번…… 가출했던 얘기가 나왔는데, 어디 있었냐고 물어서, 그래서, 도와준 사람 집에 갔는데 좀 이상했다고 말했더니."

"그래서, 어머니는 뭐라고?"

칸나는 한순간 크게 숨을 들이쉬고 대답했다.

"설마, 강간당한 것은 아니지, 라고."

"그래서 칸나 씨는 뭐라고 했는데?"

"아니라고 했더니, 그럼 아무 문제 없지 않느냐고 했어요. 뭐가 이상했냐고 물었어도, 어떤 일이 있었는지는 자세하게 말할 수 없었지만. 그리고 걱정을 끼쳤으니 아빠에게 사과하라고 해서, 그래서 또 짜증이 났어요. 그러느니 차라리 유지 오빠가 친절해서 좋다는 생각이 들었고. 하지만 점점, 끝까지 갈 수는 없으니까 대신 입으로 해 달라고 해서, 내가 물건이 된 기분이 들었는데. 하지만 슬퍼서 울면 매정하게 대하고, 상대편도 그런 짓이 하고 싶어서 나를 만나는 거라고 생각해서. 그런데 결국, 그런 짓을 하니까 헤어져야 한다고, 진짜, 나도 의미를 모르겠어서. 하지만 선생님, 유지 오빠도 내가 조금은 좋았으니까 사귄 거겠죠? 남자라도, 정말 전혀 좋아하는 마음이 없었으면."

"애정이 뭔지 알아요? 나는, 존중과 존경과 신뢰라고 생각하는데."

"내게는 존경할 만한 게 없으니까."

당연하다는 듯이 단언하는 칸나가, 그야말로 텅 빈 인형 같았다. 하지만 그렇게 만든 것은 주위에 있는 어른들이었다는 사실을, 우리는 이미 알고 있다.

"칸나 씨는 자기 아버지를 살해했어요. 하지만 그전에 칸나 씨의 마음을 수많은 어른들이 죽인 거야. 칸나 씨는 거짓말쟁이가 아니야. 고이즈미 씨에게 당한 것을 구체적으로 설명한다는 건, 부끄러워서 도저히 할 수 없는 일이지. 그건 어쩔 수 없어. 또 어머니 말을 듣고 보니, 강간당했다고 하지 않으면 동정을 살 수도 없고 피해자도 될 수 없다고 생각했을 거야."

칸나는 잠자코 눈물을 흘리더니, 이렇게 털어놓았다.

"차라리, 억지로 강요당했다면, 하고 생각했던 적은 있어요."

"고이즈미 씨와 나눈 교환 일기는, 칸나 씨가 처분했어요?"

보나마나 갖고 있지 않을 거라고 생각하면서 일단 물어보았다.

"일기는, 교코에게 있을지도 몰라요."

칸나가 눈물을 닦으면서 그렇게 대답해, 나는 깜짝 놀라서 정말? 하고 되물었다.

"우리 집에 둘 수는 없고, 버릴 수도 없어서. 교코가 벌써 버렸을지도 모르지만."

나는, 알았다고 대답했다. 그리고 칸나가 조금 진정되기를 기다렸다가 말했다.

"그림 모델도 그렇지, 사실은 하고 싶지 않았지? 아직 어린 초등학교에서 중학교 여자애가, 벌거벗은 남자와 함께 있는 모습을 몇 시간이나 부모와 여러 남자에게 보이는 거, 정상적인 일 아니야."

"그렇게 생각한 적, 없었어요."

"부모가 그걸 용인했으니까 그렇지. 칸나 씨 집에서는 그게 보통이었으니까, 칸나 씨가 그걸 모르는 건 당연한 일이야. 그 교환 일기에 데생 교실에 다니는 남자들 얘기도 쓰여 있었다고 고이즈미 씨가 증언했는데, 칸나 씨는 기억 안 나?"

"그건 아마, 배우는 학생들이 아니라, 모델 선 남자 쪽이죠."

"그 사람이 어떻게 했는데?"

"초등학교 오 학년 때, 우리 집에서 송년회를 했어요. 다들 취했는데, 그 사람이 갑자기 나를 껴안고 쓰러뜨렸어요. 그런데 다들 웃어서, 싫어하는 내가 잘못인가 보다 하고."

"몸을 더듬기도 했어……?"

칸나는 자신이 없는 것처럼 애매한 투로, 어쩌면…… 하고 중얼거렸다.

그 광경을 상상하고 불쾌함을 느낀 나는, 칸나에게 다시 질문했다.

"모델 그만뒀을 때 일은 기억해? 그만두겠다고 하는 말을 꺼내려면 용기가 필요했을 텐데. 어머니는, 칸나 씨가 아르바이트비도 주지 않는데 일하기 싫다고 하면서 그만뒀다고 하시던데."

칸나의 얼굴이 묘하게 얼어붙었다.

"아르바이트비 같은 거, 나 몰라요."

"뭐?"

나는 되물었다. 그리고 모델을 그만뒀을 때 일을 진즉에 묻지 않은 것을 후회했다. 교코 얘기를 들었을 때도 부자연스럽다고 느낀 일이었는데.

"칸나 씨가 그렇게 말한 다음부터 종종 빠지곤 했다고 하시던데. 아니야?"

"그 자식이, 이제 안 해도 된다고."

무의식적으로 자기 아버지를 그 자식이라고 부른 칸나

는, 스스로 믿기지 않는다는 듯한 눈빛을 보였다.

"왜?"

그녀는 몹시 고통스러운 일을 털어놓는 것처럼, 얕은 숨을 거푸 쉬었다.

"처음은, 엄마가 하와이에 다녀온 후였는데, 팔에 상처가 있어서 당분간은 무리라고."

이번에는 내가 사실 앞에서 침묵해야 했다.

"그런데 다 낫고 나면 또 모델 일이 시작돼서. 다들 쳐다봐서 기분이 나빠지면, 나 스스로도 뭐가 뭔지 알 수 없어지고, 하지만 그 덕분에 또 쉴 수 있으니까 자꾸. 그러다 상처가 늘어나 없어지지 않으니까, 이제 모델을 하지 않아도 된다고 했어요."

자해 습관이 있는 내담자 수는 결코 적지 않다. 그러나, 이런 이유는 처음이었다.

누군가가 봐 주고 이상을 알아주기를 원해서가 아니라, 보는 눈들로부터 도망치기 위해서.

그녀가 더는 말이 없자 교도관이 면회를 종료하려고 칸나에게 다가왔다.

그 순간, 칸나가 뿌리치듯 손을 세게 흔들었다.

놀란 교도관이 그녀의 어깨를 짓눌렀다. 나는 얼른 유리창에 얼굴을 대고, 그러지 마세요, 하고 소리를 질렀다. 그러나 나 또한 저항할 수 없는 힘에 의자에 앉혀지고 말았다.

그 손이 남자 손이라는 것에 반사적으로 혐오감을 느끼고, 만지지 마요, 하고 뿌리친 순간에 칸나가 중얼거렸다.

"……너무해요."

그리고 나를 돌아보았다.

강제로 끌려가는 칸나가 봇물이 터진 것처럼 갑자기 외쳤다.

"하라는 대로 다 했는데, 참았는데…… 왜!"

"칸나 씨, 이제 겨우."

내가 그렇게 외치는 순간, 양쪽 다 강제 퇴실을 당했다.

나는 딱딱한 의자에 앉아, 장시간 엄중한 주의를 받았다.

급기야 양복 차림의 가쇼가 나타나, 구치소 직원들에게 머리를 숙이고서 나를 데리고 대합실로 나갔다.

구치소 정문 현관을 나서서 황량하리만큼 넓은 길을 걸었다.

"미안해. 그리고 고마워."

가쇼가 내 어깨를 툭 쳤다.

힘이 쭉 빠졌다. 숨을 내쉬면서 하늘을 올려다보았다.

"칸나 씨, 처음으로 화냈어."

가쇼가 가만히 내 옆얼굴을 살폈다. 나는 되뇌었다.

"처음으로 소리를 지르고, 감정을 내보였어."

칸나는 너무하다고 호소했다. 언뜻 보면 고이즈미 씨와 아버지에게 분노를 터트린 것으로 비칠 수도 있지만, 아까 그녀 얘기를 들었을 때 내가 가장 공포를 느낀 상대는 다른 사람이었다.

아르바이트비도 주지 않는데 일하기 싫다고 해서, 그만두게 되었다.

어머니가 그렇게 설명했다는 내 말에, 칸나는 황당하다는 표정이었다.

허언증.

이 말은 원래 누구를 향해야 했던 말인가.

"칸나 씨를 뒤흔들어서 미안해. 어쩌면 예전보다 자기 얘기를 할 수 있을지도 몰라. 다만, 한동안은 감정의 기복이 심할지도 모르겠어."

알았어, 하면서 가쇼는 힘있게 고개를 끄덕였다.

"이제 나머지는 우리에게 맡겨."

택시에 올라타면서 고맙다고 인사했다.

그가 택시 문을 잡고 몸을 굽혔다. 그의 등 뒤로 비치는 햇살이 눈부셔서 표정은 보이지 않았지만, 지금까지 본 얼굴 중에서 가장 부드럽게 느껴졌다.

택시 안에서 잠시 멍하고 있었다. 긴 잠의 끝을 함께한 감각을 껴안고서.

클리닉 문이 열리는 순간, 실내의 산소가 약간 엷어진 듯한 기분이 들었다.

다른 내담자와 동행하던 리사 씨가 걸음을 멈췄다. 가쇼의 그림자가 바닥에 길게 늘어져 그녀의 그림자와 머리 부분이 겹쳤다.

나는 조용히 다가가, 문앞에 선 그에게 말을 건넸다. 몇 번 깜박이는 시선을 받았을 때, 주위의 공기마저 진동한 것처럼 느껴졌다.

"이쪽으로 오시죠."

"아, 네."

가쇼는 고개를 약간 숙이고는 바로 진찰실로 이동했다.

문을 닫고, 소파에 마주 앉았다. 하얀 블라인드와 창가에 놓인 관엽식물. 전원을 끈 컴퓨터. 열대어가 살랑살랑 헤엄치는 수족관의 펌프 소리.

가쇼는 내가 내민 찻잔에 살짝 입을 대고는 얼굴을 들었다.

"죽일 생각은 없었다고 말했어."

"칸나 씨가?"

"그녀가 사실대로 말해도 될까요, 하고 물었어."

"사실대로."

나는 조그만 소리로 중얼거렸다. 겨우 여기까지 왔다는 것을 실감하면서.

"하지만 재판에는 좋지 않아. 지금 주장을 뒤바꾸면, 배심원들에게 인상도 좋지 않고."

가쇼가 속내를 털어놓았다.

"내가 그녀를 자극하지 않는 편이 좋았다는……?"

그는 씩 웃고는 이렇게 말했다.

"사건의 배경이 밝혀지지 않는 편이 좋을 리가 있겠어. 칸나 씨가 이러더군. 나는 사실은 아버지를 죽일 마음이 없었다. 살인죄로 기소된 것은 부당하다. 칸나 씨가 그렇게 강하게 주장할 줄은 몰랐어. 당연히 결과는 중요하지. 하지만, 가령 형기가 다소 줄어들었다 해도, 납득할 수 없는 이유를 강요당했다는 기억과 불합리함은 죽을 때까지 남을 거야. 어느 쪽이 행복할지도 뭐라 단언할 수 없고 말이야. 본인이 수긍하는 방향으로 갈게. 다만, 이제 정말 시간이 별로 없으니까, 재판에 집중하기 위해서 유키의 면회는 여기서 끝내겠어. 이다음 일은 완전히 우리에게 맡겨 줄 수 있을까?"

"응, 알았어."

옛날에 가쇼에게 들은 가몬 씨의 말을 떠올리면서, 대답했다.

"가몬 씨는 물론이지만, 나도 가쇼가 변호사가 되기를 잘했다고 생각해."

처음 만났을 무렵, 나 역시 그의 이런 유연함을 무척 좋아했다.

"아이고, 고맙습니다. 그리고 고이즈미 씨 건은, 증인으로 내세워 봐야 재판정에서는 관계 없다고 기각될 가능성이 높으니까, 교환 일기를 증거로 제출하든지 해야겠어."

면회를 다녀온 다음 날, 가쇼는 바로 교코에게 연락했다고 한다.

우정을 지키고 착실한 교코는 칸나가 맡긴 일기를 의리 있게 고스란히 보관하고 있었다.

대학에서 돌아오는 길에 만난 교코가 가쇼에게 건넨 누런 봉투에는 이런 말이 적혀 있었던 듯하다.

'개봉 금지! 열어 보면 절교야!'

소녀다운 글투를 본 가쇼가 복잡한 심경을 보이자, 교코가 심각하게 말했다고 한다.

"내가 이 봉투를 좀 더 빨리 열어 봤다면, 칸나는 자기 아빠를 살해하지 않았을지도 모르겠네요."

가쇼가 문득 생각이 떠올랐다는 듯이 물었다.

"그런데 말이야, 남자는 도저히 알 수 없는 부분이 있어서. 고이즈미 씨가 들이댔을 때, 왜 칸나 씨는, 모르지 않는다는 말을 했을까."

나는 이건 나의 해석인데, 라고 전제하고서 설명했다.

"아침이 되면 돌아가라는 말이, 그녀의 분리 불안을 자극했을 거야. 그쪽의 목적을 이뤄 주면, 자신의 바람도 이

룰 수 있다고 생각했는지도 모르지."

"그녀는 고이즈미 씨가 뭘 이뤄 주기를 바란 거지?"

"보호자를 대신하는 애정이 아니었겠어."

"애정이라."

그렇게 말을 되풀이한 가쇼에게 나는 말했다.

"여자 주변에는 언제나 가짜 하느님이 아주 많거든. 그래서 자살하는 경우도 있지만, 살아남아서 트라우마를 극복하거나 진정한 사랑을 알고 회복되는 경우도 있어. 칸나 씨도, 조금 더 참아 내고 끝까지 도망칠 수 있었다면, 어쩌면."

가쇼가 팔짱을 끼면서, 그런 건가, 하고 중얼거렸다.

그러고는 부자연스럽게 침묵했다.

어떻게 하면 좋을지 망설이다가, 내가 그다음 말을 재촉하려 했을 때 가쇼가 한마디 중얼거렸다.

"나도 알아."

나는 눈을 몇 번 깜박거렸다.

그가 다소 난처한 듯이 이마를 긁적거리고는 말했다.

"옛날에, 대학 시절에 너에게 상처를 준 것도. 아무리 젊었다고는 하지만, 네가 상대가 아니었으면 그런 말은 하지 않았을 거야. 유키라면, 웃으면서 받아 줄 거라고 생각했어. 어리광을 부렸던 거지."

나는 고개를 저었다. 그리고 말했다.

"나야말로, 계속 후회했어. 너에게 상처 되는 말을 해서."

"그랬구나."

하지만 사실은, 하면서 그가 의외로 목소리를 떨고 있었다.

"그런 말, 하고 싶지 않았어."

똑바로 이쪽을 보면서 가쇼가 말했다.

"나도 그래. 미안하다."

나는 흐르는 눈물을 손가락으로 쓱 닦으면서, 내 마음을 전했다.

"나야말로, 심한 말을 해서, 미안해."

가쇼는 잠시 자기 안에 웅크리듯 침묵했다. 그리고.

"사실 나도, 유키 방에 갔을 때 잘 안 된 이유를 아직도 잘 모르겠어."

나는 눈을 감았다. 줄곧 마음속에 담고 있던 말. 딱 한 번 가쇼의 어머니를 면회 갔을 때, 혹시나, 하고 감지했던 것을.

"가쇼 어머니, 혹시 옛날부터 그렇게 말랐어?"

그가 뒤통수라도 얻어맞은 것처럼 입을 다물었다.

긴 침묵 후에, 그가 대답했다.

"어."

"그게 답이 되지 않을까? 너는 어머니와 비슷한 체형의 내가 겁났던 거라고 생각해. 그다음에 네가 사귄 여자들 모두 육감적이었어. 유카리 씨도 그렇고."

가쇼는 믿기지 않는다는 눈빛이었다.

"얘기가 그렇게 돌아갈 줄은 몰랐군."

그가 그렇게 중얼거렸다.

"여기는 진찰실이고, 나는 얘기를 들어주는 사람이니까."

가쇼는 그 말에 납득이 간다는 듯, 그렇군, 하고 고개를 끄덕거렸다.

"고마워."

가쇼가 돌아가자, 나는 소파에 깊숙이 앉아 잠시 눈을 붙였다. 마치 자신이 이곳에서 진찰을 받았던 10년 전처럼.

마사치카를 낳고 반년이 지났을 때, 나는 예전부터 동경했던 원장에게 편지를 보내, 클리닉에서 공부하고 싶다고 사정했다.

초여름, 나뭇잎 사이로 비치는 햇살이 어지럽게 반사되는 눈부신 아침이었다. 버스 정거장에서 걸어가면서, 새파랗고 선명한 하늘에 앞이 어질어질했다.

클리닉 문을 열어 준 원장은 동그란 이마를 보이며 하얀 와이셔츠 소매를 걷어 올렸다. 그러고는 몇 초간 나를 똑바로 쳐다보고는, 짧은 머리를 북북 긁으면서, 공부도 좋지만 그 전에 좀 해소해야 할 게 있군, 하고 말했다.

무슨 말인지 몰라 당황하고 있는데, 진찰실로 안내되었다.

소파에 깊숙이 앉은 내게 원장은 특별히 최면 요법을 시행했다.

"최면 요법은 기본적으로 잘 사용하지 않지만, 유키 씨가
정신력이 강해 보여서 말이죠. 그렇지, 좀 더 마음이 편해
지고 텅 빌 수 있는 장소로 갈까요."

깊은 나락에 떨어진 듯한 정적이 찾아왔다. 10초, 20초,
30초…….

그리고 돌아보니, 밤하늘이 한없이 펼쳐진 들판에 서 있
었다.

바람 소리만 들렸다. 황량한데 어딘지 모르게 낯익었다.

들판을 헤매고 다니다 바다가 보이는 절벽 위에 도착했
다. 날이 밝아오고 있었다. 자연스럽게 뛰어들었다.

물속에 가라앉는 순간, 파열한 것처럼 크고 작은 기포가
무수히 떠올랐다. 몸 여기저기에서 위화감이 느껴졌다.

"몸에 불필요한 게 붙어 있는 거 아니야? 떼어 낼 수 있
겠어?"

말이 떨어지자마자 찾았다. 팔과 가슴과 허리에 미끈거
리는 해초가 휘감겨 있었다.

걷어 내고 싶은데 걷어 낼 수가 없어서 혐오감이 거의 폭
발할 것 같았다.

"안 떨어져요……. 몸째로 태워 버리고 싶어요."

그렇게 애걸하는 내게 원장은 침착한 목소리로 물었다.

"그건 안 되지. 손으로 떼어 낼 수 없겠어?"

"안, 돼요."

"바닷물에 녹지는 않아?"

"녹지…… 않아요."

"그럼 헤엄쳐서 떨쳐 낼까?"

갑자기 주술에서 헤어난 듯한 기분이 들어, 힘차게 고개를 끄덕였다. 물속에서 조심조심, 신중하게 헤엄쳤다. 그런데도 휘감기는 해초 사이에서 들여다보인 것. 그것은.

누구보다 가까운 이성―아버지의 눈이었다.

의식이 돌아왔을 때, 나는 엉엉 울고 있었다. 막 태어난 갓난아기처럼.

긴 세월 껴안고 있던 어둠에 간신히 빛이 비쳤다. 후련한 해방감이 가슴을 적셨다.

사람은, 새롭게 태어날 수 있다.

칸나도, 반드시.

첫 공판 날 아침, 공기가 무척 싸늘했다.

재판소 안에 있는 벤치에 앉아, 쓰지 씨와 캔 커피를 마시면서 개정 시간을 기다렸다. 높은 천장을 올려다본다. 지금, 칸나는 무슨 생각을 하고 있을까.

문이 열리자 안으로 들어가 방청석에 앉는다. 변호인 석에는 가쇼와 기타노 선생이 있었다. 수북한 자료를 분류하면서 뭐라고 얘기를 나누고 있다. 가쇼의 표정이 상당히 온

화해진 것처럼 보였다. 이 사건이 없었다면, 우리는 앞으로도 계속 서로에게 딱딱하게 뒤틀린 감정을 품고 있었을지도 모르지, 하고 생각했을 때, 교도관과 함께 칸나가 들어왔다.

가녀린 손목에 수갑을 차고 허리는 포승줄에 묶인 모습이, 피고인이라기보다 피해자 같았다. 작은 몸에 하얀 셔츠를 입고 있다. 머리가 짧아진 탓에, 단아한 얼굴이 더욱 도드라진다. 어딘지 모르게 자신 없는 태도는 변함없었지만, 그 눈동자는 예전보다 한결 힘찼다.

그녀가 피고인석으로 향할 때, 가쇼가 뭐라고 살짝 소곤거렸다. 칸나가 희미하게 미소 지었다. 그 아련하게 웃는 얼굴이 아주 평범한 여자만 같아 가슴이 뭉클했다. 다른 방청인들도 다소 놀란 듯한 느낌이었다.

"기립!"

법정 내에 구령이 울려 퍼졌다.

방청석에 앉았던 사람들이 줄줄이 일어나고, 그사이에 재판장을 비롯한 판사와 배심원 들이 입정했다.

노인에 가까운 남자도 있거니와 젊은 여자도 있었다. 배심원들이 칸나에게 부정적인 감정을 갖고 있지 않기를 바랐다. 화제를 모았던 살인 사건인 터라 모두가 긴장하고 있는 분위기가 전해진다. 목례를 하고 착석한다.

재판장이 온화하고 부드러운 목소리로 말했다.

"피고인, 앞으로."

칸나가 일어나 중앙 증언대로 똑바로 이동했다.

"이름은?"

잠시 후에 칸나가 대답했다.

"히지리야마 칸나입니다."

차분한 목소리였다.

"검사는 공소장을 낭독하십시오."

근엄한 표정에 깡마른 남자가 일어섰다. 나이는 마흔이 좀 안 되었을까. 가쇼와 분위기가 비슷하게 느껴졌다. 다만, 여유로움이나 빈틈은 전혀 없었다. 툭 튀어나온 광대뼈 탓에 예민해 보이는 인상이 더 부각된다.

검사가 공소장을 주르륵 읽어 내려갔다.

"……이천십육 년 칠 월 십구 일, T 방송국 내의 녹음 스튜디오에서 이차 면접을 치르던 중, 몸 상태가 안 좋아져 결과적으로 시험을 포기하게 된 피고인은 오후 두 시 이십 분경에 시부야의 도큐핸즈에 들러 식칼을 구입한 후, 오후 두 시 오십 분에 나오토 씨가 일하는 미술학교를 찾아가, 나오토 씨를 이 층에 있는 여자 화장실로 불러내, 준비한 식칼로 흉부를 찔러, 범행에 이르렀다. 이는 형법 제일백구십구 조에 의거, 살인죄에 해당한다."

낭독이 끝나자, 재판장이 피고인을 쳐다보았다.

"피고인은 이 공소 사실을 인정합니까?"

아니요, 하면서 칸나가 고개를 옆으로 저었다.

"저는, 아버지를, 살해하려고 식칼을 구입한 게 아닙니다. 또 제 의지로 아버지를 찌른 것이 아니라, 아버지가 발이 미끄러져 찔린 것입니다. 처음부터 끝까지, 저는 아버지를 살해할 뜻이 없었습니다."

그녀는 한마디, 한마디씩 시간을 들여가며 또박또박 말했다.

나는 놀라서, 쓰지 씨의 눈을 마주 보았다.

방청인들 사이에서도 희미한 당혹감이 퍼져 나가는 가운데, 재판장이 변호인석으로 시선을 돌렸다.

"변호인, 의견을 말씀하시죠."

가쇼가 일어섰다. 키가 크고 팔다리가 긴 덕에, 법정에 선 모습이 한결 훤칠했다. 그 존재감에, 모두의 관심이 그쪽으로 쏠린 순간, 그가 선언했다.

"다투겠습니다. 피고인에게는 아버지 나오토 씨를 살해할 의사가 전혀 없었습니다. 따라서 살인죄는 성립하지 않으며, 피고인은 무죄입니다."

법정 내 분위기가 완전히 바뀌었다. 보도 관계자인 듯한 사람들도 얼굴을 쳐들고 재판의 향방을 지켜보고 있다.

재판장만 담담하게 공판의 진행을 서둘렀다.

"그럼 다음은, 검사."

아까 그 깡마른 검사가 일어서자, 머리 위에 있는 모니터를 올려다보았다.

"화면을 통해, 이번 사건의 쟁점에 대해 설명하겠습니다."

그는 높낮이가 없는 밋밋한 목소리로 말했다.

"쟁점이 되는 사실은 네 가지로, 첫째, 피고가 사전에 식칼을 구입하고 아버지 나오토 씨를 만나러 갔다는 점. 둘째, 가슴의 자상이 심장에 도달했다는 점. 셋째, 피고인이 쓰러져 피를 흘리고 있는 나오토 씨를 방치하고 사건 현장을 떠났다는 점. 넷째, 피고인에게 피해자인 나오토 씨를 살해할 동기가 있었다는 점, 등입니다."

깡마른 검사는 상황 설명과 증거 검증을 계속해 나갔다. 표정은 거의 변화가 없고, 무죄 주장 따위는 조금도 개의치 않는다는 듯이.

"해부를 담당한 가스가 의사는, 나오토 씨의 흉부를 관통한 칼은 그 끝이 다소 위를 향하고 있었으며, 이는 피고인과 피해자의 신장 차에 따른 것으로 판단하는 것이 타당하다고 합니다. 또 피고인은 몸집이 작은 여성이기는 하나, 피해자가 경계심이 없는 무방비 상태였다면 칼이 심장까지 도달할 수 있다는 소견을 보였습니다. 이상입니다."

그는 끝까지 담담한 말투로 발언을 끝냈다.

재판장이 얼굴을 들었다.

"이어서 변호인, 모두진술을 하십시오."

가쇼가 일어섰다. 검사의 독단적인 흐름을 차단하듯이,

배려에 찬 시선을 칸나 쪽으로 잠시 향했다가 배심원 쪽으로 몸을 돌렸다.

"이번 재판에 대해, 변호인으로서 먼저 전하고 싶은 것이 한 가지 있습니다. 그것은 형사재판의 원칙으로, 무죄 추정의 원칙입니다. 이 말은 피고인이 틀림없이 범행을 저질렀다고 확신을 갖고 단정할 수 있는 경우에만 살인죄가 성립한다는 뜻이죠. 죄의 입증 책임은 검사 측에 있습니다. 따라서, 조금이라도 피고인에게 무죄의 가능성이 있는 경우는 무죄에 해당합니다. 이번 사건의 쟁점에 관한 검사의 설명이 있었습니다만, 변호인 입장에서 조금 전에 제시된 쟁점에 대해 설명드리겠습니다."

꼼꼼하게 보충해 나가는 가쇼의 말투가 신뢰감을 주었다.

나 자신도 칸나가 주장을 바꾼 사실에 흐름이 어떻게 바뀔지 예상할 수 없어, 가볍게 숨을 고르고 그의 설명에 집중했다.

"우선 첫째, 피고인이 피해자인 나오토 씨를 만나러 가기 전에 식칼을 구입했다는 점입니다. 그러나 이는 나오토 씨를 살해하기 위한 것이 아니었습니다. 다만 식칼을 구입한 후에 살인 사건이 발생했다는 사실만 보면, 보통 피고인에게 피해자를 살해할 의사가 있었다고 판단하는 것이 타당하겠지요. 그 점에 대해서 설명하겠습니다. 피고인의 팔에는 서른두 군데에 이르는 자해의 흉터와 상처가 있습니다.

이는 피고인 자신이 어렸을 때부터 자해 행위를 거듭해 온 상처 자국입니다. 사건 당일에 생긴 상처가 다섯 군데, 그 외에 왼팔 상박에 다섯 군데, 팔꿈치에서 손목에 이르는 하박에 열일곱 군데, 손목 안쪽에 다섯 군데 자해한 흉터 및 상처가 확인되었습니다. 사건 당일에 생긴 다섯 군데의 상처를 제외하고 나머지는 모두 상당히 오랜 세월이 경과된 흉터입니다. 이 사실은 가이요 대학병원의 다카시마 의사의 소견서를 통해 입증됩니다. 피고인이 열 살에서 열네 살까지, 한 달에 두 번, 자택 아틀리에에서 나오토 씨가 주관하는 데생 교실이 정기적으로 열렸습니다. 피고인은 그 데생 교실에서 모델을 했습니다. 참가자 전원이 남성인 데생 교실은, 피고인에게 정신적인 부담이 상당히 큰 것이었습니다. 그러나 혈연관계가 아닌 나오토 씨로부터, 여차하면 호적에서 파 버릴 수도 있다는 말을 들은 피고인은 거부할 수 없었고, 자해 행위에 이르게 되었습니다. 피고인이 팔의 상처를 나오토 씨에게 보이자, 나오토 씨는 한동안 데생 교실의 모델을 쉬라고 했습니다. 그래서 상처가 있으면 모델을 서지 않아도 된다고 생각한 피고인은 수시로 자해 행위를 하게 되었습니다. 그 상처가 숨길 수 없을 만큼 늘어난 탓에 나오토 씨는 결국 피고인에게 모델을 그만두게 했습니다. 그러나, 그 무렵 피고인은 이미 괴로운 마음에서 벗어나기 위해 습관적으로 자해 행위를 하기에 이른 상태였습니다. 그리고 사건 당일에도, 피고인은 아버지 나오토 씨를 살해하기 위해서가 아니라, 자해 행위에 따른 상처를 보이기 위해 미술학교를 찾았습니다. 즉, 사건 당일에도 피고인은 나오토 씨를 찌르기 위해서가 아니라, 자해 행위를 위해 식칼을 구입했던 것입니다. 이 점은 의사의 소견서와 피고인 질문을 통해 밝히겠습니다."

가쇼의 모두진술이 끝나자, 흉기 등에 관한 검사의 증거 설명이 있었다.

모니터에 피가 말라붙은 식칼 사진이 비치자, 새삼스럽게 사람 하나가 죽었다는 사실이 현실로 밀려와, 그녀에게 살의가 없었다는 방향성이 과연 옳은 것인지 마음이 흔들렸다. 확인하고 싶어 칸나의 옆얼굴을 보았지만, 그녀는 고개를 숙이고 있었다.

그다음, 변호인 측의 증거 설명을 위해 가쇼가 앞으로 나왔다.

"화면의 그림을 보십시오."

화면에 비친 것은, 내가 본 난바 씨의 스케치와는 다른 각도에서 칸나와 남자 누드모델을 그린 유화였다. 데생이 아니라 색을 입혀 완성한 그림이라, 남자가 전라라는 점이 보다 강조되었다.

배심원들이 눈썹을 찡그리고 화면을 쳐다본다.

"하얀 원피스 차림의 소녀가 피고인입니다. 그 옆에 그려진 것은 누드모델 파견 회사에 등록된 남자입니다. 저 그림은 당시 데생 교실에 참가했던 남학생이 그린 것입니다. 저 그림을 보면 알 수 있듯이, 남자 모델은 옷을 전혀 입고 있지 않았습니다. 나오토 씨는 당시 초등학생이었던 피고인에게 매번 이 모델과 몸을 밀착한 상태에서 모델을 서도록 했습니다."

실제로 보는 그림의 임팩트는 예상했던 것보다 강렬했다. 배심원들의 반응을 살피자, 몇몇 사람의 표정이 상당히 험악했다.

천천히 차분하게 설명하는 가쇼의 옆얼굴은, 지성과 정의감을 겸비한 변호인 그 자체였다.

어느 틈엔지 나도 모르게 한 사람의 방청객으로 그의 설명에 몰두해 있었다.

"다음, 초등학생 때부터 피고인의 친구인 우스이 교코 씨의 진술 조서를 읽겠습니다.

'지금 돌이켜 보면 칸나의 가정에는 여러 가지 문제가 있었습니다. 가장 위화감이 느껴졌던 일은 현관문을 잠가서는 안 되는 것이었어요. 그건 집 열쇠를 갖고 다니기 싫어하는 칸나의 아버지의 명령이었던 것으로 기억합니다. 가령 칸나 혼자 집을 지키고 있을 때도 현관문을 잠글 수 없었던 것이죠. 칸나가 열두 살 때, 어머니 아키나 씨가 혼자 하와이에 가서 나흘간 집을 비운 적이 있었습니다. 밖에서 술을 마시느라 밤늦도록 돌아오지 않는 아버지를 기다리던 칸나는, 도둑이나 수상한 사람에 대한 불안감에 문을 잠그고 잠이 들었습니다. 그다음 날 집에 들어온 아버지가 불같이 화를 내며 집에서 쫓아냈다고 합니다. 그리고 눈 내리는 밤길에 무릎을 다쳤는데, 당시에 근처 편의점에서 일하던 점원이 치료해 주었다는 얘기를, 당시 학교 수업이 끝난 후에 칸나에게 직접 들었습니다. 같은 남자인데 아빠나 데생 교실에 다니는 남자들보다 훨씬 친절했다고 칸나가 감동하며 얘기했던 모습이 지금도 기억에 남아 있습니다.'

그 편의점 점원은 고이즈미 유지라는 남성이었습니다. 여기 고이즈미 유지 씨가 보낸 편지가 있습니다. 읽어 드리죠."

나는 얼굴을 들었다. 겁에 질려 좀 봐 달라고 그렇게 애원하던 사람. 놀라움을 감추지 못한 채, 가쇼의 목소리에 집중한다.

"저 고이즈미 유지는 십 년 전 삼 월 하순, 당시 대학생으로 편의점에서 아르바이트를 하고 있을 때, 초등학교를 졸업한 히지리야마 칸나 씨가 다리를 다친 상태에서 밤길에 웅크리고 있는 것을 발견하고, 상처를 치료해 주었습니다. 그 후에도 집에서 쫓겨난 칸나 씨를 간간히 보호하고, 가정 문제에 대한 의논에 응하곤 했습니다. 자택에서는 데생 교실이 정기적으로 열리는데, 칸나 씨는 거기에서 알몸의 어른 남자와 나란히 모델을 서고 있으며, 술 취한 대학생이 몸을 만진다는 말을 제게 털어놓은 적도 있습니다. 그 얘기를 하는 중에, 집에 가기 싫다고 울면서 호소한 적도 있었습니다. 가정에 문제가 있다는 것은 알았지만, 남의 집 문제에 관여하고 싶지 않아, 마지막에는 칸나 씨가 의논하러 오는 것을 거부했습니다. 시간이 많이 흘렀지만, 강렬한 얘기였기 때문에 지금도 확실하게 기억하고 있습니다. 고이즈미 유지 씨가 보낸 편지의 내용은 이상입니다."

법정 공기가 안개가 낀 것처럼 자욱해졌다. 모두가 대체 뭐가 어떻게 된 거냐는 표정이다.

"해부를 담당한 가스가 의사에게 변호인 측에서 질문한 바, 고의로 찔렀을 경우와 사고로 쓰러지면서 찔렸을 경우, 심장 내출혈에 약간의 차이를 보인다고 합니다. 그리고 나오토 씨의 부검 결과로 보아, 사고의 가능성이 다소 높지 않겠느냐 하는 답변을 들었습니다. 검사 측은 몸집이 작은 여자라도 피해자가 경계심이 없는 무방비 상태라면 사살의 가능성이 있다고 설명했지만, 가스가 의사는 불가능한 것은 아니지만 한번에 이렇듯 깨끗하고 깊게 찌르기는 통상적으로 곤란하다는 답변이었습니다."

서서히 법정 내 공기가 짙어지는 가운데, 재판장의 목소리만 침착함을 유지하고 있었다.

"다음, 검사 측 증인 심문이 있겠습니다만, 그 전에 휴식 시간을 갖겠습니다. 오후 개정은 한 시 십오 분으로 예정하고 있습니다."

긴장에서 해방되어 일어서자, 살짝 현기증이 났다. 상담에 집중하는 것도 지치는 일이지만, 그 이상이었다.

복도에서 기다리고 있자, 가쇼와 기타노 선생이 나란히 나왔다.

가쇼가 눈짓해서, 나는 다가가 수고했어, 하고 작은 소리로 말했다.

"호, 그쪽이야말로 힘들지 않았어?"

"괜찮아. 그보다 고이즈미 씨가 용케 수락했네, 편지 쓰는 걸."

종종 걸어가면서 계속해 질문한다. 가쇼는 자동판매기 앞에서 걸음을 멈추고, 캔 커피를 사면서 대답했다.

"남자에게는 남자들끼리의 언어가 있거든요. 그래도 설득하는 거, 진짜 힘들었습니다. 그런데, 그 검사 어떻게 나오겠어, 기타노 선생."

기타노 선생은 콜라 버튼을 누르면서 중얼거렸다.

"공판 전 정리 절차 때부터 좀 만만치 않겠다 싶은 인상이었지. 그런 유의 검사는 피고인 질문에서 제 실력을 발휘하곤 하니까."

"그런 사람이 유독 태연하게 무자비한 질문을 던진다니까. 아무튼 상황은 좋지 않지만, 지면 폼이 안 나잖아."

그리고 가쇼는 나와 쓰지 씨를 번갈아 보고는 정중하게

말했다.

"그래도 그 데생 교실에서 그린 유화, 일반 배심원들에게는 임팩트가 상당히 크지 않았을까 합니다. 이게 다 두 사람이 도야마까지 가서 그림의 존재를 발견한 덕분이죠."

쓰지 씨는, 저야말로 여러 가지로 방해를 해서 죄송합니다, 오후에도 힘내십시오, 하며 겸손하게 머리 숙였다.

우리는 점심을 먹으려고 일단 재판소를 나섰다. 올려다본 추운 겨울 하늘이 그렇게나 상쾌하게 느껴진 것은 처음이었다.

그런 내 기분을 대변하듯이 쓰지 씨가 말했다.

"긴장되네요."

나는 말없이 고개만 끄덕였다.

나와 쓰지 씨는 오후 개정 시간 10분 전에 재판소 안 복도로 돌아왔다.

하얀 복도를 걷고 있는데, 눈에 익은 모습이 시야 끝을 스쳐 지나갔다. 얼른 돌아보니, 하얀 스웨터 차림의 칸나 어머니가 검사를 앞세우고 대기실로 들어가는 중이었다.

순간적이었지만, 그 옆얼굴에 피고인의 어머니라는 약점은 없고, 오히려 호전적으로 보였다.

봐서는 안 될 것을 본 듯한 기분이 들어, 나는 그대로 방청석으로 들어갔다.

"오후 심리를 시작하겠습니다. 우선 검사가 청구한 증인 심문이 있겠습니다. 증인은 증언대로 나오세요."

칸나의 어머니가 발소리를 울리면서, 앉아 있는 칸나 쪽을 힐끔 보고는 증언대로 나왔다. 그 순간 칸나는 고개를 숙였다.

"증인은 이름을 말하십시오."

"히지리야마 아키나입니다."

짜랑짜랑한 목소리였다. 남편이 살해되고, 딸은 체포된 어머니로서 지나치게 당당하리만큼.

이번에는 아까의 까다로워 보이던 검사가 아니라 얌전해 보이는 젊은 검사가 앞으로 나왔다.

"증인에게 몇 가지 질문을 하겠습니다. 우선, 사건 당일, 증인이 자택에서 저녁을 준비하고 있을 때, 피고인이 하얀 셔츠에 피를 묻힌 채 돌아왔다, 이 점 틀림없습니까?"

"네, 틀림없습니다."

"그때, 어머니인 증인이 보기에, 피고인은 어떤 상태였습니까?"

"동요하고 있는 듯했지만, 울지는 않았습니다. 지금 생각해 보면, 오히려 침착하지 않았나 싶습니다."

"침착했다?"

"네."

"피고인이 증인에게 무슨 말을 하던가요?"

"네. 아빠가 칼에 찔렸다고 했습니다."

나는 눈을 부릅떴다. 그렇다면 칸나는 어머니에게는 죽인 건 아니라고 말했다는 것이다.

그녀가 입원해 있는 병원을 찾아가, 가쇼와 함께 얘기했을 때는 그런 말이 전혀 없었다.

"그래서, 증인은 뭐라고 했나요?"

"칼에 찔렸다는 게 무슨 말이냐? 아빠가 자살했다는 말이냐? 그렇게 물었습니다. 그러자 칸나가, 내가 들고 있던 칼에 찔렸다고 해서, 네가 칼을 들고 있었는데 그게 제멋대로 찌를 수는 없지 않느냐고 캐물었습니다."

"그 질문에 피고인은 뭐라고 대답했죠?"

"칸나는, 그만 됐어, 한 다음 집을 뛰쳐나갔습니다."

"그래서, 증인은 어떻게 했습니까?"

"원래부터 칸나가 하는 말은 참말인지 거짓말인지 알 수 없기 때문에, 일단 남편의 직장에 전화를 걸려고 했는데, 반대로 전화가 걸려 와서, 남편이 병원으로 실려 갔다는 것을 알았습니다. 그리고 병원으로 달려갔을 때, 마침 그때 온 경찰에게 칸나가 체포되었다는 말을 들었습니다."

젊은 검사는 조금 이상하다는 듯이 눈썹을 치켜들었다.

"지금, 참말인지 거짓말인지 알 수 없다고 하셨는데, 그렇게 생각하는 이유는 무엇입니까?"

칸나의 어머니는, 이유, 하고 입속에서 되풀이한 다음, 대답했다.

"칸나는 옛날부터 거짓말을 자주 하고, 있지도 않은 일을 있는 것처럼 얘기하는 일이 있었기 때문에."

"옛날부터, 라는 말은 언제부터를 말하는 것이죠?"

"초등학생 때부터요."

"그 원인은 아십니까?"

그녀는 딱 잘라, 아니요, 하면서 고개를 저었다.

"증인이 보기에, 피고인과 나오토 씨의 관계는 양호했습니까?"

"양호하지는, 않았습니다. 남편은 엄격하고 변덕스러운 면이 있었기 때문에. 다만 외국에 나가 일하는 경우가 많아, 집에 거의 없어서 애당초 관계할 일이 적었습니다."

"나오토 씨가 피고인의 취업 활동을 반대했다는 것은 사실입니까?"

네, 하고 칸나 어머니는 분명하게 대답했다.

"사실입니다. 젊을 때는 좋지만 나이를 먹은 여자에게는 쉽지 않은 일이라고 하면서."

"그 말은, 나오토 씨가 피고인의 장래를 배려하고 걱정해서 반대했다는 뜻인가요?"

칸나 어머니는 또, 네, 하면서 힘주어 고개를 끄덕였다.

"그 사람은 칸나는 성격이 소심한 편이라 사람 앞에 나서는 일이 적합하지 않다는 의견이었습니다."

"그래서 두 사람이 언쟁을 한 적도 있습니까?"

"사건 전날 밤에, 상당히 심하게 말다툼을 했습니다."

"그때, 증인은 뭘 하고 있었죠?"

"나는 남편을 거역한다는 건 있을 수 없는 일이라 칸나를 달래려고 했는데, 딸이 방 안에 틀어박히는 바람에."

"그 후에, 피고인에게 별다른 이상은 없었는지요?"

"아니요. 별다른 이상 없이 차분했다고 생각합니다. 그리고 그날 밤 나는 남편과 식사하러 밖에 나갔기 때문에, 자세한 것은 모릅니다."

그 순간, 젊은 검사가 말을 멈췄다. 그리고 바로 다른 질문을 했다.

"피고인의 성격에 대해서 질문하겠습니다. 증인이 보기에 피고인은 어떤 성격이었나요?"

"보통 때는 얌전한 편이었습니다. 다만 어렸을 때부터 정서가 불안정해서, 갑자기 울고 소리를 지르는가 하면 집을 뛰쳐나가기도 하고, 그런 일이 간혹 있었습니다."

"그럴 때, 증인과 나오토 씨는 어떻게 대했습니까?"

"남편은 병원에 데리고 가 보는 편이 좋겠다고 했지만, 나는 그랬다가 주위 사람들이 편견을 갖고 보면 불쌍하니까, 가정에서 지켜보는 것이 가장 좋겠다고 생각했습니다."

"조금 전에 변호인 측에서 데생 교실 얘기를 했는데, 그건 알고 계십니까?"

그 질문에는 그녀 목소리가 다소 날카로워졌다.

"아니요. 나는 데생 교실이 있을 때는 늘 집을 비웠기 때문에. 남자 모델이 옷을 입고 있었는지 어땠는지는 몰랐습니다."

"언제나, 말인가요?"

"네."

"사 년간 계속?"

"실제로는 사 년이 아니라, 남편이 해외에 나가 반년 정도 집을 비운 시기도 있으니까, 그렇게 길지 않습니다."

"그렇다면 데생 교실이 끝나고 뒤풀이 같은 자리에서, 누군가가 술에 취해 피고인을 껴안거나 성추행 비슷한 행위를 했다는 것은 실제로 있었던 일입니까?"

"모두 얌전한 학생들이었어요. 제가 아는 한, 그렇게 행실이 나쁜 사람은 없었습니다. 아이를 좋아하는 학생 중에는 머리를 쓰다듬거나 살짝 안아 주는 이도 있었지만, 칸나도 좋아했고, 오히려 오빠, 오빠 하면서 잘 따랐는데, 그게 어떻게 추행이 되는지 모르겠네요. 칸나가 착각한 것이라고 생각합니다."

아무튼 칸나는 허풍이 심하다니까, 옛날부터.

그녀가 예전에 단언했던 말이 되살아난다.

"그렇다면 오전에 변호인 측에서 설명한 사실은 적어도 증인이 아는 한 없었다는 것으로."

"누굽니까, 그 고이즈미라는 사람이?"

더는 참지 못하겠다는 듯이 튀어나온 감정적인 목소리에, 심문하던 젊은 검사가 당황했다.

"초등학교를 막 졸업한 아이가 가출을 했으면, 경찰에 신고하는 게 보통 아닌가요. 그 사람, 대체 칸나와 무슨 관계였나요? 그런 여자아이를 집에 부르기까지 하다니, 이상한 사람은 오히려 그쪽이 아닌가 말이에요. 그리고 우리는 칸나를 내쫓은 적이 없어요. 그 반대입니다. 늘 그 아이가 부모 말을 듣지 않고 멋대로 뛰쳐나갔어요. 그런 남자의 증언 따위, 다 엉터리예요."

칸나의 어머니가 그렇게 떠벌리자, 방청객 사이에서도 당황해 하는 분위기가 퍼졌다. 오늘까지 겨우겨우 틀에 갇혀 있던 뒤틀림이 서서히 터져 나오기 시작한 듯하다.

"알겠습니다. 그럼 마지막으로 묻겠습니다. 사건 직후에 증인은 피고인을 만났죠. 그때 인상을 다시 한 번 말씀해 주시죠."

"아까도 말했지만, 냉담했어요. 어쩌다 실수로 칼을 찌른 후로는 보이지 않았습니다. 그러니까 그 아이는 역시 처음부터 남편을 찌를 결심을 하고, 미술학교에 간 거라고요."

그렇게 단언하는 칸나 어머니에게 젊은 검사는 조심스럽게 목례하고는 물러났다.

검사 측 증인 심문이 끝나자, 이번에는 변호인 측에서 반대 심문에 들어갔다.

가쇼가 나설 줄 알았는데, 일어선 쪽은 기타노 선생이
었다.

"변호인 기타노입니다. 대답할 수 있는 질문에만 대답하
셔도 무방합니다. 그럼 시작하겠습니다."

침착하고 온화한 목소리에, 혼란스러웠던 법정 내 분위
기가 조금은 가라앉았다.

"그럼, 우선 증인에게 사건 당일에 대해 묻겠습니다. 저녁
으로 뭘 준비하셨는지요?"

그 질문에 모두가 어리둥절해 했다.

"네?"

칸나의 어머니도 고개를 갸우뚱하며 되물었다.

"그날 저녁입니다. 만약 기억하시면, 말씀해 주시죠."

"그날은…… 초밥과 장국과 계란말이었어요. 마키 김밥
을 하려고."

"그것은 증인이 생각한 메뉴입니까?"

아니라고 말하려던 증인이 무슨 기억이 났는지 우물쭈
물하다가, 다시 대답했다.

"칸나가 그렇게 해 달라고 했습니다."

"칸나 씨가 저녁은 마키 김밥을 먹고 싶다고 한 게 언제
입니까?"

"그날 아침에, 면접장에 가기 전이요."

"그렇군요. 그럼 면접을 잘 치르기를 바라면서, 축하의

의미로 마키 김밥을 청한 것인가요?"

아니요, 하면서 그녀가 고개를 저었다.

"아마 힘들지도 모르니까, 저녁 정도는 호사스럽게 먹자고 했습니다."

"그럼, 칸나 씨는 불합격일지도 모른다는 마음의 준비를 하고 있었던 건가요?"

"그거야, 어려운 시험이니까, 꼭 붙을 거라는 생각은 없었을 거예요."

"증인이 보기에, 피고인은 취직 활동에 어떻게 임했습니까?"

"그야, 당연히 열심이었죠."

"이와 관련해서, 피고인은 그날 방송국 시험이 마지막이었습니까?"

아니요, 하면서 칸나 어머니는 또 고개를 저었다.

"도쿄에 있는 방송국은 마지막이었지만, 아직 지방은 남아 있었어요."

"그럼, 그날 꿈이 완전히 꺾인 것은 아니겠군요."

"하지만 본인은 도쿄에 있는 주요 방송국이 제일 지망이었으니까. 그런 부분에서는 자존심이 셌어요."

기타노 선생이 잠시 생각에 잠겼는지, 혼자 웅얼거렸다. 모두가 그의 그런 모습에 정신이 팔렸을 때, 아주 자연스럽게 질문으로 넘어갔다.

"증인은 피고인이 집에 들어왔을 때, 아빠가 칼에 찔렀다고 말했다고 아까 말씀하셨죠. 그런데 왜, 피고인이 나오토 씨를 찔렀다고 생각했는지요?"

"그건, 칼이 제멋대로 찌르는 상황은 있을 수 없잖아요. 칸나가 자기 죄를 숨기려고, 그런 말을 했다고밖에."

"증인은 피고인이 거짓말을 하거나, 있지도 않은 일을 있는 것처럼 얘기하는 일이 있다고 말씀하셨습니다. 구체적으로 기억나는 어떤 언행이 있었는지요?"

"그건, 여러 가지로 많았는데, 예를 들면 데생 교실 얘기도 그래요. 그런 이상한 행동을 하는 학생이 없었는데, 허풍을 떨어서 걱정하기를 바라고, 남편이 훈육에 엄격한 편인데다 외동이라서 외로움을 잘 타는 편이었습니다, 옛날부터. 그래서 관심을 끌려는 언행을 자주 했어요."

그와 관련해서 말인데요, 하고 기타노 선생이 유연한 분위기를 유지하면서 심문을 이어 갔다.

"아까 증인은, 데생 교실이 있는 날은 언제나 집을 비워서 남자 모델이 누드였는지조차 알지 못한다고 말씀하셨습니다. 그렇게 중요한 사실조차 파악하지 못한 증인이, 데생 교실에서 피고인에게 성추행을 하는 인물이 없었다고 어떻게 단언할 수 있는 건지요?"

기타노 선생의 정곡을 찌르는 심문에, 다툼의 흐름이 확 바뀐 것처럼 느껴졌다.

"그건 데생 교실이 끝날 무렵에는 돌아와서, 내가 직접 만든 음식이나 차와 과자를 대접했기 때문이에요! 계속 없었던 건 아닙니다."

"그렇군요. 알겠습니다."

집 안에서 벌어지는 일을 볼 수 없는 시간대가 있었다는 인식이 모두에게 충분히 전해졌다고 감지했는지, 기타노 선생이 슬쩍 뒤로 빠졌다.

"덧붙여, 칸나 씨의 팔에 흉터가 있다는 걸 증인은 알고 있었습니까?"

이어서 그렇게 질문하자, 칸나의 어머니는 더는 감정을 숨기려 하지 않았다.

"그야 눈에 보이니까 알 수밖에 없죠. 하지만 본인은 다쳤다고만 말했어요."

"상처가 서서히 늘어 가고 있는데, 피고인의 마음에 어떤 중대한 문제가 있다는 생각은 하지 않았습니까?"

"상처를 일일이 세어 보지 않았습니다. 처음부터 눈에 잘 띄는 상처라서, 오히려 늘어나는지 줄어드는지, 그런 건 몰랐어요."

"그 말은, 나오토 씨만 그 사실을 알고, 그 이유로 피고인에게 한동안 모델을 서지 말라고 하거나, 최종적으로는 그만두라고 했다는 말인가요?"

"모델 건은 잘 모릅니다. 남편의 일이니까. 내가 참견할 수 있는 일은 없었어요. 남편만 알고 있었느냐는 질문이라면, 알고 있었을지도 모르지만, 남편이 직접 내게 그 일을 얘기하거나 의논한 기억은 없습니다."

칸나 어머니의 답변 속에 모른다는 표현이 점차 늘어가고 있다.

"증인은 칸나 씨와 나오토 씨의 관계가 양호하지는 않았다고 대답하셨는데, 생활하면서 증인이 없는 곳에서 칸나 씨와 나오토 씨 단둘이 얘기하는 시간도 없지는 않았다는 뜻인가요?"

"그건 부모 자식인데, 당연히 있었죠. 그게 어떻다는 거죠?"

"달리 질문하겠습니다. 왜 나오토 씨는 피고인이 아나운서 시험을 치르는 걸 반대했습니까. 이유는 아시나요?"

"남편은, 예능 프로그램 같은 걸 쓸데없다고 생각하는 사람이었으니까. 원래 텔레비전을 싫어했습니다. 그래서 남편이 집에 있을 때는 켜지 않았어요."

"그래서 피고인이 반발하거나, 나오토 씨와 다툰 일은 없었나요?"

"면접 전날, 예민한 상태였는데, 어쩌다 일찍 들어온 남편이 쓸데없는 짓이라고 해서, 그때는 칸나도 울면서 화를 냈습니다."

"그런데도 다음 날 아침에, 어머니인 증인에게 마키 김밥을 청하고 면접을 보러 나갔군요. 증인이 보기에, 그런 피고인이 아무리 중요한 시험을 망쳤다고 해도, 갑작스럽게 나오토 씨를 칼로 찌를 만큼의 감정을 품을 수 있을 것 같습니까?"

"아무리 부모 자식이라도, 진짜 속마음까지는 알 수 없죠."

칸나 어머니는 또 그렇게 단언했다.

"안 그러면 설명이 안 되잖아요. 식칼을 들고 아빠를 만나러 갔고, 실제로 그 칼이 가슴이 박혔는데. 그러니 살의가 있었던 게 뻔하잖아요. 칸나 본인도 체포된 직후부터 계속 그렇게 말했는데, 왜 지금 와서 죽이지 않았다고 하는지 모르겠군요. 변호사들이 재판에 이기고 싶어서, 직전에 이상한 얘기를 지어냈겠지만, 사실을 왜곡하는 그런 거짓된 얘기를 지어내다니, 나는 악질적인 수작이라는 생각밖에 들지 않습니다. 나는 엄마로서, 칸나가 보다 성실하게 진심으로 반성하기를 바랍니다."

기타노 선생은 거기에서 질문을 마무리했다.

"알겠습니다. 감사합니다. 변호인 심문은 이상입니다."

알고 보니, 시간이 상당히 흘렀다.

법정을 나서는데 상상했던 것 이상으로 온몸이 피곤했다.

복도로 나왔을 때, 칸나 어머니가 낙담한 표정으로 검사와 함께 퇴정하는 모습이 보였다.

가스미가세키로 향하는 아침 전철 안에서, 빽빽하게 서 있는 승객들에게 이리저리 밀리고 있는데, 스마트폰이 진동했다.

간신히 가방에서 꺼내 확인해 보니, 가쇼가 보낸 문자였다. 아침에 눈을 뜨자마자 '오늘 칸나 씨가 정신적으로 가장 힘들 날일 테니까, 잘 부탁해요' 하고 보낸 문자의 대답이었다.

'일단 마법의 말을 전해 두었으니까, 어떻게든 되지 않을까 해. 걱정, 고마워.'

마법의 말, 하고 고개를 갸우뚱하고, 가쇼가 그렇게 말한 걸 보면 무슨 생각이 있는 거겠지, 하며 나는 스마트폰을 다시 집어넣었다.

법정의 방청석에 앉았다.

"기립!"

정시가 되자 구령 소리가 울렸다. 머리를 숙였다가, 다시 앉는다.

"우선 변호인의 피고인 질문부터 시작합니다. 피고인은 증언대로 이동해 주십시오."

칸나가 사뿐히 일어섰다. 오늘도 하얀 셔츠를 입고 있다.

조용히 자리를 옮기는 모습이 생각했던 것보다 침착해 보였다. 첫날에 비하면, 그렇게 긴장하지도 않은 듯하다.

앞을 바라본다. 이제 곧 끝난다는 걸 실감하면서.

"변호인 측 질문을 시작하십시오."

가쇼가 쓱 일어나 칸나 쪽을 향하고 말했다.

"피고인은 과거에 무슨 죄를 범한 적이 있습니까?"

"없습니다."

"타인에게 폭력을 휘두른 적은?"

"그런 일도, 없어요."

"피고인이 보기에, 부모님 사이는 어땠나요?"

"사이가 좋게 느껴지지는 않았어요. 아빠는 기분이 좋을 때는 엄마를 연인처럼 대했지만, 엄마가 조금이라도 자기 기분에 맞지 않게 행동하거나 집을 비우면, 멍청하다느니 밤에 나다니다니 매춘부와 다름없다고, 귀를 막고 싶어지는 말로 매도하곤 했습니다."

칸나의 어머니 증언에서는 부각되지 않았던 부부 관계에, 듣고 있는 쪽의 마음이 얼어붙는 것 같았다.

"나오토 씨는 어머니에게 폭력을 휘두른 적이 있습니까?"

"노골적인 폭력은 없었지만, 한겨울에 속옷만 입은 채 베란다에 쫓겨나 있는 걸 한 번 본 적이 있어요. 엄마가 그런 꼴을 당하는 것을 보고, 나도 아빠를 거역하면 같은 신세가 되겠다고 생각했습니다. 그러나 제가 아빠를 거역한 것은 취업 활동 외에는 한 번도 없었어요."

차분하게 이어 가는 칸나의 진술을 듣고 있자니, 이성을 잃고 화를 버럭버럭 냈던 어머니보다 훨씬 냉철하고 객관적으로 사실을 얘기하고 있는 것처럼 비쳤다.

"사건이 있던 날, 피고인은 왜 식칼을 구입했나요?"

"취업 활동을 망쳤기 때문에, 제 손으로 저를 벌해서 그걸 아빠에게 확인 받아야 한다고 생각했어요."

"다른 칼, 그러니까 좀 더 작은 칼은 왜 안 되는 거죠?"

"늘 식칼을 사용했기 때문에, 당연히 식칼을 골랐습니다."

"그다음 피고인은 어떻게 했죠?"

"아빠가 일하는 미술학교에 갔습니다. 그러다 겁이 나서, 내린 역의 화장실에서 몇 번 팔을 그었어요. 그 후에는 바로 미술학교에 가서, 안내에서 물어 아빠가 있는 준비실이 어디인지 알고, 아빠를 만났습니다."

"그때, 나오토 씨의 반응은 어땠습니까?"

"제가 피가 흐르는 팔을 보였기 때문에, 동요한 기색이었어요."

"나오토 씨가 피고인에게 무슨 말을 했습니까?"

"마침 학생이 질문하러 와서, 보이지 않는 곳에 가서 피를 씻으라고 했습니다. 그래서 저는, 다른 층에 있는 여자 화장실에 가 있겠다고 했어요."

"그다음 피고인은 뭘 했죠?"

"한 층 아래에 있는 아무도 없는 여자 화장실에 있었어요. 거기에서 또, 아빠에게 누를 끼쳤다는 생각에 무서워서, 팔을 깊게 그었더니 생각보다 피가 많이 나와서, 깜짝 놀랐습니다. 그때 아빠가 문을 열고 들어왔어요."

"그곳에서 어떤 대화를 했나요?"

"아빠가, '오래전에 나은 줄 알았다'고 했습니다. 그리고 '네가 이상해진 건 엄마 책임이니, 그 사람에게 전화를 걸어서 머리 병원에 데려가라고 해야겠다'고 해서, 제가 그건 안 된다고 애원했는데, 아빠가 저를 등지고 스마트폰을 꺼냈기 때문에, 식칼을 손에 든 채 막으려고 했습니다."

"여자 화장실에서 나오토 씨가 어느 손으로 스마트폰을 잡고 있었는지, 기억하나요?"

"제게서 오른쪽이었으니까…… 왼손이었을 거예요."

"나오토 씨는 왼손잡이인가요?"

"아니요. 양손을 다 사용할 수 있다고 했습니다."

그렇군요, 하고 가쇼가 대꾸했다.

"전화하는 걸 막으려고 피고인은 어떻게 했나요?"

"아빠의 손을 잡았어요."

"그때 나오토 씨를 잡은 손은, 어느 쪽이었는지 기억합니까?"

"왼손이에요. 오른손에는 식칼을 들고 있었기 때문에."

"그때 칼끝은 어느 방향을 향하고 있었죠?"

"아래쪽이요."

"왼손으로, 그의 왼손의 움직임을 제지했을 때, 피고인의 왼팔은 어떤 상태였나요?"

"약간 비스듬히 위로 쳐든 것처럼요."

"나오토 씨는 어떤 반응을 보였죠?"

"아빠는, 좀 놀랐는지, 뒤로 물러났는데, 그 바람에 제가 아빠 몸에 기대는 꼴이 되었어요."

"그래서, 피고인은 어떻게 했죠?"

"일단 몸을 뗐습니다."

"그때 나오토 씨의 자세에 변화가 있었습니까?"

네, 하고 칸나는 힘을 담아 고개를 끄덕였다.

"뒤로 옮겨진 중심을 앞으로 옮기려고 윗몸을 앞으로 약간 굽혔는데…… 그때 젖은 바닥에 발이 미끄러져서."

"그래서 피고인은 어떻게 반응했죠?"

돌발적으로, 하고 칸나는 말했다.

"쓰러지는 아빠를 어떻게든 하려고 양팔을 들었어요."

"그리고 쓰러진 아버지는, 어떻게 되었죠?"

"식칼이, 가슴에, 찔렸습니다."

"쓰러지기 직전, 피고인은 식칼을 놓는다는 생각은 못했나요?"

"그건, 갑작스러운 일이어서 생각지 못했어요."

"그건 어째서인가요?"

가쇼가 부드럽게 물었다.

"칼을 놓치면, 아빠가, 엄마에게 전화를 걸 거라고 생각했어요. 아무튼 칼을 놓아서는 안 된다고 생각했습니다.”

“나오토 씨는 칼에 찔렸을 때, 무슨 말을 하거나, 어떤 행동을 취하려 하지 않았습니까?”

“아니요. 으윽, 하는 소리만 들리고…… 그대로 바닥에 무릎을 꿇었어요. 그리고, 천천히, 머리를 숙이고 옆으로 누웠습니다.”

“피고인은 그런 나오토 씨에게 무슨 말을 걸지 않았나요?”

“아니요. 너무 놀라고 무서워서, 그 자리를 떠났습니다.”

“왜 그 자리를 떠났죠?”

“큰일 났다는 생각에. 겁이 나서, 엄마에게 도움을 청하려고 전화를 걸었지만, 엄마가 받지 않아서, 몇 번이나 걸다 보니까 배터리가 떨어졌어요. 아무튼 집으로 돌아가야 한다고 생각하고, 그렇게 했습니다.”

“집에 들어간 피고인을 보고, 어머니는 뭐라고 말했죠?”

“대체 무슨 일이 있었냐고 물었어요. 그래서, 아빠가 칼에 찔렸다고 했습니다. 그랬더니 칼이 어떻게 그냥 찔리느냐고. 아빠는 어떻게 된 거냐고 물었어요.”

“그때 피고인은 어떤 모습이었죠?”

“밑에는 면접용 감색 치마를 입었고, 위는 하얀 티셔츠를 입고 있었습니다.”

“피고인도 팔에 상처가 많이 나 있었을 텐데, 그 점에 대해서는 어머니가 뭐라고 하던가요?"

칸나가 잠시 머뭇거렸다.

"아무 말도 하지 않았어요."

어딘지 모르게 본인도 이상하다는 식의 대답이었다.

"그리고 말다툼이 벌어져서, 집을 뛰쳐나갔어요."

"집을 뛰쳐나와서, 피고인은 어디로 갈 생각이었죠?"

"갈 수 있는 곳이 전혀 없어서, 다마 강가를 걷고 있었어요."

"예를 들어서, 그 길로 경찰서에 간다는 생각은 하지 않았나요?"

칸나는 잠시 생각하듯 침묵했다.

"이제 그만 죽어 버리고 싶다고 생각해서. 죄송합니다. 경찰에 간다는 생각은 못했어요."

"죽어 버리고 싶다고 생각한 건 왜죠?"

"엄마와 말다툼을 하면서, 저를 믿어 주는 사람이 이 세상에 없다는 생각이 들어서."

가쇼는 의미심장한 표정으로 잠시 멈칫하고는 다시 질문했다.

"구체적으로 어떤 일로 어머니와 말다툼을 했는지, 기억하나요?"

"네. 왜 그렇게 되었는지 엄마가 꼬치꼬치 캐물었는데, 면접 때 정신이 멍해졌던 일이랑, 정신을 차려 보니까 식칼을 손에 들고 아빠를 찾아갔더라는 설명을 했더니, 엄마가 소리를 질러서, 그래서 싸우게 되었어요."

"어머니가 뭐라고 소리를 질렀죠?"

"그 정도 일이 뭐라고, 그렇게."

사건 당일 기억에서 천천히 뚜껑이 열린다.

"나도 옛날에는 죽어라 고생했다고. 그보다 나는 앞으로 어떻게 살아가면 좋으냐고 오히려 다그쳐서, 그래서 저는."

칸나는 호흡이 점차 거칠어지는데도 울먹이며 계속 말했다.

"그 일과 제가 이상해진 것과 무슨 관계가 있느냐고 물었어요. 그런데 엄마가, 그런 걸 내가 어떻게 아느냐면서 밀쳐서, 집을 뛰쳐나왔어요. 저녁때 강가를 걷고 있는데 이제는 눈물도 나지 않고, 저는 제가 처음부터 외톨이었다는 걸 깨달았습니다."

울면서 얘기하는 칸나를 모두가 응시하고 있었다.

"돌아가신 아빠에게는 죄송합니다. 하지만, 어떻게 하는 게 좋았는지, 저는 모르겠군요. 자신이 이상하다는 건 알았지만, 병원에 갈 만한 돈도 없었고, 엄마가 스스로 어떻게든 해결하라고 하니까 그래야 하는 거라고 믿어 왔습니다. 저는, 어떻게 하는 게 좋았을까요. 자신을 억누르고 시험을 무사히 치를 수 있었다면 좋았을 텐데, 하고 지금도 생각합니다. 그러나 그때는 그럴 수 없었어요."

나는 임상 심리사로서, 이렇게 자신의 생각을 있는 그대로 말할 수 있게 된 그녀가 지금 자유의 몸이 아니라는 사실이 너무도 안타까웠다.

"변호인의 피고인 심문은 이상입니다."

가쇼가 그렇게 마무리를 지었다. 법정 안은 찬물을 끼얹은 것처럼 다시 고요해졌다.

검사 측 자리에서 누군가가 일어섰다. 가쇼와 기타노 선생이 경계했던, 깡마른 검사였다.

"그럼 검사 측 질문을 시작하도록 하겠습니다."

깡마른 검사가 감정 없는 말투로 말했다.

"피고인은 피해자 나오토 씨와 어떤 관계였습니까?"

"호적상의 아버지입니다. 하지만 혈연관계는 아닙니다."

"그 점에 대해서, 피고인은 어떻게 느꼈습니까?"

"키워 준 것에 감사하는 마음은 있습니다."

신중한 말투로 보아, 검사와 거리를 두려는 의도가 느껴졌다.

"사건 당일, 방송국에서 이차 면접을 치르다 포기한 피고인은, 왜 집으로 돌아가지 않고 식칼을 구입해서 미술학교로 간 것이죠?"

칸나는 천천히 대답했다.

"포기해서 받은 충격을, 자신에게 상처를 주는 것으로 완화하려 했기 때문입니다."

"그것과 미술학교에 간 것이 무슨 관계가 있는 것이죠?"

"그 사실과 충격을 아빠에게 호소하기 위해서였습니다."

깡마른 검사는 칸나의 얼굴을 힐끔 보고는 다시 질문했다.

"집으로 돌아가, 어머니 아키나 씨에게 호소하면 되지 않나요?"

"그런 생각은 하지 못했습니다."

"그건 왜죠?"

"먼저 아빠에게 말해야 한다고 생각했으니까요."

"나오토 씨가 여자 화장실에 왔을 때, 피고인은 식칼을 손에 들고 있었습니까?"

검사의 말투가 다소 강해졌다.

"네."

"나오토 씨는 어떻게 반응했습니까?"

"움찔 놀라는 것 같았습니다. 지금까지 상처는 봤지만, 실제로 제가 손에 식칼을 쥐고 있는 걸 보인 적은 없었으니까요."

"그랬다면 움찔 놀라는 게 당연하겠군요. 그래서 나오토 씨가 뭐라고 하던가요?"

그 말투에서 약간 모욕감을 느꼈다. 가쇼도 같은 느낌이었는지, 불쾌한 표정을 짓고 있었다.

"네가 이상해진 것은 엄마 책임이니까, 전화를 걸어서 머리 병원에 데려가라고 해야겠다고 했습니다. 신경이 위약한 것은 유전이라는 말도 했어요."

칸나는 자신의 페이스를 놓치지 않고 대답했다.

"그 말에 대해서는 뭐라고 대답했죠?"

"엄마에게 전화하지 말라고 했습니다."

"그랬더니 나오토 씨는 어떻게 했죠?"

"제 말을 무시하고 스마트폰을 꺼냈고, 그걸 막으려고 옥신각신하게 되었습니다."

깡마른 검사가 이상하다는 듯이 말했다.

"그런데 사실 피고인은 스스로 팔을 그어 피를 흘리는 상태였잖아요. 나오토 씨가 어머니에게 연락하려고 한 행위는 아버지로서 일반적이라고 느껴지는데, 피고인은 나오토 씨가 그런 반응을 보이리라는 걸 예상하지 못했나요?"

"못했습니다. 아빠는 지금까지, 내 팔에 난 상처 때문에 누구와 의논하거나, 겉으로 드러내려 한 적이 없었기 때문이에요."

그녀로서는 대답하기 어려운 내용이나 복잡한 심리 상태까지 정확하게 설명하는 점에 나는 내심 감명을 받았다.

"그럼, 왜 나오토 씨는 하필 이번에만 어머니 아키나 씨에게 연락하려고 했을까요? 그 점에 대해서는 어떻게 생각하나요?"

"자기 책임이 아니기 때문이었다고 생각합니다."

깡마른 검사는 이해가 잘되지 않는다는 표정으로 눈썹을 찡그렸다.

"책임이 아니라는 말은, 피고인의 팔에 난 상처가 나오토 씨 책임이 아니라는 말인가요?"

"그렇습니다. 아빠는 처음부터 아나운서가 되는 걸 반대했으니까요. 그래서, 자기 탓이 아니라 엄마 탓이니까, 전화를 걸려고 한 것이라고 생각합니다."

"시험 결과에 대해서, 나오토 씨는 뭐라고 했습니까?"

칸나는 잠시 틈을 두고서, 네, 하면서 고개를 끄덕였다.

"뭐라고 했죠?"

깡마른 검사가 재차 물었다.

"그런 상처가 있는 몸으로 사람들 앞이나 텔레비전에 나가는 것은 애당초 무리라고 여겼기 때문에 반대했다고 말했습니다. 의상도 선택하기가 어려울 테고, 라고요."

"그 말을 듣고 피고인은 어떤 감정을 품었죠?"

그런 감정이 직접적인 원인이 아니겠느냐는 투의 질문에도, 칸나는 동요하지 않고 담담하게 대답했다.

"이유를 알고, 이상하게 오히려 납득이 갔다고 할까, 아, 그렇구나, 하고 생각했을 뿐이에요. 그때는 자신이 쓸모없는 인간이라는 생각이 더 강해서, 아빠에게 화를 내지 않았습니다."

칸나는 줄곧 현실을 제대로 파악하지 못해 혼란스러운

것이라고 여겼다.

그러나 말하면 안 되는 일을 가슴에 껴안고 있을 뿐이었다.

"피고인과 어머니 아키나 씨는 어떤 관계였나요?"

깡마른 검사가 다시 물었다.

"사이는, 좋았다고 생각합니다."

"그렇다면, 피고인은 어머니에게 연락하겠다는 말에 왜 그렇게 반발했죠? 그런 일이야말로 가족끼리 툭 털어놓고 의논할 수도 있잖아요."

칸나가 아무 대답이 없어, 가쇼와 기타노 선생이 걱정스럽게 지켜보는 가운데.

"엄마가 옛날에, 징그럽다고 했기 때문이에요."

떨리지만 크게 대답하는 목소리에, 변호인도 검사도 그녀를 보았다.

"제가 초등학교를 졸업한 후였어요. 하와이에서 돌아온 엄마가, 제 팔의 상처를 보고, 그때."

칸나는 숨을 깊이 들이쉬고서 말했다.

"뭐니, 그 징그러운 상처는, 하고 말했습니다. 텔레비전에서 자해하는 젊은이들 특집을 한 적이 있는데, 그때도 엄마는 저렇게 겁나고 징그러운 것은 보고 싶지 않다고 내뱉듯이 말했습니다. 그래서 저는, 엄마에게는 그걸 알려서는 절대 안 된다고 생각했어요. 그게 이유입니다."

그렇군요, 하고 깡마른 검사가 약간 당황한 것처럼 대꾸했다.

"그러니까, 피고인은 어머니에게는 절대 알려서는 안 된다는 생각이 있었군요."

"네."

"그럼, 그 때문에 아버지 나오토를 찌른 게 아닌가요?"

"아닙니다. 게다가, 그게 이유라면 제가 미리 식칼을 준비해서 계획적으로 아빠를 살해하려 했다는 검사 측 주장과 앞뒤가 맞지 않죠."

깡마른 검사가 순간적으로 말을 잃었다.

나는 아연해서, 저 아이가 혹시, 하고 마음속으로 중얼거렸다.

우리가 생각하는 만큼, 정신이 약한 게 아니지 않을까.

"그러나 사건 직후, 피고인은 자신이 아버지를 살해했다고 진술했어요. 맞죠? 그런데 지금 주장을 뒤바꾼 것은 왜죠?"

"엄마가 그렇게 말했기 때문입니다. 칼이 제멋대로 찔릴 리가 없다고. 엄마는 저에게 늘 거짓말쟁이라고 했기 때문에 그때도 제가 사실을 말하고 있는지 자신이 없었습니다. 하지만 저는 제 의지로 아빠를 찌르지 않았습니다. 아니, 저는 그럴 수 없습니다."

"그렇게 단언할 수 있는 이유는 뭐죠?"

"저는 아빠가 무서웠기 때문입니다. 자신이 무서워하는 상대를 찌르다니, 생각지도 못할 일입니다."

"살의가 없었다면, 구급차를 부르지 않고 왜 그 자리에서 도망쳤나요?"

"살의가 없었기 때문에 오히려 갑작스러운 일에 어떻게 하면 좋을지 몰라서, 게다가 아빠가 일하는 곳이었기 때문에, 저와의 문제가 주위에 알려져도 괜찮을지 몰라, 도망칠 수밖에 없었습니다."

"아무래도 좀 이해가 안 가는데, 피고인은 적어도 나오토 씨가 칼에 찔렸을 때는 경찰에 알리려는 생각을 하지 않았죠. 그런데, 그대로 그가 죽을 수도 있다는 생각은 하지 못했나요?"

"상상도 못한 일이 벌어졌기 때문에, 정말 어떻게 하면 좋을지 몰랐어요. 그리고 죽을 만큼 상처가 깊은지 어떤지도 저는 판단하지 못했습니다."

"조금 전에 피고인은, 시험에 실패한 충격을 나오토 씨에게 호소하고 싶었다고 했는데, 그런데 굳이 무서워하는 상대를 만나러 간 것은, 역시 살의가 있었기 때문 아닌가요?"

칸나가 아무 말이 없었다. 반론할 말이 없는 것일까 싶어 조마조마하게 보고 있는데, 그녀가 혼잣말을 중얼거리듯 천천히 말했다.

"아마, 그때와 똑같았기 때문일 거예요."

법정 전체가 잠잠해지고 잠시 후에 깡마른 검사가 물었다.

"그때라는 게?"

"데생 교실이요. 아나운서 시험의 이차 집단 면접이 데생 교실과 똑같았어요."

그 말이 떨어지는 순간, 눈앞에 녹화 직전의 스튜디오 모습이 되살아났다. 수많은 남자 스태프들의 시선. 마음대로 움직일 수 없어 더해 가는 긴장감.

그런 거였구나, 하고 이제야 깨달았다.

"방송국 면접관들이 모두 남자였어요. 그들의 시선 속에 있다가, 갑자기 무서워졌는데, 그다음에 보니 쓰러져 있었습니다. 저 자신이 아무런 가치도 없다고 생각했더니 분하고 슬퍼서, 그 길로 식칼을 사러 갔습니다."

"뭐 때문에요?"

"자신에게 벌을 주기 위해서죠. 어렸을 때부터 줄곧, 그렇게 해소해 왔습니다."

"그렇다면 자기 혼자 해소하면 되는 일이 아닌가요?"

칸나는 궁지에 몰린 것처럼 입을 다물었다. 힘내, 하고 마음속으로 외쳤다. 너는 이미 네 자신의 말을 획득했으니까.

"아빠에게, 용서를 받아야 한다고 생각했어요."

칸나는 그렇게 잘라 말하고는, 거꾸로 질문하듯 깡마른 검사 쪽으로 얼굴을 돌렸다.

그는 표정을 바꾸지 않은 채 뒤로 약간 물러났다.

"잘 알지도 못하는 남자가 알몸으로 바로 옆에 있고, 술 취한 남자가 초등학생인 저의 몸을 만지고 껴안고, 언제 무슨 짓을 할지 몰라 무서운데, 그걸 부모가 옆에서 보고 있으면서 조금도 도와주지 않았어요. 그래서 팔을 칼로 그으면 상처가 아물 때까지 데생 교실에서 해방될 수 있었고. 괴로운 일에서 저를 구할 방법은 피를 흘리는 것뿐이었습니다. 그래서 저는 그날도, 똑같이 했을 뿐이에요."

참다 못해 내쉬는 숨소리가, 바로 옆에서 들려왔다. 살며시 시선을 돌려본다.

앞에서 세 번째 줄에, 교코가 있었다. 증언대에 선 칸나의 등을 집어삼킬 듯 쳐다보고 있었다.

"그건 부모님에 대한 증오심이 아닌가요?"

깡마른 검사가 또 다그쳤다.

가쇼가 이의 있습니다, 하고 외치며 가로막았다.

"검사는 피고인의 대답을 의도적으로 유도하고 있습니다."

재판장은 무표정한 채 몇 초간 말이 없었다.

"이의를 인정합니다. 검사는 사실에 준해 심문하십시오."

깡마른 검사는, 네, 하고 대답하고는 아무 일도 없었던 것처럼 질문을 종료했다.

"이것으로 검사 측 심문을 끝내겠습니다."

논고 마지막에 검사는 이렇게 선언했다.

"피고인을 징역 십오 년에 처하는 것이 합당하다고 생각합니다."

변호인 측 최종 변론에는 기타노 선생이 나섰다.

"미성년에게 알몸을 보이거나, 개인의 경계를 침범할 정도로 유혹적인 시선을 보내는 것은 성적 학대로 간주됩니다. 피고인은 인격 형성에 중요한 어린 시절에, 몇 년에 걸쳐 성적 학대를 받았습니다. 그 때문에 정신이 불안정해진 피고인은 자해 행위를 통해서 간신히 자신을 유지해 왔습니다. 즉, 피고인은 정신적인 부담을 느꼈을 때면 일상적으로 자해 행위를 했다고 할 수 있습니다. 그리고 사건 당일에도, 그 때문에 식칼을 구입한 것입니다. 피고인이 피해자를 만나러 간 것도 자신을 벌하기 위한 행위의 일환이었지, 절대 피해자를 살해하기 위해서가 아니었습니다. 피해자가 식칼에 찔린 것은 피고인을 보고 동요한 피해자의 발이 바닥에 미끄러졌기 때문입니다. 따라서 피고인은 무죄가 타당하다고 생각합니다."

기타노 선생은 정중하게 그렇게 변론하고 착석했다.

재판장은 천천히 결론을 내리듯 말했다.

"판결은 내주 십사 일 열 시로 예정되어 있습니다. 그럼 폐정합니다."

나와 쓰지 씨는 복도로 나와 얼굴을 마주 보았다.

"어떻게 될까요."

쓰지 씨가 물었다. 어떻게 될지 상상이 되지 않았다.

그런데도 법정에서 기타노 선생이, 칸나가 당한 일은 성적 학대라고 단정한 것에 큰 의미와 구원을 느꼈다.

사람 없는 복도의 자동판매기 앞에서 녹차를 사려고 하는데, 가쇼와 기타노 선생이 성큼성큼 다가왔다.

"그렇게 무례한 피고인 심문은 처음 보는군. 그 인간, 인격에 문제가 있는 거 아니야."

기타노 선생이, 진정하라고, 하면서 가쇼를 달랬다.

"그래도 칸나 씨가 얼마나 당당하게 얘기하던지, 깜짝 놀랐어요. 가쇼 씨와 기타노 선생이 지도했나요?"

가쇼는, 아아, 하고 중얼거리고는 표정을 가다듬고 다시 말했다.

"지도를 했다고 할 수 있을지, 이미 지도가 되어 있는 상태였어요."

내가 고개를 갸우뚱하자, 쓰지 씨가 말했다.

"맞다, 칸나 씨는 아나운서를 지망했잖아요."

"그렇습니다. 칸나 씨는 애당초 사람 앞에서 객관적 사실과 자기 의견을, 상대를 불쾌하지 않게 피력하는 훈련이 되어 있었어요. 지금까지는 죄책감 때문에 그걸 발휘하지 못했지만. 그래서 말했죠. 지금이야말로 칸나 씨가 봐 온 사실과 느껴 온 것이 필요한 때니까, 어머니와 아버지에 대한 배려와 부담은 버려도 좋다. 책임은 나와 기타노 선생과 칸나 씨 셋이서 다 같이 지자고 말입니다."

"결론이야 뭐 재판소에서 내리는 거지만."

기타노 선생이 장난스럽게 말해서, 가쇼가 슬쩍 웃었다.

"이제 판결을 기다리는 일만 남았습니다."

가쇼와 기타노 선생은 그렇게 말하면서 돌아갔다.

나와 쓰지 씨는 따끈한 홍차를 샀다. 평소 같으면 조금 달게 느꼈을 밀크티의 맛이 피곤한 머리에 마침 좋았다.

다 마신 페트병을 버리려다 남은 몇 방울이 손가락에 묻어 끈적거렸다.

"쓰지 씨, 나 잠깐 화장실에 다녀올게요."

그렇게 말하고 발길을 돌렸다.

복도 끝에 있는 여자 화장실에 들어가는 순간, 세면대에서 손을 씻고 있던 칸나의 어머니와 눈이 마주쳤다.

적의에 찬 눈길로 쳐다볼 줄 알았는데, 그녀는 몸을 비키며 나를 피하듯 고개 숙였다.

그 움직임을 어디선가 본 적이 있었다. 먼 과거가 아니라, 훨씬 더 일상적으로. 가령 클리닉에서 내담자와 마주했을 때.

숨이 막힐 것 같았다.

도망치듯 화장실에서 나가려는 그녀를 가로막자, 화들짝 놀란 표정으로 이쪽을 쳐다보았다.

나는 최대한 공손하게, 히지리야마 씨, 하고 불렀다.

"좀, 궁금한 게 있는데요."

"이제 그만하세요."

거부하듯 퉁명스럽게 말을 되받아치는 그녀의 왼팔을 내려다보았다. 그녀는 거북한 표정으로 걷어 올린 소매를 끌어내렸다.

칸나 어머니의 팔은, 칸나보다 더 심했다.

그어서 생긴 흉터도 있거니와 얼룩덜룩 색이 변한 화상 같은 흉터도 있었다. 그런 흉터가 손목에서 팔꿈치까지 죽 뒤섞여 있었다. 사고나 한 번의 부상으로 입은 상처로는 보이지 않았다.

나는 망연자실한 채 그녀를 쳐다보았다.

이쪽을 노려보는 눈은 물에 젖은 것처럼 반짝거리며 아름다운 형태를 유지하고 있었다. 그러나 그 속에는 어둠밖에 없었다. 발을 내딛기가 주저될 만큼 깊은 어둠이었다.

"비키세요."

그녀가 화가 난 것처럼 말하며 나가려 했다. 나는 순간적으로 그녀를 잡았다.

"잠깐만요. 그 상처는 어머니 스스로…… 아니면 누군가에게."

그리고 떠올랐다. 성적 학대를 받은 딸과 그 사실을 알면서도 모르는 척하는 어머니의 사례가.

"다 끝난 일이에요. 나는 정상입니다."

성적 학대를 받은 딸의 어머니 또한 누군가에게 성적 학대를 받고 폭력에 노출되었을 가능성이 있다는 것을.

그러다 어른이 되면 이번에는 그녀 자신이 유사한 언행을 보이는 경우가 있다는 것도.

나는 천천히 눈을 감았다가, 다시 떴다.

"고통스러운 일이나 하고 싶은 말이 있으면, 믿고 상담할 수 있는 기관에 연락을."

"나는 정상이라고 했잖아요. 알지도 못하는 사람에게 할 얘기 없어요."

그녀가 강경하게 말을 되받았다.

나는 고개를 옆으로 잘게 저으면서 물었다.

"정말 그러세요?"

그녀는 몸을 돌리자, 화장실에서 후다닥 나가 버렸다.

나는 수도꼭지를 틀어 놓은 채 세면대를 꽉 잡았다.

어쩌면 칸나가 망가져 가는 것을 그 누구보다 두려워한 사람이 그녀였을지도 모른다. 그 과정을 직시하면, 그녀 자신의 어두운 과거와 대치하게 될 테니까. 그래서 외면했다면.

나는 칸나가 법정에서 고백한 말을 나직하게 중얼거렸다.

"징그럽다."

징그럽지 않다. 그렇게 고통을 당하면서 참아 온 증거라고 가르쳐 주는 사람이 한 명도 없었던 것이다. 그 어머니 옆에는. 지금도.

339

판결 공판이 있는 날 아침, 법정에는 저번보다 많은 사람들이 몰려들었다.

방청석 제일 앞줄에는 보도 관계자들로 보이는 사람들도 있었다.

마침내 재판장과 판사가 입정하자 마지막 '기립' 호령이 울려 퍼졌다.

그리고 판결이 내렸다.

"판결 주문. 피고인을 징역 팔 년에 처한다."

유죄.

재판장은, 식칼을 구입한 후 미술학교로 간 칸나가 나오토 씨를 사람 없는 장소로 불러냈으며, 나오토 씨가 칼에 찔린 후에도 경찰에 신고하지 않고 도주했다는 이유를 들어 이렇게 말했다.

"확정적인 살의가 있었다고 추정할 수 있다."

그리고 이어서 다음과 같은 부분은 인정했다.

"그러나 피고인의 유년기 성장 환경이, 건전한 심신의 발달에 적절했다고 할 수 없으며, 또 그 사실을 피해자를 비롯해 여러 사람이 파악하고 있었음에도, 일정 기간 지속되었으므로 피고인의 정신과 피해자와의 관계성의 악화에 적지 않은 영향을 미쳤을 것으로 사료된다."

그리고 마지막으로 아직 젊은 나이를 들어 이렇게 마무리했다.

"갱생의 여지가 있는 것으로 판단했다."

제일 앞줄에 있던 보도 관계자들이 일제히 일어나 법정에서 나갔다. 가쇼와 기타노 선생은 납득할 수 없다는 표정을 짓고 있었다. 나는 퇴정하려는 칸나 쪽을 보았다.

그 옆얼굴이 이상할 정도로 평온했다.

멀어서 진의를 확인할 틈도 없이, 칸나는 다시 포승줄에 묶여 교도관과 함께 법정을 떠났다.

재판 내용을 바로 정리해야 해서, 클리닉에는 며칠 휴가를 내고 집에서 집필 작업에 들어갔다.

평일 낮에 내 손으로 만든 주먹밥을 오물거리면서, 지금까지 기록한 메모와 보도 기사, 자료와 씨름하고 있는데, 전화가 울렸다.

잠시, 무시할까 어쩔까 망설였다. 그래도 받은 것은 칸나어머니가 뇌리에 스쳤기 때문이었다.

"여보세요, 유키. 갑자기 들이닥치면 방해될 것 같아서 전화했어. 잘 지내?"

가몬 씨까지 단단히 일러 효과가 있는 것 같다. 나는, 바쁘게 지냈어, 하고만 대답했다.

"그런 거 같아서, 짧게 얘기할게. 엄마랑 아빠, 말레이시아로 이주할까 생각 중이야."

귀를 의심했던 나는 순간적으로, 왜? 하고 오랜만에 딸

다운 목소리로 되물었다.

"이제 나이도 그렇고, 환경이 안 좋은 도쿄에 굳이 안 있어도, 그쪽은 날씨도 온난하니까 느긋하게 지낼 수 있잖아. 아빠는 해외 출장이 잦아서 외국 생활에 익숙하고, 언어도 불편 없고. 아빠 동료 중에도 그쪽으로 이주한 사람이 있는 것 같아."

해외 출장, 이란 단어에 날카로워진다. 어떻게 당연한 일인 것처럼 말할 수 있는지, 역시 나는 지금도 이해할 수 없었다.

"왜 그렇게 아무렇지도 않아?"

조용히 따졌다. 그렇구나, 하고 마음속으로는 납득하면서.

"아무렇지 않다니, 이주가?"

"그게 아니라. 아빠가…… 옛날에, 외국 나가면 어린 여자를 샀다고 했잖아. 나는 모르겠어. 왜 이혼을 안 했는지도, 아무렇지 않게 해외 이주란 말을 할 수 있는 것도."

모르는 것은, 내가 묻지 않았기 때문이다.

상처 받는 것이, 서로를 이해하고 이해 받는 것이, 두려웠기 때문에.

엄마는 당혹스러웠는지 잠시 침묵하고는, 얘는, 하면서 말을 꺼냈다.

"이혼이란 말, 요즘이야 다들 아무렇지 않게 하지만, 우리 시대에는 생각도 할 수 없었어. 자식은 부모가 다 있는 편이 좋잖아. 이혼하면, 유키 너에게도 뭘 충분히 해 줄 수 없게 되고. 그리고 아빠도, 엄마가 옛날에 울면서 야단했더니, 두 번 다시 안 그런다고 무릎 꿇고 빌었어. 그다음에는 그런 일 없다고. 엄마는 자신의 인생보다, 언제나 가정의 행복을 우선했어."

변명 같지는, 않았다. 다만 정말 믿어 의심하지 않았던 것이다, 젊은 날의 이 여자는. 시대가 그랬는지, 그렇게 교육을 받아 그런지, 개인적인 자질이 그런 것인지. 현대에는 이미 기능하지 않는, 과거로 흘러가 버린 수많은 것들.

"알았어. 이주할 시기가 정해지면 알려 줘. 가몬 씨랑 마사치카랑, 다 같이 스시라도 먹으러 가게."

그렇게 말했더니, 엄마는 아주 신이 난 듯, 맛있는 걸로 먹기다, 하고 말했다.

마지막까지 딸의 애정을 믿어 의심치 않는 엄마를 위해, 나는 전화를 끊고서 잠깐 울었다.

법정을 떠나는 칸나의 온화했던 표정의 의미를 안 것은, 그로부터 일주일이 지나서였다.

나는 식물에 에워싸인 진찰실에서, 막 배달된 칸나의 편지를 펼쳤다.

마카베 선생님

겨우 재판이 끝나서 긴장이 풀어졌는지, 며칠 동안 아무 생각 안 하고 잠만 잤어요.

이번 재판에서, 정말 신세 많이 졌습니다. 마카베 선생님, 안노 변호사님, 기타노 변호사님에게 진심으로 감사드립니다.

법정에서 많은 어른들이, 제 말에 귀를 기울여 주었어요.

그게 제게는 구원이 되었습니다.

고통도, 슬픔도, 거절도, 자신의 생각도, 절대 말해서는 안 되는 것이었으니까요.

어떤 인간에게도 자기 의사와 권리가 있고, 그걸 말해도 된다는 것을 재판을 통해서 처음 경험할 수 있었습니다.

안노 변호사님과 항소를 검토했지만, 역시 1심 판결을 그대로 수용하려고 합니다.

제가 구급차를 부르지 않은 것은 사실이고, 그 때문에 아빠가 돌아가신 것도 사실로 받아들이고, 구형된 형량 동안 형무소의 담장 안에서 조용히 지내려 합니다.

자신의 감정과 마음에 대해 아직도 모르는 것이 아주 많습니다.

지금은 그런 것을, 다른 누가 아닌 저 스스로 써 보려고 합니다. 언젠가 마지막까지 다 쓰게 되면, 제일 처음 마카베 선생님에게 보여 드려도 될까요?

이제 곧 봄이네요. 지난 몇 달 동안, 계속해서 제 마음과 마주해 주신 것, 잊지 않겠습니다. 정말 고마웠습니다.

히지리야마 칸나 드림

나는 편지를 접었다.

다 잘됐다고 생각하는 한편, 딱 한 가지 마음에 걸리는 것이 남아 있어, 인사와 질문을 써서 답장을 보냈다.

내가 궁금했던 것은, 어머니 팔의 상처에 관해 그녀가 알고 있는 게 있는가 하는 것이었다.

그녀는 편지에 이렇게 대답했다.

'옛날에, 사고로 부상을 입었다고 했습니다. 엄마는 그 흉터를 몹시 꺼려서, 제 팔에 상처가 생기는 것을 필요 이상 증오했는지도 모르겠어요.'

그 대답을 읽자 칸나 씨 어머니의 얼굴이 떠올랐다. 칸나의 상처에 대해 "닮이잖아요" 하고 단언했던 그녀. 봐야 할 것은 보지 않고, 보여야 할 것을 보이지 않는 행동을 계속해 온 그녀는, 아직도 진실을 부정하고 있는 것일까.

칸나가 어머니 흉터의 진실을 알았을 때, 그녀는 또 다른 큰 상처를 입게 될 것이다. 그래도 극복을 통해 얻을 수 있는 것도 있지 않을까 한다.

지금의 칸나라면, 그쪽의 가능성에서 희망을 찾을 수 있을 것이란 기분이 들었다.

그 밤에 80퍼센트 정도 완성한 원고를 쓰지 씨에게 보냈더니, 바로 메일이 왔다.

내용이 정말 멋집니다, 하는 말 뒤에 '가능하면 직접 만나 의논드리고 싶은 일이 있습니다'라는 한 줄이 첨부되어 있었다.

무슨 일이지 싶어 고개를 갸웃거리면서 일정이 비는 날을 찾아 메일을 보냈다.

며칠 후, 휴식 시간에 클리닉 근처에 있는 카페로 찾아온 쓰지 씨는 주문한 커피가 나오자마자, 두 무릎에 손을 가지런히 모은 채 머리를 숙였다.

"실은 책이 말이죠……. 위에서, 사건이 예상했던 것보다 조용하게 수습되어서 지금 형태로 출판을 해 봐야 당초 상정했던 부수만큼 팔릴 수 있을지 기대하기가 어렵지 않겠나 하는 식으로 얘기가 돌아가서."

나는 잠시 침묵하다가, 알겠어요, 하고 대답했다. 왠지 이렇게 될 듯한 기분이 들었었다.

칸나 사건의 판결 내용은 텔레비전에서도, 주간지에서도, 거의 다루지 않았다. 요즘은 전철 광고도 최근에 발생한 연쇄 살인 사건과 미인 정치가의 스캔들로 메워져 있다.

"그래서 제가 의논드리고 싶은 것은."

그가 얼굴을 들고 말을 꺼내, 나는 눈을 깜박거리며, 것은? 하고 물었다.

"제가 받은 원고를 기초로, 성적 학대를 받은 여성들을 취재해 논픽션으로 체재를 바꿔 집필하는 것은 어려울까요? 이번 히지리야마 칸나 씨 사건을 중심으로, 비슷한 고통을 겪고 있는 여성들의 목소리를 마카베 선생님이 직접 취재를 통해 수집해 주시면 어떨까 합니다."

나는 쓰지 씨의 얼굴을 빤히 쳐다보았다.

"이런 형태의 성적 학대가 있다는 것을, 저도 이번 사건을 통해 처음 알았습니다. 전국 어디엔가 수많은 사연들이 묻혀 있을 것이라 생각합니다. 그 사연들을 세상으로 끄집어내서, 이런 일은 이상하다고 말해도 된다고 세상에 외칠 수 있었으면 합니다. 취재 상대를 섭외하는 것도 힘든 일이고 시간도 걸리겠지만, 검토해 주시면 고맙겠습니다."

나는 언젠가 기타노 선생에게 유명해지고 싶다고 말한 적이 있다.

돈을 위해서도, 명예가 필요해서도 아니다. 유명해져서 구조를 청하는 더 많은 목소리를 듣고 싶어서다. 처음 클리닉을 찾았던 날의 나처럼.

"해 볼게요."

나는 바로 대답했다.

이번에야말로 아무도 죽지 않고, 살아갈 수 있게.

그리고 상처 입은 이들이 언젠가 행복해질 수 있게.

푸르른 녹음에 둘러싸인 결혼식장에 도착하자, 나는 신부에게 인사하려고 신부 대기실을 찾았다.

대기실 문을 노크하자, 네에, 하는 밝은 목소리가 들렸다.

"실례합니다……. 와우, 어머나, 너무 예쁘다."

하얀 베일을 쓴 리사 씨가 어머니의 손을 잡고 이쪽을 돌아보았다. 새하얀 웨딩드레스 위로 아름다운 쇄골이 도드라져 있었다.

친척들에게 인사를 끝낸 리사 씨가 일어서서 말했다.

"유키 씨! 감사합니다. 솔직히, 걱정했어요. 순백의 드레스가 나 같은 얼굴에 어울리지 않으면 어쩌나 하고요."

"전혀 그렇지 않아. 정말 예뻐. 아, 그런데 가몬 씨는?"

리사 씨가 얼굴을 바짝 들이대고, 그게 말이죠, 하고 작은 소리로 소곤거렸다.

"왜, 혹시 뭐가 잘못된 거야? 설마 지각한 건?"

"아, 아니에요! 지금 회장 쪽에. 저, 저요, 집합 장소에 유키 씨 남편이 안경 벗고 올백의 모습으로 나타났을 때, 얼마나 놀랐다고요……. 의외로 진짜 미남이던데요! 왜 평소에는 그런 안경 끼고 다닌데요?"

아아, 하고 알아차린 나는 피식 웃었다.

"그 사람, 얼굴 윤곽이 좀 뚜렷하고 키가 커서, 사진 시작했을 무렵에 찍히는 쪽이 오히려 긴장하는 걸 보고, 그런 스타일로 바꾼 것 같아. 남녀노소 불문하고 편안한 표정을 좋아한다나 뭐라나."

"그랬군요. 그래도, 정말 놀랐어요. 우리 남편이, 왜 그렇게 야단이냐고 따지더라고요."

나는 웃으면서, 옛날에 가쇼와 백화점 옥상에서 별을 보았을 때 일을 떠올렸다.

'그때 처음, 이 인간 못 당하겠는데 싶은 생각이 들었어.'

가몬 씨에 대해 그렇게 말한 다음 "게다가 나보다 잘생겼고 말이야" 하고 덧붙였던 말도. 의외로 그런 일에 신경 쓰는 가쇼가 귀엽다고 생각했던 것도.

이제는 차분하게 돌아볼 수 있게 되었다.

꽃이 흐드러지게 핀 가든에서 파티가 시작되자, 나는 그 정경을 촬영하는 가몬 씨 옆으로 다가갔다.

"당신도 한 장."

렌즈를 이쪽으로 돌려, 나는 미소를 머금었다.

먹지도, 마시지도 못한 채 사진을 찍는 그에게 잔을 내밀자, 그는 카메라를 내리고 잔을 받아들며 말했다.

"멋진 결혼식이야."

많은 친구들과 친족에 둘러싸인 리사 씨는 정말 행복해 보였다. 칸나를 좀 더 일찍 만났더라면, 하고 문득 상상한

다. 단계를 차근차근 밟아 회복해서, 그녀가 바란 인생을 살 수 있도록 옆에서 도울 수 있었을지도 모르는데.

거기까지 생각하고서, 나는 하늘을 우러러 보았다. 해야 할 일이 아직 많다는 것을 실감했다.

가몬 씨가 불쑥 중얼거렸다.

"우리 결혼식 때가 생각나는군."

나는 고개를 끄덕이고서, 꽃이 핀 울타리를 건너다 보았다. 계절이 이미 지났는지 동백꽃은 피어 있지 않았다.

알고 보니, 가몬 씨도 그쪽을 똑바로 쳐다보고 있었다.

"왜 보는데?"

"나도, 동백꽃은 피어 있지 않다고 생각했거든."

잠자코 있자, 가몬 씨가 말했다.

"가쇼에게 동백꽃은 특별한 꽃이었어."

나는 살짝 눈썹을 찡그렸다.

"가쇼가 우리 집에 왔을 때, 어머니 물건을 딱 하나 가져 왔는데, 여자들이 머리에 바르는 동백기름 빈 병이었어."

가몬 씨는 그 색소가 옅은 눈동자에 소리 없는 연민을 담고 말을 이었다.

"우리 집에 적응할 때까지, 가쇼는 매일 누워서 그 빈 병만 쳐다봤어. 우리 엄마에게 꽃 이름을 물었던 것도 기억 나는군."

나는 아무 말도 할 수 없었다.

"가쇼가 대학교 삼 학년이 되자마자, 둘이서 밥 먹으러 간 적이 있었어. 그때, 그 녀석이 말하더군. 교내에 아주 묘하게 분위기 있는 예쁜 여자가 있어서 말을 걸었다고. 캠퍼스에서 여학생 꼬드긴 건 처음이라면서 말이야. 농담처럼 말했지만 좋아 보였어. 그리고 한동안 만날 기회가 없어서, 설마 그 여자가 유키인 줄은 몰랐지. 그런데 다운재킷 주려고 갔던 날, 식당에서 얼굴을 마주했을 때, 알았어. 그래서 단둘이 있을 때 물어봤지. 가쇼에게, 너 유키를 좋아한 거 아니냐고 말이야."

대답은 알고 싶지 않았다.

순간적으로 그렇게 생각하고는, 자신이 그 대답을 가장 알고 싶어 했다는 것을 비로소 인식했다.

"가쇼가 뭐라고 했는데?"

가몬 씨는 다정한 눈빛으로, 이제 겨우 원래대로 부르는군, 하고 말했다. 나는 퍼뜩 놀라 눈을 세게 깜박거렸다.

"소중했지만 연애는 아니었다고 했어. 얼마나 특별했는지 전하고 싶어도, 유키는 이제 받아들이지 않을 거라고. 그 말을 듣고 나, 가쇼와 당신이 얼마나 서로를 잘 이해하는 사이인지를 깨달았지."

눈시울이 뜨거워져 눈을 감았다. 어딘가에서 행복한 웃음소리가 울렸다.

"그 말 듣고, 나와 헤어지겠다는 생각은 안 했어?"

"아니."

가몬 씨는 그렇게만 대답했다.

"하지만."

"내가 줄곧 하고 싶었던 말은."

그가 내 말을 가로막았다.

"당신은 앞으로 아주 마음 편하게 가쇼 불평을 해도 되고, 칭찬을 해도 돼. 내 앞에서 말이야."

나는 말없이 고개를 숙였다. 언제였나, 그가 내게 말했다. '당신은 짊어지지 않아도 될 것을 너무 많이 짊어지고 있어.'

"당신, 나랑 결혼하길 잘했다고 생각해?"

가몬 씨가 물어서, 나는 얼굴을 들었다.

"물론이지. 당신과 만나서 나는 전보다 훨씬 훨씬 행복해."

가몬 씨도 고개를 끄덕이면서 말했다.

"나도 그래. 가쇼는 소중한 동생이고, 당신은 소중한 연인이었어. 두 사람이 말하는 걸 원치 않는 것 같아서 오늘까지 계속 말 않고 있었는데. 언젠가 당신과 가쇼가 화해하면 말하려고 했어. 오늘에야 겨우 당신을 나 혼자 독차지할 수 있게 되었군."

나는 천천히 숨을 내쉬었다. 오랜 세월 끌어안고 있던 비밀이, 사라져 간다.

환성이 일고, 꽃으로 장식된 웨딩 케이크가 파티 장소로 옮겨졌다. 가몬 씨가 카메라를 들었다. 나는 웨딩 케이크로 다가가며 손을 흔들었다. 우리는 아주 잠깐, 그 어느 곳도 아닌 장소에 있었다. 서로의 시선 속에서.

어느 여름날, 피범벅이 된 모습으로 걸어가던 한 여대생 히지리야마 칸나가 살인 혐의로 체포된다. 그녀가 살해한 사람은 다름 아닌 그녀의 아버지.

소설은 용의자가 '아나운서를 지망하는 극강 미모'라고 해서 화제를 모은 이 사건의 전말을 파헤치는 추리물의 골격을 갖고 있지만 경찰이나 형사는 등장하지 않는다. 대신 이 사건과 더불어 히지리야마 칸나라는 인물에 대해 논픽션을 집필하게 된 임상 심리사 마카베 유키와 칸나의 변호를 맡은 국선 변호인 안노 가쇼가 사건이 발생하기까지의 과정을 시간을 거슬러 추적한다.

유키는 책의 집필을 위해 구치소에 수감된 칸나를 찾아가 면회하고, 또 편지를 주고받으면서 점차 사건의 저변에 깔려 있는 그녀의 성장 과정과 거기에서 비롯된 불안정한 심리에 접근하는 한편 그녀 자신의 과거와도 마주하게 되는데…….

　성에 눈뜨기 전, 아버지가 이끄는 데생 교실에서 모델을 하면서 아버지를 비롯한 수많은 남자들의 시선에 노출되어 본의 아니게 성적 수치심을 경험하는 칸나는 그 트라우마를 해결하지도 또 극복하지 못한 채 성장한 결과, 심하게 일그러진 내면과 오로지 자기 보호를 위해 복종으로 상대방을 얽어매는 모순된 인격을 갖게 된다. 반면 자신의 상처와 세뇌된 죄의식에서 해방되려는 무의식적인 몸부림은 자해를 유발하는가 하면 자기 파탄적인 인생 행로를 걷게 한다. 어른들, 그것도 자신을 지키고 보호해 줘야 할 부모의 의도적인 외면과 비윤리적이고 이기적인 행동 속에 자라야 했던 한 여자 아이의 짓밟힌 성장 과정이, 성인식 날 아침에 아버지의 비밀을 알고 충격에 휩싸인 나머지 자신의 성(性)을 내던진 임상 심리사 유키의 암울했던 이십 대 초반의 젊은 나날과 중첩되면서, 소설은 조금씩 아버지 살해 사건의 진실과 실제로 아버지를 죽이지는 않았지만 마음속에서는 아버지를 없는 존재로 만들어야 했던 유키의 과거에 다가선다. 그리고 칸나의 죄를 판가름하는 법정 다툼의 장면에서 결정적으로 드러나는 칸나 어머니의 실체는 그녀의 성적 트라우마가 이렇듯 깊어진 원인이 어디에 있었는지를 극명하게 밝혀준다.

이 같은 아버지 살해범 칸나의 이야기가 전면으로 부각되어 있지만, 역시 부모와 건강한 관계를 맺지 못한 유키와 가쇼 두 인물이 형수와 시동생으로 얽히는 이야기가 중저음처럼 진하게 깔려 있어, 소설의 결을 풍성하게 해주고 있다.

가장 든든한 울타리여야 할 가족의 관계성이 가장 가까이에 있어서 오히려 상처를 주고받는 굴레로 왜곡되었을 때, 사람은 그 굴레에서 어떻게 벗어나 상처를 치유할 것이며, 또 벗어나지도 치유하지도 못한 사람은 무엇을 대물림하게 되는가? 하는 질문을 던지는 동시에 답을 시사하는 소설이다.

2019년 벽두에 김난주

퍼스트 러브

초판 1쇄 2019년 2월 15일
초판 3쇄 2019년 5월 25일

지은이 | 시마모토 리오
옮긴이 | 김난주
펴낸이 | 송영석

주간 | 이진숙 · 이혜진
기획편집 | 박신애 · 정다움 · 김단비 · 심슬기
외서기획편집 | 정혜경
디자인 | 박윤정 · 김현철
마케팅 | 이종우 · 김유종 · 한승민
관리 | 송우석 · 황규성 · 전지연 · 채경민

펴낸곳 | (株)해냄출판사
등록번호 | 제10-229호
등록일자 | 1988년 5월 11일(설립일자 | 1983년 6월 24일)

04042 서울시 마포구 잔다리로 30 해냄빌딩 5·6층
대표전화 | 326-1600 **팩스** | 326-1624
홈페이지 | www.hainaim.com

ISBN 978-89-6574-677-5

이 도서의 국립중앙도서관 출판예정도서목록(CIP)은 서지정보유통지원시스템 홈페이지
(http://seoji.nl.go.kr)와 국가자료공동목록시스템(http://www.nl.go.kr/kolisnet)에서 이용
하실 수 있습니다.(CIP제어번호: CIP2018042033)